Matthias Pitz

Die Wahrheit steht in den Sternen

*Besuchen Sie auch die Internetseite **www.dunklerkomet.de,** um Hintergrundinformationen (wie z. B. den „Soundtrack zum Buch") zu erhalten oder zu erfahren, ob und wann es eine Fortsetzung geben wird.*

© 2000 by Matthias Pitz
Umschlagbild: Andrea Buchmann
Umschlaggestaltung: Thomas Butter und Matthias Pitz
Druck und Vertrieb: Georg Lingenbrink GmbH & Co.
Libri Books on Demand
Printed in Germany
ISBN 3-89811-887-8

Für meine Eltern

*Siehe, ich komme wie ein Dieb. Selig, wer wach bleibt und
sein Gewand anbehält, damit er nicht nackt gehen muß
und man seine Blöße sieht ... (Offenbarung 16, 15)*

Nach einigen regnerischen Tagen war dies die erste sternklare Nacht. Jan war furchtbar aufgeregt. Das war das erste Mal, daß er selbst Teleskopzeit hatte. Er war froh, daß er erst jetzt eingeteilt war, denn sonst hätte ihm diese Wetteranomalie sicher einen Strich durch die Rechnung gemacht. „Eigentlich ist es hier im Schnitt 350 Nächte im Jahr unbewölkt. Entweder wir haben extremes Pech, oder, was ich eher glaube, dieser El Niño und seine kleine Schwester terrorisieren uns in Zukunft in immer kürzeren Abständen", hatte ihm Prof. Fournot, der in seiner Gruppe für die Einteilung der Teleskopzeit zuständig war, gesagt. Und nun war es endlich soweit. Er konnte mit den Beobachtungen im Rahmen seines Projekts beginnen. Der erste Schritt war dabei, eine Spektroskopie von β Hyi. Gut gelaunt betrat er das Rund des Teleskopraums. „Buenos tardes señores! Wie geht's so?" Prof. Fournot und Dr. Helmle waren gerade dabei, das Teleskop zu warten. „Guten abend, Herr Michelsen. Sie wollen sicher Ihre Teleskopzeit in Anspruch nehmen. Aber da muß ich Sie leider enttäuschen", entgegnete Dr. Helmle mit ernster Mine, fügte dann aber verschmitzt grinsend hinzu: „Dauert noch ein Weilchen. Molière hat die Warnlampe für fehlendes Öl übersehen." – „Und wir dürfen die Sache wieder in Ordnung bringen. Immer diese Etatkürzungen. Früher hätten wir dafür einen qualifizierten Techniker gehabt. Elendes Bürokratenpack!" schimpfte Fournot mit seinem unverkennbaren Akzent. „Machen Sie sich nichts draus, so läuft das eben heutzutage. Wirtschaftlichkeit ist alles", beschwichtigte Helmle ihn. Dann meinte er grinsend zu Jan: „Sie können so lange meinetwegen noch ein wenig an Ihrem Computer ‚arbeiten', wir sagen Ihnen dann Bescheid, wenn wir fertig sind." - „Okay", meinte Jan etwas enttäuscht. „Na ja", dachte er, „die Nacht ist ja noch jung, die werden ja nicht ewig brauchen. Überlege ich mir eben solange, welche Beobachtungen ich weglassen kann und bereite schon einmal meinen Bericht vor." Er ging zurück ins Büro und rief die entsprechende Datei auf einem der zehn Computer auf.

Als er etwa 20 Minuten gearbeitet hatte, klingelte das Telefon. Da niemand anderes da war, mußte er sichtlich genervt nach dem elften Klingeln dann schließlich doch selbst gehen. „Ja. Ja, ja! Ich komme ja schon!" Er hob ab und stellte zu seinem Erstaunen fest, daß der Anrufer spanisch sprach und offensichtlich nicht vom Mitarbeiterstab der Einrichtung war. Der Mann am anderen Ende der Leitung hieß Antonio Delgado. Jan wollte sich eigentlich noch überlegen, warum dieser Delgado ausgerechnet die Nummer von diesem Raum gewählt hatte, als er auch schon aufgeregt loszureden begann. Jan konnte zwar auf drei Jahre Spanischunterricht in der Schule zurückblicken, und seinen Urlaub zwischen Ende seines Zivildienstes und seinem Studienbeginn hatte er in Peru, Ecuador und Bolivien verbracht. Trotzdem verstand er kaum ein Wort von dem, was der Mann ihm mitteilen wollte. Es gelang ihm schließlich, ihn etwas zu beruhigen, so daß er nun auch einiges verstehen konnte. Offensichtlich handelte es sich bei dem Anrufer um einen Hobbyastronomen, der die klare Nacht eigentlich dazu nutzen wollte, sich die außergewöhnliche Planetenkonstellation des heutigen Tages anzusehen. Das war ihm allerdings schnell langweilig geworden und er hatte σ cha ins Visier genommen. Nach fünf Minuten hatte sich der Stern jedoch für fast zwei Minuten verdunkelt. Sein erster Gedanke war, daß das an einem braunen Zwerg lag, der möglicherweise gerade an σ cha vorbeigezogen war. Aber er hielt ein solches Objekt in der Nähe von σ cha für eher unwahrscheinlich, da alle bisher entdeckten braunen Zwerge mit anderen Sternen eine Art Doppelsternsystem bildeten. Bei einem Stern wie σ cha wäre das seiner Meinung nach aber sicher bereits bemerkt worden, auch wenn er mit dem bloßen Auge nicht erkennbar war. Also hatte er in seinem astronomischen Computerprogramm nach anderen Himmelskörpern zu suchen begonnen, die diese Störung verursacht haben konnten. Dies war genauso erfolglos gewesen, wie sein Anruf bei der nationalen Luftraumüberwachung, wo er sich nach möglichen Flugkörpern ohne Positionslichter in der Gegend erkundigt hatte. Also war sein nächster Schritt, das Objekt auf eigene Faust selbst zu suchen. Als er nach einer halben Stunde schon entnervt hatte aufgeben wollen, sei das „Ding" plötzlich vor τ cha aufgetaucht. „Aha. Und was meinen Sie also nun, was

dieses ‚Ding' jetzt wirklich ist?" fragte Jan etwas gelangweilt. „Na ein Asteroid oder irgendwas in der Art. Muß ein riesiger Brocken sein, so lange wie er τ cha verdeckt hat und wie er von σ cha bis zu τ cha gebraucht hat. Andernfalls wäre er schon ziemlich nahe an der Erde dran." – „Sie waren wohl in letzter Zeit ziemlich oft im Kino?" unterbrach ihn Jan. Dabei dachte er: „Ein riesiger Brocken. So ein Quatsch, wenn das Ding wirklich so groß wäre, dann hätte man ihn bestimmt schon lange entdeckt." – „Na hören Sie mal! Ich bin doch kein Freak, der irgendwelche UFOs sieht oder so. Die Astronomie war schon ein Hobby von mir, als Sie sicher noch in die Windeln gemacht haben, junger Mann! Ich dachte, da ist was Komisches, und wollte eben jetzt mal eine professionelle Meinung hören. Aber die scheint es bei Ihnen ja nicht zu geben!" Die anfängliche Aufregung des Mannes war jetzt einer starken Verärgerung gewichen. „So ein Spinner. Na ja, vielleicht ist ja doch was dran. Kurz kann man ja mal schauen", dachte Jan und meinte dann beschwichtigend: „Na gut. Vielen Dank für Ihren Hinweis. Wenn es Ihnen dann besser geht, werden wir dem Ganzen nachher gleich mal nachgehen. Wir rufen Sie dann zurück, falls an der Sache etwas dran ist." Er ließ sich die Telefonnummer geben und wünschte dem Mann, der jetzt doch wieder etwas versöhnlicher klang, noch einen schönen Abend.
Zehn Minuten nach dem Gespräch klingelte das Telefon erneut. Zu Jans Erleichterung war es aber diesmal Helmle. „So. Fertig. Sie können jetzt hochkommen, wir machen gerade noch einen kleinen Test."
Jan ging nach oben. Er erzählte den beiden nichts von dem Gespräch, denn er hatte inzwischen einen Blick auf den Kalender geworfen und festgestellt, daß heute der „Cinco de Mayo", ein Feiertag den er eigentlich aus Mexiko kannte, war. Er nahm auf Grund von Señor Delgados Geschichte an, daß es dieser Tag wohl auch in Chile gefeiert wurde, und der gute Mann zu diesem Anlaß wohl einfach ein wenig zu tief ins Glas geschaut hatte. Und nur weil ein Betrunkener Sterne verschwinden sah, wollte er sich nicht vor den anderen blamieren. Wenn dort wirklich etwas war, dann wollte er ihnen gleich handfeste Beweise liefern. Und falls nicht, dann würde er sich schnell etwas überlegen, um es diesem Delgado heimzuzahlen. Als Helmle

7

und Fournot gegangen waren, suchte er kurz nach dem Objekt, von dem der Mann gesprochen hatte, in dem Bereich, in dem er es jetzt vermutete. Aber da seine Teleskopzeit ja begrenzt war und der Typ am Telefon seiner Meinung nach von Anfang an nicht sonderlich überzeugend geklungen hatte, gab er seine Suche nach fünf erfolglosen Minuten wieder auf. Außerdem wollte er jetzt endlich die Beobachtungen im Rahmen seines Projektes durchführen, was er dann auch tat. Er machte sich seine Notizen und als seine Zeit um war, überließ er das Teleskop Dr. de Gruyter, einem Mann, der nie viele Worte machte. Von den insgesamt elf anderen Wissenschaftlern, die noch in seiner Arbeitsgruppe mit ihm hier oben waren, war de Gruyter der einzige, zu dem er noch nicht mehr als „Guten Morgen!" „Guten Tag!" und „Guten Abend!" gesagt hatte. Er schien immer ein wenig in anderen Sphären zu schweben, aus denen ihn niemand herauszureißen wagte. Da es bereits 2 Uhr morgens war, ging Jan dann schlafen, um am Morgen seine Auswertungen machen zu können.

Samuel war gerade aus seiner etwas verlängerten Mittagspause zurückgekommen. Als er sich gemütlich in seinen Bürosessel fallen ließ, fing das Telefon an zu klingeln. Etwas darüber frustriert, daß er jetzt doch wieder arbeiten mußte, nahm er den Hörer ab. „Guten Tag, wie kann ich Ihnen helfen?" Am anderen Ende der Leitung war nur ein leises Rascheln zu hören. „Hallo?" Keine Antwort. „Hey, findest Du das witzig, Salomon?" Er war der Meinung, sein Kollege wolle sich für Dutzende von Streichen revanchieren, die er ihm schon gespielt hatte. „Ist dort der Mossad?" meldete sich jetzt eine schwache, heisere, männliche Stimme. „Du kannst es jetzt lassen, Salomon. Ich habe dich erkannt." – „Entschuldigen Sie, ich heiße nicht Salomon", antwortete der Mann. „Allerdings möchte ich über meinen Namen auch nicht reden." Samuel erschien das Ganze langsam doch immer weniger wie ein Scherz. „Gut, dann muß ich mich entschuldigen. Worum geht es?" – „Ich habe Informationen, die Sie vielleicht interessieren könnten." – „Na dann erzählen Sie mal!" – „Es wäre mir lieber, wenn wir das nicht am Telefon erledigen müßten." – „Schön. Können Sie mir wenigstens sagen, worum es geht?" – „Es geht um das jüngste Gericht." – „Aha?" – „Es wird schon bald über uns kommen!" – „Tja, ich glaube, da erzählen Sie mir nichts Neues. Das behaupten doch unzählige Propheten und Sektengurus schon eine ganze Weile. Eigentlich hätte es ja letztes Jahr schon soweit sein sollen. Aber vielleicht können Sie mir ja erklären, warum wir diese Verzögerung haben." Samuel konnte seine sarkastische Ader einfach nicht verbergen. Andererseits hatte er das Gefühl, der Mann könnte ihm vielleicht doch etwas Brauchbares liefern. „Schade. Sie nehmen mich nicht ernst. Aber Sie werden schon noch sehen, was Sie davon haben, verlassen Sie sich darauf!" Er hatte aufgelegt. „Na, war wohl doch nur ein Wichtigtuer", dachte Samuel, lehnte sich in seinem Drehsessel zurück und hielt, da sonst niemand da war, ein Mittagsnickerchen.

Es war ein schöner, sonniger Morgen. Jan war gerade in den Speisesaal gekommen. Um die verlorene Zeit des Vortages wieder hereinzuholen, hatte er kurzfristig freigewordene Teleskopzeit in Anspruch genommen und noch bis um 4:00 Uhr an seinem Projekt weitergearbeitet, weshalb er jetzt nicht sonderlich wach war. Henriksen und Fournot saßen bereits am Frühstückstisch. Sie waren die einzigen, denn die anderen Gruppen waren wegen des schlechten Wetters vorzeitig abgereist, und die nächsten Gruppen sollten nicht vor Samstag morgen kommen. Henriksen war bereits fertig und las in einer englischsprachigen Tageszeitung, die er sich jeden morgen aus Santiago kommen ließ. Jan hatte ihn einmal darauf angesprochen, worauf der immer gutgelaunte Mittfünfziger ihm geantwortet hatte: „Ein klein wenig Zivilisation möchte ich hier schon spüren!" Offensichtlich hatte er aber gerade etwas gelesen, was ihn nicht sonderlich erheiterte, denn er machte ein besorgtes Gesicht. „Sowas. Ich habe erst gestern morgen noch mit ihm gesprochen. Dumme Sache." – „Was?" Fournot klang etwas gereizt. Offenbar hatte er auch etwas zu wenig Schlaf in letzter Zeit. „Hm?" – „Was ist eine dumme Sache, Niels?" – „Oh, Entschuldigung. Michael Levin, ein Kollege von uns in Australien. Er ist gestern an Fischvergiftung gestorben. Er wollte mich heute noch einmal anrufen. Er hatte irgendwas Ungewöhnliches entdeckt. Aber er hatte vor, erst noch ein paar genauere Beobachtungen zu machen, bevor er mir sagen wollte, was es war. Tja, und jetzt ist er tot. Tragisch!" – „Sehen Sie, keinen Fisch zu mögen, hat auch seine Vorteile", entgegnete ihm Fournot etwas sarkastisch. Henriksen sah ihn mit einem tödlichen Blick an. Jan las unterdessen die Vorder- und Rückseite der Zeitung. Plötzlich fuhr es ihm eiskalt den Rücken hinunter: Auf Seite 1 stand es groß:

ANTONIO DELGADO BEI BERGWANDERUNG VERSCHOLLEN

Hastig griff er nach der Zeitung. „Geben Sie das mal her!" – „Hey, was soll das werden?" schimpfte Henriksen. Aber Jan schenkte ihm keine Beachtung. Er las den Artikel zur Schlagzeile:

„Der ehemalige Bürgermeister von Valparaíso, der sich nach seiner Pensionierung in die Bergwelt der Anden bei La Serena zurückgezogen hatte, um seinem Hobby, der Beobachtung des Sternenhimmels besser nachgehen zu können, wird seit gestern Nachmittag vermißt. Laut einigen Zeugen wollte der 68jährige auf einen kleinen Spaziergang gehen. Als er vier Stunden später immer noch nicht zurückgekehrt war, alarmierte seine Frau die Polizei. Die sofort eingeleitete Suchaktion blieb bislang ergebnislos. Angesichts eisiger Nachttemperaturen und der laut seiner Frau eher leichten Kleidung, die Delgado bei seinem Verschwinden getragen hat, muß angenommen werden, daß er inzwischen erfroren ist."

„Herr Michelsen!!!" Henriksen war noch nie so laut und wütend gewesen. „Oh, Verzeihung. Es tut mir wirklich leid. Aber da stand etwas, das mich äußerst nachdenklich gemacht hat." – „Und was wäre das, wenn ich fragen darf?" – „Sehen Sie!" Jan zeigte ihm den Artikel. „Na und? Sollte mir dabei irgendwas auffallen?" fragte Henriksen mit einer Stimme, die sich nicht zwischen Genervtheit und Langeweile entscheiden konnte. „Der Name!" Die beiden Männer sahen Jan etwas verwundert an. Jetzt wurde Jan nicht nur bewußt, daß der „Cinco de Mayo" in der Tat ein rein mexikanischer Feiertag war, und er dem armen Delgado schwer Unrecht getan hatte, sondern auch, daß er ja noch niemandem von dem Anruf erzählt hatte. „Ich glaube, ich bin Ihnen eine Erklärung schuldig." Die beiden Männer nickten zustimmend. „Also. Dieser Mann hat vorgestern kurz vor acht Uhr abends hier angerufen. Irgendein Objekt war ihm bei der Beobachtung von σ cha aufgefallen. Er konnte es nicht in seinem astronomischen Computerprogramm finden und ein Flugzeug konnte er auch ausschließen, weil er bei der Luftraumüberwachung nachgefragt hatte. Also dachte ich, er hätte sich das nur eingebildet, und wollte ihn abwimmeln. Da ist er ein wenig sauer geworden. Als ich ihm dann versprochen habe, später nachzusehen und ihm dann Bescheid zu geben, hat er sich wieder beruhigt. Ich hab dann auch nachgesehen, aber ich konnte in dem Bereich, in dem sich das Objekt nach seinen Angaben befinden sollte, nichts entdecken. Ich hatte die Sache fast schon vergessen, bis ich den Namen eben in Ihrer Zeitung las." – „Hm", meinte Henriksen. „Interessant. Äußerst interessant!" meinte Fournot. „Der Mann glaubt, etwas zu sehen, kann es nicht einstufen, meldet sich bei uns, und 24 Stunden später ist er vermutlich tot. Ihr Freund in Australien entdeckt fast zur selben Zeit ebenfalls etwas, von dem er Ihnen aber nicht sagen will, um was es sich dabei handelt. Kurze Zeit später ist er ebenfalls tot. Ist das nicht interessant?" – „Wer ist tot?" unterbrach ihn Prof. MacDermot, der eben in den Raum gekommen war. „Ein chilenischer Hobbyastronom und Mike", gab Henriksen zurück. „Mike? Mike Levin? Wieso ist der tot?" MacDermot sah ihn an, als hätte er eben gesagt, daß Zyankalidämpfe eine lebensverlängernde Wirkung haben. „Fischvergiftung. In der Zeitung steht's ausführlicher", antwortete Henriksen ihm. Diese Aussage erschien MacDermot scheinbar noch unglaubwürdiger. Er sah Henriksen jetzt an, als ob er ein Marsmensch wäre, der ihm einen Handstand mit einer Hand präsentierte. „Fischvergiftung? Mike??? Wer hat sich denn den Müll ausgedacht? Mike haßt Fisch! Das ist das einzige, was er mehr haßt als vegetarisches Essen! Du bist Dir sicher, daß da nicht Fleischvergiftung oder BSE steht?" – „Absolut sicher! Sieh doch selbst nach, wenn Du mir nicht glaubst!" Henriksen fühlte sich in seiner Ehre verletzt. Er konnte ja wohl noch Fleisch von Fisch unterscheiden! MacDermot grabschte sich die Zeitung trotzdem. Langsam begriff er, daß dies kein Scherz war. „Die Sache stinkt. Die Sache stinkt gewaltig", meinte er ernst. Prof. Andretti, der Leiter der Gruppe, betrat den Raum. „Warum sind Sie denn alle so still und ernst? Das Wetter ist doch wieder wunderbar, und daran wird sich in den nächsten Tagen wohl auch nicht so schnell etwas ändern. Beste Bedingungen – die einzigen, die hier einen Grund hätten, sich zu ärgern, sind diese Warmduscher, die vorzeitig abgereist sind. Also, was ist los mit Ihnen?" fragte er aufmunternd. „Chef, ich glaube wir haben ein Problem!" Henriksen erklärte ihm die Situation kurz, prägnant und sachlich. Andretti, schwieg nachdenklich und fuhr sich mehrfach nervös durch die wenigen Haare, die ihm noch geblieben waren. „Das ist allerdings ein Problem!" meinte er nach langem Grübeln. „Aber, meine Herren, was wir jetzt vor allem nicht dürfen, ist den Kopf verlieren. Wir sind Wissenschaftler. Finden wir heraus, weshalb diese beiden Männer sterben mußten, was sie entdeckt hatten. Henriksen, Sie informieren Helmle, de Gruyter, Ferreira und Llewelyn. MacDermot, Fournot, Sie beginnen mit Berechnungen zur vermutlichen Position des Objekts, basierend auf den Angaben von Herrn Michelsens Anrufer. Henriksen, warten Sie noch einen Moment! Einer von Ihnen soll versuchen, mit Australien zu telefonieren und irgendwie unauffällig an Levins letzte Forschungen heranzukommen. Ach ja, das gilt für alle: Kein Wort hiervon in Telefonaten, E-mails, Faxen und Briefen jeder Art! Und kein Wort zu jedem, der nicht zu unserer Gruppe gehört. Egal ob Personal oder Neuankömmling! Wer weiß, womit wir es hier zu tun haben!" – „Und was erzählen wir Garching? Die werden bestimmt wissen wollen, warum wir so intensiv in einem nicht geplanten Bereich suchen", fragte Helmle. „Lassen Sie das meine Sorge sein. An die Arbeit!"

Samuel wollte gerade in seine heißgeliebte Mittagspause gehen, als das Telefon klingelte. Instinktiv stieg in ihm der Gedanke auf: „Oh, nein! Das ist bestimmt die Nervensäge von gestern. Warum muß das immer mir passieren? Salomon hat wirklich immer den richtigen Riecher. Er langweilt sich zwar bestimmt auf dieser Tagung ‚Spionage übers Internet‘, weil er garantiert keine Ahnung hat, wovon die dort alle reden, aber wenigstens muß er sich nicht mit sowas herumärgern." Mißmutig nahm er den Hörer ab und meldete sich. „Ja, erinnern Sie sich? Ich habe Sie gestern schon einmal angerufen." – „Klasse, er ist es tatsächlich!" dachte Samuel, dann sagte er laut: „Ja, ich erinnere mich." – „Nachdem Sie mich nicht ernstgenommen haben, wollte ich die Sache eigentlich vergessen, aber ich kann jetzt nicht mehr länger schweigen." – „Und was hat Ihre Meinung geändert?" fragte Samuel leicht gelangweilt. „Mein Cousin hat das ‚Schwert Gottes‘ jetzt gesehen! Aber nur wenige Zeit, nachdem er mir davon berichtet hatte, war er tot." – „So. Und wer ist Ihr Cousin?" – „Ich kann nur sagen, daß er in Australien gelebt hat. Sie können mir glauben oder es lassen. Aber wenn Sie mir nicht glauben, und wir deswegen alle draufgehen, dann wasche ich meine Hände in Unschuld." Samuel hatte das Gefühl, daß er diesen Spinner erst dann loswerden konnte, wenn er so täte, als ob er ihn ernstnehmen würde. „Na schön. Erzählen Sie!" – „Ich habe Ihnen doch schon vorgestern gesagt, daß ich nur persönlich unter vier Augen mit Ihnen reden werde." – „Gut, wo sollen wir uns treffen?" – „Gehen Sie zu einem öffentlichen Telefon und rufen Sie mich von dort aus an." Der Mann nannte ihm eine Handynummer. Also erfüllte ihm Samuel seinen Wunsch und ging in eine Telefonzelle in der Nähe des Mossad-Gebäudes. „Schön, warum dieser Aufstand. Glauben Sie etwa, daß jemand eine Verbindung zwischen Ihnen und dem Mossad unbemerkt abhören könnte?" – „Nein. Aber einige von Ihren Leuten hängen in der Sache mit drin." – „So, und woher wissen Sie, daß ich nicht auch hinter Ihnen her bin?" – „Das tut jetzt nichts zur Sache. Kommen Sie einfach morgen um 14:00 Uhr zu dieser Adresse ... " Nachdem er Samuel die Adresse, die im Stadtzentrum lag, mitgeteilt hatte, legte er ohne weiteren Kommentar auf.

Samuel ging in sein Büro zurück und schrieb einen Zettel für Salomon, auf dem er die Adresse des Anrufers und in groben Zügen das, was er dahinter vermutete, festhielt.

Am nächsten Morgen ging er nicht ins Büro, sondern fing schon einige Stunden vor dem Treffen an, die nähere Umgebung der Adresse zu observieren.

18:50 Uhr (GMT -4), ESO-Observatorium auf La Silla

Die Männer warteten ungeduldig auf günstigere Lichtverhältnisse. Kaum jemand sprach ein Wort. Eine unangenehme Spannung lag in der Luft. Was war, wenn sie nichts fanden? Konnte der Tod ihrer beiden Kollegen nur Zufall sein? MacDermot und Fournot hatten den abzusuchenden Raum jetzt auf wenige Grad eingegrenzt. De Gruyter ging nervös im Raum auf und ab, Henriksen schaukelte auf seinem Stuhl. Endlich! Die letzten Sonnenstrahlen waren gewichen, und der Raumbereich, in dem sie das mysteriöse Objekt vermuteten stieg jetzt am Horizont auf. Als ob jemand einen imaginären Startschuß gegeben hätte, stürzten die Wissenschaftler fast gleichzeitig auf den Bildschirm zu. Fournot machte das Rennen. Er hatte vorher am wenigsten interessiert gewirkt, sich aber dann kurz vor Sonnenuntergang in direkter Nähe zu dem Gerät aufgehalten, das zur Darstellung der vom Teleskop eingefangenen Bilder benutzt wurde. „Okay, okay! Wir werden es mit dem Beamer auf die Leinwand projizieren, so hat jeder was davon, in Ordnung?" griff Andretti schlichtend ein. Zähneknirschend wurde der Vorschlag akzeptiert. Nachdem die Änderung vorgenommen worden war, begann die systematische Suche.

Als man nach 45 Minuten immer noch nichts gefunden hatte, wollten einige schon aufgeben. „Das wird doch nichts mehr!" meinte Helmle. „Das war bestimmt irgendein Spionagesatellit, den die inzwischen schon längst runtergeholt haben!" meinte Henriksen. „Da!" platzte es aus MacDermot heraus, als wäre er der Matrose im Ausguck eines alten Segelschiffs, das zweihundert Tage auf dem Meer umhergeirrt war, der gerade Land entdeckt hatte. Etwas hatte in der Tat den Stern η cha verdunkelt, um etwa 20 Sekunden später den Blick auf ihn wieder freizugeben. „Na gut. Das geht doch ein bißchen besser. MacDermot, bleiben Sie dran! Fournot, aktivieren Sie die neue Bildaufbereitungssoftware!" Andretti gab Befehle, als ob er der Kapitän auf MacDermots Schiff wäre, der jetzt unter allen Umständen dieses Land auch erreichen wollte.

Da zehn Minuten später weiterhin weder auf dem Bildschirm noch auf der Leinwand etwas erkennbar war, grummelte Helmle vor sich hin: „Hm. Es scheint doch etwas Kleineres, asteroidenartiges zu sein. Licht strahlt er auch keines ab, also dürfte er ein ganz schönes Stück von der Sonne und damit auch von uns entfernt sein." – „Das wird es nicht gerade einfacher machen, die Flugbahn dieses Dings zu bestimmen. Wir bräuchten unbedingt eine zweite Beobachtungsstelle", meinte Jan. „Ja, das ist wohl wahr, Herr Michelsen. Allerdings wird es nicht ganz einfach, so etwas unauffällig zu organisieren. Aber keine Sorge: ich lasse mir bis morgen etwas einfallen. Solange müssen wir versuchen, alleine möglichst viele Daten zu sammeln. Wir bleiben auf jeden Fall an der Sache dran!"

„Hallo, Salomon! Wie war die Tagung?" begrüßte Mordechai seinen Untergebenen. „Na ja. Viele neue Ansätze. Sehr interessant." – „Aha. Sagen Sie, haben Sie eine Ahnung, wo sich Samuel gegenwärtig aufhält? Er ist heute morgen nicht im Büro erschienen. Er hat vorgestern etwas von einem Informanten erwähnt, der ihm ziemlich auf die Nerven zu gehen schien. Wissen Sie da Näheres?" – „Nein, tut mir leid. Ich habe ihn das letzte Mal vor der Tagung gesehen. Aber wenn Sie wollen, kann ich mich kurz in seinem Büro umsehen. Vielleicht läßt sich dort ein Hinweis finden", antwortete Salomon. „Ja, tun Sie das. Und sagen Sie mir dann bitte bescheid, ja?" – „Klar."

Salomon ging in das Büro seines Kollegen. Es sah ein wenig unordentlich aus, aber das war nichts Ungewöhnliches. Als er sich den Schreibtisch genauer ansah, fiel ihm auf einem Berg von Akten und unfertigen Berichten eine Notiz auf, die mit einem Kugelschreiber beschwert und an ihn gerichtet war. An Samuel war offenbar ein Informant herangetreten, der etwas über eine der vielen Endzeitsekten wußte, mit denen sich das Land im sogenannten „Heiligen Jahr" herumschlagen mußte. Einige von ihnen hatten ja bereits Massenselbstmorde und Anschläge angekündigt, um damit die Apokalypse einzuleiten. Die meisten waren jedoch vorbeugend von der Polizei abgeschoben worden. Allerdings ging dies natürlich nur bei Ausländern. Bei Samuels Informanten handelte es sich also wahrscheinlich um einen Israeli. Jedenfalls nahm Salomon das an, denn die Notiz war zwar wieder einmal voll von sarkastischen Bemerkungen, enthielt aber nur wenige sinnvolle Informationen. Salomon war dies zwar schon gewohnt, aber er haßte diese Angewohnheit, daß Samuel immer den Komiker spielen und zu allem seinen Senf dazugeben mußte. Es hätte ihn zum Beispiel viel mehr interessiert, warum Samuel diesen Fall nicht an die Polizei oder an den Inlandsgeheimdienst abgegeben hatte. Statt dessen schrieb er, daß der Kerl etwas von einem bevorstehenden Weltuntergang und einem „Schwert Gottes" gefaselt habe. Deshalb hielt Salomon auch die Anmerkung, er solle aufpassen, da möglicherweise auch Leute aus ihrer Dienststelle in die Sache verwickelt seien, sofort für eine von Samuels unausgegorenen Spekulationen.

Rahel, seine andere Kollegin, war da ganz anders. „Ich fahre zu dieser Adresse, die Samuel mir hinterlassen hat. Mit etwas Glück hat er diesen armen Menschen noch nicht zu Tode geärgert, bis ich eintreffe!" meinte er, während er sich die Wagenschlüssel von ihrem Schreibtisch nahm. „Du übertreibst mal wieder maßlos! Bis später! Und vergiß nicht, der Chef hat morgen Geburtstag, und wir haben noch kein Geschenk. Kümmert Euch darum!" antwortete sie in ihrer typisch heiteren Art. „Okay. Mal sehen, vielleicht haben wir diesmal eine Idee, die ihn nicht so verärgert wie die letzte. Das war natürlich auch wieder typisch! Sammy weiß genau, daß der Arzt dem Chef eine strenge Diät verordnet hat, und er läßt ihm einen extragroßen Geburtstagskuchen backen und organisiert das beste Kalte Buffet, das ich je gesehen habe. Ich glaube, es hat eine Woche gedauert, bis er sich wieder beruhigt hatte. So etwas darf uns nicht noch einmal passieren. Sonst können wir uns ein für allemal jede weitere Beförderung abschminken. Also, hast Du eine Idee?" fragte er ratlos. „Nein. Tut mir leid, das bleibt wohl diesmal an Dir hängen. Viel Glück!" entgegnete sie mit einem gemeinen Grinsen. „Und denk an das Essen heute abend! Sonst ist Mordechai Dein kleinstes Problem ...", fügte sie geheimnisvoll lächelnd hinzu. „Okay, Du hast gewonnen! Ich werde mich beeilen! Bis dann", antwortete er im Gehen.

Als er etwa eine Viertelstunde später bei der Adresse auf dem Zettel ankam, standen schon mehrere Polizeifahrzeuge vor dem Gebäude. Ein Krankenwagen verließ gerade langsam und ohne Sirene die Straße. Samuels Auto stand vor dem Haus, aber von ihm war weit und breit nichts zu sehen. „Was ist denn hier passiert?" fragte Salomon einen der Beamten, die aufgeregt in dem Haus ein- und ausgingen. „Einige der Hausbewohner haben Schüsse gehört. Als wir hier eingetroffen sind, muß der Kerl völlig durchgedreht sein. Zuerst hat er auf uns geballert. Als wir dann zurückgeschossen haben, muß er zuerst seine Geisel und danach sich selbst getötet haben. Dumme Sache", meinte der Angesprochene. Ein schrecklicher Verdacht stieg in Salomon auf: „Er hatte eine Geisel? Wo ist Ihr Einsatzleiter? Ich muß sofort mit ihm sprechen!" Er zeigte dem Mann seinen Dienstausweis. Der Beamte führte ihn die Treppe nach oben zu seinem Vorgesetzten. „Lt. Finkel, hier ist jemand, der mit Ihnen sprechen möchte. Er ist vom ..." Salomon unterbrach ihn: „Ist schon in Ordnung. Bitte lassen Sie uns allein, ich muß unter vier Augen mit Ihrem Chef sprechen!" Er hielt seinen Ausweis Finkel unter die Nase. „Bitte gehen Sie, Weizman. Ich komme schon alleine zurecht." Widerwillig verließ der junge Mann den Raum. „Also, um was geht es hier? Wieso hat der Mossad ein Interesse an diesem Fall? Ist für das Inland nicht ohnehin der Shin Beth zuständig?" Man konnte deutlich erkennen, daß der Lt. sich in seiner Zuständigkeit bedroht sah. „Ich habe keine Ahnung. Mein Kollege wollte den offensichtlichen Täter zu einem unserer Fälle befragen. Ich sollte ihn hier treffen. Ich habe den Verdacht, daß es sich bei der ‚Geisel' um meinen Kollegen handeln könnte. Wenn Sie das vielleicht untersuchen könnten?" Salomon sah ihn bittend an. „Ich werde es veranlassen", antwortete Finkel ihm. „Um was geht es in diesem Fall, wenn ich fragen darf?" – „Nationale Sicherheit." Salomon wollte nicht zu viel Informationen preisgeben. Der Fall war schon seltsam genug, auch ohne daß er sich noch mit der Polizei herumärgern mußte. „Aha, verstehe", gab der Beamte beleidigt zurück. „Haben Sie etwas dagegen, wenn ich mich ein wenig umsehe?" – „Solange Sie am Tatort selbst nichts verändern, habe ich nichts einzuwenden." Salomon sah sich die Wohnung an. Im Schlafzimmer waren alle Schränke geöffnet, ihr Inhalt lag wild verstreut auf dem Boden. Ein ähnliches Bild im Wohnzimmer. In der Küche waren nur zwei Schubladen herausgerissen. Er ging weiter ins Arbeitszimmer. Dort standen ein Computerbildschirm, eine Tastatur und eine Maus. Aber von dem Computer keine Spur. Er nahm sein Handy und rief bei Rahel an: „Hallo. Hör mal, ich brauche hier dringend ein Spurensicherungsteam und zwar bevor die Polizei mir alles zertrampelt." – „Okay, wo bist Du?" – „Bei der Adresse auf dem Zettel. Sag niemandem außerhalb der Abteilung was davon." Er stockte. „Samuel ist wahrscheinlich tot." – „Was? Wieso?" – „Die Polizei sagt, der Mann, mit dem er reden wollte habe zuerst eine Geisel und dann sich selbst erschossen. Die klären das gerade." – „Oh nein!" – „Rahel, es ist jetzt wirklich sehr wichtig, daß Du mir dieses Team schickst!" – „Ja, natürlich! Bis nachher." Er ging wieder zu Finkel. „Lt., wir übernehmen die Ermittlung ab jetzt im Interesse der nationalen Sicherheit. Schaffen Sie bitte Ihre Leute hier raus!" – „Wie bitte? Das meinen Sie doch nicht ernst, oder?" – „Das meine ich sehr wohl ernst!" – „Wie kann ein durchgedrehter Selbstmörder noch die nationale Sicherheit bedrohen? Sie tun das doch nur, weil Sie denken, er hätte Ihren Kollegen umgelegt!" – „Falsch! Dieser Mann ist weder ein Selbstmörder, noch hat er meinen Kollegen getötet. Es muß noch jemand anderes hiergewesen sein." – „Ach ja? Und wie kommen Sie auf die Idee?" – „Wer hätte sonst die ganzen Schränke durchwühlen sollen?" – „Das war wahrscheinlich Goldmann selbst." – „Wieso sollte er seine eigenen Schränke durchwühlen?" – „Keine Ahnung! Oder vielleicht war es Ihr Kollege!" antwortete Finkel gereizt. „Klar, Goldmann läßt ihn seine Schränke durchwühlen und irgendwann denkt er: Oh, hoppla, der Kerl wühlt bei mir herum! Das muß ein Einbrecher sein! Hey, den knall ich jetzt ab!" gab Salomon mit passender Mimik zurück „Ach, glauben Sie doch, was Sie wollen! Für mich war es Selbstmord, basta! Ich habe jetzt jedenfalls genug von Ihnen! Schönen Tag noch!" Der Beamte lief wütend aus dem Raum.

Während Salomon auf die Spurensicherung wartete, sah er sich noch einmal in der ganzen Wohnung um. Dann ging er ins Treppenhaus und sah sich dort ebenfalls um. Er ging die Treppe ganz nach oben. Dort war eine Luke zum Dach geöffnet. Er stieg nach oben. Vom Dach führte eine Feuerleiter auf der Rückseite des Gebäudes nach unten. „Und so ist er entkommen", dachte Salomon. Er stieg wieder nach unten.

Kurze Zeit später traf das Team aus der Zentrale ein. Sie teilten ihm mit, daß der zweite Tote inzwischen als Samuel Frish identifiziert worden sei. Da er dieses Ergebnis schon erwartet hatte, blieb er ruhig. Er gab ihnen die Anweisung, alles, was in irgend einer Form als Datenträger in Frage kam, sicherzustellen. Außerdem sagte er ihnen, daß er an der offiziellen Polizeiversion so seine Zweifel habe. Sie sollten vor allem nach Hinweisen suchen, die auf einen anderen Tathergang hindeuteten, und diese unbedingt genauestens festhalten.

Dann fuhr er zu seiner Verabredung mit Rahel. Er brauchte jetzt einfach jemanden, mit dem er darüber reden konnte.

Andrettis Leute waren gerade dabei, die Daten der letzten Nacht auszuwerten, als das Telefon klingelte. Es war Prof. van Geldern vom südafrikanischen astronomischen Observatorium, dem Levin ebenfalls eine sensationelle Entdeckung angekündigt hatte. Ihm war es allerdings gelungen, Levin noch einen Hinweis zu entlocken, um was es sich dabei ungefähr handelte. Er hatte seither mehrfach vergeblich versucht, Levin wieder zu erreichen. Bei seinen eigenen Nachforschungen in dem Bereich, den Levin ihm genannt hatte, war er auf ein seltsames Objekt gestoßen, das sich immer wieder vor Sterne im Sternbild Chamäleon schob. Nun wollte er wissen, ob die Leute bei der ESO diese Erscheinung vielleicht ebenfalls bemerkt hatten. Die Männer zögerten zunächst. Dann antwortete Andretti ihm: „Nein, ist uns bisher nicht aufgefallen. Aber wir werden die Augen offenhalten. Und, verzeihen Sie mir, aber wir haben gerade ein wichtiges Projekt am Laufen, für das ich leider unentbehrlich bin. Also, einen schönen Tag noch!" Andretti schnitt van Geldern förmlich das Wort ab. „Glauben Sie nicht, daß er mißtrauisch wird?" fragte Henriksen. „Wenn er schlau genug wäre, mißtrauisch zu werden, hätte er gar nicht erst angerufen, denn dann hätte er eins und eins zusammengezählt und erkannt, daß über diese Sache zu reden gefährlich ist!" meinte Fournot. „Hm. Vielleicht weiß er ja noch gar nichts von Levins Tod. Vielleicht sollten wir ihn zumindest davon in Kenntnis setzen. Was meinen Sie, Chef?" MacDermot schien ein wenig besorgt um seinen Kollegen zu sein. „Ja, außerdem würde eine zweite Beobachtungsstelle es uns wesentlich einfacher machen, die Flugbahn des Objekts genauer zu bestimmen. Das haben Sie doch gestern selbst zugegeben. Oder haben Sie sich inzwischen überlegt, bei wem wir diesbezüglich mal eben ganz unauffällig anfragen könnten?" fragte Henriksen, wohl wissend, daß sein Chef jetzt ins Schwitzen kommen würde. „Na gut. Lassen Sie sich etwas einfallen! Vielleicht bieten Sie ihm an, daß wir ihn unterstützen, damit er keinen Verdacht schöpft. Und kein Wort über die Schlüsse, die wir bisher gezogen haben. Darauf muß er dann doch selbst kommen", entgegnete Andretti bestimmt.

Salomon las gerade den ballistischen Bericht, als das Telefon klingelte. Es war der Pathologe. „Also, erstens: Dieser Mann hat zwar eine Waffe abgefeuert, aber mit der linken Hand. Trotzdem wurde die Waffe in seiner rechten Hand gefunden. Zweitens: vermutlich war er schon tot, als die Polizei eintraf. Das gleiche gilt auch für Ihren Freund, dessen Todesursache kein Genickschuß sondern ein Genickbruch war. Außerdem habe ich an Goldmanns Körper mehrere Spuren von Gewaltanwendung festgestellt. Da die Spuren noch recht frisch sind, deutet das darauf hin, daß man kurz vor seinem Tod noch versucht hat, irgend etwas aus ihm herauszuprügeln. Ich hoffe, ich konnte Ihnen damit weiterhelfen." – „ Ja. Vielen Dank. Und erzählen Sie niemandem davon ... und passen Sie gut auf sich auf! Auf die Wache, in der die in diesem Fall ermittelnden Beamten ihren Dienst tun, ist ein – angeblich – palästinensisches Selbstmordattentat verübt worden!" Salomon konnte den sonst eher abgebrühten Mediziner am anderen Ende der Leitung deutlich schlucken hören. „Okay. Danke für den Hinweis. Ich wünsche noch einen angenehmen Tag und ein langes Leben!" – „Danke, gleichfalls."

Das Ergebnis der Untersuchung war für den Agenten keine Überraschung. Er hatte etwas Derartiges erwartet. Der Computer aus dem Haus war nicht aufzufinden. Der Inhalt einer Diskette, die das Spurensicherungsteam in der Küche gefunden hatte, konnte bisher nicht entschlüsselt werden. Und dann war da noch dieser Zettel. Es waren drei Namen darauf vermerkt. Zwei der Personen auf der Liste waren inzwischen tot. Der eine war ein Astronom jüdischer Herkunft, der in Australien gelebt hatte. Zwei Tage zuvor war er an einer Fischvergiftung gestorben. Der andere war ein amerikanischer Journalist, der sich, laut Zeugenaussagen, zum Zeitpunkt des Selbstmordattentats in genau diesem Polizeirevier aufgehalten hatte, möglicherweise um Nachforschungen über Goldmann anzustellen. Aber der Name des Zeugen, der dies gehört haben wollte, war auf dem Bericht offensichtlich vergessen worden. Salomon dachte zwar einen Moment daran, bei der zuständigen Dienststelle wegen dieser Schlamperei nachzufragen, entschied sich dann aber doch dazu, lieber keine schlafenden Hunde zu wecken. Alleine, daß er den Bericht über das Attentat angefordert hatte, konnte schon einige Leute mißtrauisch gemacht haben. Die dritte Person auf der Liste war ein orthodoxer Rabbiner in New York, den die zuständige Mossad-Außenststelle aber schon seit Tagen vergeblich suchte. Laut den Agenten vor Ort war er vermutlich untergetaucht. Also blieb Salomon nichts anderes übrig, als weiter abzuwarten, bis die Entschlüsselungsexperten den äußerst komplexen Code der Diskette geknackt hatten. Diese Ohnmacht machte ihn wütend. Er war Mitarbeiter bei einem der besten Geheimdienste der Welt, und vor seinen Augen konnte irgend eine geheime Verschwörung stattfinden, der es immer wieder gelang, entweder gar keine Spuren zu hinterlassen oder sie sorgfältig zu verwischen. Ihm war klar, daß die Hisbollah nicht hinter dem Anschlag auf das Polizeipräsidium steckte. Aber die Täter hatten bei ihrem Bekenneranruf das richtige Codewort verwendet. Die gefundenen Sprengstoffreste waren authentisch. Und aus irgendeinem Grund, vermutlich weil sie den Anschlag selbst nicht besser hätten ausführen können, dementierte die Hisbollah auch nicht ihre Beteiligung. Wer auch immer hinter dieser Sache steckte, er spielte alle Seiten geschickt gegeneinander aus. Was vielleicht noch viel wichtiger war: Der oder die Hintermänner mußten Insiderinformationen aus Mossad-Kreisen haben. Das machte ihn nur noch wütender. Was für eine Operation sollte Aktionen dieser Art rechtfertigen? Anschläge auf eigene Leute, Gefährdung des eigenen Volkes? Was wurde hier gespielt? Er wußte nicht einmal mehr, ob er seinem Chef, Socol oder Rahel noch vertrauen konnte. Dennoch spürte er instinktiv, daß diese drei Menschen vielleicht die letzten waren, denen er überhaupt noch vertrauen konnte. Also ging er mit Rahel zu Mordechais Geburtstagsfeier, die wegen Samuels Tod um einen Tag verschoben worden war.

Unter Zuhilfenahme der letzten Daten, die Mike Levin noch per E-mail abgeschickt hatte, und der Unterstützung durch das Teleskop von Prof. van Geldern in Sutherland, waren die Astronomen schon einige Schritte weitergekommen. Allerdings mußten sie jedesmal, wenn sie kurz vor einem Durchbruch zu stehen schienen, feststellen, daß ihr Ansatz wieder ins Leere führte. Umso ärgerlicher wurden einige von ihnen, als de Gruyter plötzlich rief: „Ja! Das ist es!" Es fehlte nur noch, daß er Heureka rief. „Was ist was?" wollte Fournot genervt wissen. „Sehen Sie: Wenn ich die Daten von heute Nacht zugrundelege, dann komme ich zu folgendem Ergebnis: Das Objekt dürfte sich der Erde inzwischen bis auf etwa 65 Millionen km genähert haben. Momentan bewegt es sich mit einer Geschwindigkeit von etwa 30 km/s. Das heißt, es wird die Erde am 6. Juni treffen", gab de Gruyter mit der größten Ruhe zur Antwort. „Wie können Sie ruhig dasitzen und uns diese Sachen an den Kopf werfen? Woher wollen Sie wissen, daß das Ding uns trifft? Vielleicht fliegt es ja auch nur sehr nahe an uns vorbei!" Henriksen war fassungslos. „Bleiben Sie ruhig! Wir sind alle Fachleute auf diesem Gebiet. Bevor wir irgendwelche voreiligen Schlußfolgerungen ziehen, sollten wir erst einmal exakte Beobachtungen und darauf basierende Berechnungen anstellen! Das war sicher nur eine vorsichtige Schätzung von Dr. de Gruyter", beruhigte Helmle ihn. „Ja!" warf Jan ein. „Erinnern Sie sich noch an diesen Asteroiden, der im März vor zwei Jahren in die Schlagzeilen geriet, weil er angeblich in dreißig Jahren auf die Erde stürzen würde? Nur zwei Tage später wurde bereits alles dementiert, weil die ersten Berechnungen falsch waren!" De Gruyter blickte zur Decke als ob er damit sagen wollte: „Ihr Idioten! Meine Berechnungen sind richtig! Ich bin schließlich ein lebender Taschenrechner!" – „Nun gut. Hören wir auf mit dem Geschwätz und machen wir uns an die Arbeit!" Andretti nahm wieder die Position des Kapitäns ein, und alle gehorchten, mehr oder weniger, ohne zu Murren.

Die Party war zu einer Art Vermächtnis von Samuel geworden.
Alle konnten wieder lachen und waren in guter Stimmung.
Samuel hatte einen der besten Komiker und Mordechais Lieb-
lingsband verpflichten können. Salomon konnte sich nicht erinnern, seinen Chef schon einmal so ausgelassen gesehen zu haben. Ein Kellner brachte Socol zu ihnen an den Tisch. Der Code
auf der Diskette war entschlüsselt worden. Socol wollte die
Informationen aber nur persönlich an seine Kollegen weitergeben. Salomon rief Rahel, die sich gerade mit Mordechais Frau
unterhielt, zu sich. Dann ließ er sich von einem der Hotelange-
stellten ein stilles Nebenzimmer öffnen. „Also, was habt Ihr
herausgefunden?" fragte er gespannt. „Die Diskette enthält eine
Liste mit Namen. Soweit wir das bisher überprüft haben leben
die Personen auf dieser Liste, bis auf vier Ausnahmen, alle in
Argentinien, Australien, Chile, Neuseeland und Südafrika, also
auf der Südhalbkugel. Bis auf dieselben vier Ausnahmen handelt es sich vermutlich bei allen um gut ausgerüstete Hobby-
oder professionelle Astronomen. Goldmann steht ebenfalls auf
der Liste, welche die Überschrift trägt: ‚Dies sind die Verblen-
deten, welche die Erfüllung der Rückkehr des Herren noch
stören könnten'. Seinen Gesundheitszustand teilen inzwischen
mindestens drei weitere Personen auf der Liste, alles Astronomen. Zwei der drei anderen leben in den USA, einer in Frank-
reich. Einer von ihnen ist der Rabbiner, der untergetaucht sein
soll." – „Moment mal. Ist das so eine Art Abschußliste? Wenn
ja, wieso hatte Goldmann sie dann, wenn er selbst auch drauf
stand?" warf Rahel dazwischen. „Er hätte sie vermutlich auch
gar nicht haben dürfen. Aber darum sollten wir uns später genauer kümmern. Erzähl weiter, wieviele Personen stehen insgesamt auf dieser Liste, und kann man sie irgendwie warnen oder
schützen?" fragte Salomon. „Es stehen etwa 200 Menschen auf
dieser Liste. Die meisten von ihnen sind aber nicht leicht zu
erreichen. Oft haben wir nur eine Adresse und keine Telefonnummer. Wenn wir versuchen, sie zu warnen, könnte, wer auch
immer dahinter steckt, davon Wind bekommen und anfangen,
sie einfach alle wahllos zu eliminieren. Wahrscheinlich würden

sie dabei sogar den Tod Unbeteiligter in Kauf nehmen." Socol erschien ein wenig ratlos. Salomon war bereits am Nachdenken. „Gibt es denn keine weiteren Hinweise, wer von denen den Grund wissen könnte, warum diese Leute offensichtlich irgend einem geheimen Plan im Weg stehen?" – „Wieso gehen Sie von einem geheimen Plan aus? Vielleicht ist das ja nur eine durchgeknallte Sekte. Was sollte sonst dieser Satz mit der Rückkehr des Herrn?" warf Socol ein. „Hm. Das ist bestimmt nur ein Code. Nein, daß es sich dabei um eine Sekte handelt, halte ich für eher unwahrscheinlich. Die müßte dann schon extrem gut organisiert sein. Bedenken Sie, Goldmann meinte, daß unsere eigenen Leute da mit drinstecken. Ich tippe eher auf eine Verschwörung auf höchster Ebene." Salomon kam sich im Moment vor, wie eine der Hauptfiguren aus einer der vielen amerikanischen Mysteryserien – ein Held, der niemals aufgab, im Kampf gegen einen unsichtbaren, übermächtigen Feind. „Vielleicht hat es was mit den Sternen zu tun!" riß Rahel ihn aus seiner Träumerei. „Ich meine, Du hast gesagt, daß ziemlich viele oder fast alle von ihnen Astronomen sind, oder nicht?" – „Hm. Da könntest Du recht haben." Salomon wurde wieder nachdenklich. „Aber wieso? Ich meine, was könnte es sein, das im All vor sich geht, das diese Verschwörer vertuschen wollen? Na ja. Im Moment können wir ohnehin nichts tun. Gehen wir wieder raus."

Auf halbem Weg zum Ballsaal kam ihnen ein aufgeregter Hotelpage entgegen. „Salomon Jona? Da draußen wartet jemand auf Sie. Er sagt, es sei dringend." Salomon sah ihn mit ahnungsvollem Blick an. „Hat er gesagt, wie er heißt oder was er will?" – „Er hat nur gesagt, er sei von Ihrer Behörde und er müsse Sie wirklich dringend sprechen. Es gebe irgendwelche neuen Erkenntnisse." Salomon ahnte nichts Gutes. „Wartet hier einen Moment. Ich werde rausgehen. Vielleicht ist es wirklich jemand vom Büro." – „Paß auf!" Rahel sagte es fast wie einen Befehl. „Keine Sorge, das tue ich immer!" – „Ich gehe mit. Nur für alle Fälle!" meinte Socol. „Na gut. Wie Du meinst." Die beiden folgten dem Pagen in die Lobby. Dort trafen sie auch Mordechai, der gerade von der Toilette kam. „Ah, guten Abend, Herr Socol. Na, Sie sind wohl immer im Dienst?" fragte er ein wenig spöttisch. „Ja, Chef. Nur so wird man zu einem der Besten." – „Tja, das ist die richtige Einstellung! Aber heute können Sie ruhig mal mitfeiern! Los, kommen Sie mit rein!" Mordechai gab sich alle Mühe, seinen leichten Rausch zu überspielen. „Ja, Chef. Aber erst muß ich diese Sache hier noch erledigen." – „Na gut. Aber dann gehe ich mit! Ich will wissen, was so wichtig ist, daß Sie es einer so tollen Party vorziehen!" Salomon verdrehte die Augen nach oben. Das paßte ja wieder mal wunderbar. Aber ihm war klar, daß sie ihren Chef in seinem momentanen Zustand nur schwer wieder loswerden würden. Also nahmen sie ihn mit. Der Page führte sie nach draußen, in den Eingangsbereich. Unter dem Baldachin, der den Treppenaufgang überdachte, stand ein Mitarbeiter des Büros. Er sah sich ständig vorsichtig nach allen Seiten um. „Ah, da sind Sie ja endlich!" Er erschien sichtlich erleichtert, daß Salomon und Socol endlich erschienen. „Ich habe Neuigkeiten! Auf einem Notizblock aus Goldmanns Wohnung haben wir einige Worte rekonstruieren können, die auf einem Zettel standen, den offensichtlich jemand entwendet hatte." – „Erzählen Sie!" Socol war etwas nervös. „HÜTER und APOKALYPSE konnten wir bisher entz...uff!" Von der Straße herkommend hatte ihn eine Kugel von hinten ins Herz getroffen. Ein Motorrad war vorgefahren, dessen Beifahrer einzelne Schüsse auf die Gruppe abgab. Auch Mordechai konnte sich nicht schnell genug zu Boden werfen. Er wurde in die Schulter und in die Brust getroffen und blieb regungslos liegen. Socol und Salomon griffen instinktiv zu ihren Waffen, nachdem sie sich auf den Boden geworfen hatten, nur daß Salomon seine Waffe nicht auf die Party mitgenommen hatte. Aber da Socol nur wenige Sekundenbruchteile später in den Kopf getroffen wurde, erübrigte sich dieses Problem für Salomon. Er griff sich Socols Waffe und rollte sich zur Seite, dann erwiderte er das Feuer. Er traf den Schützen ins linke Bein und in die Brust. Vorher traf dieser aber noch den Pagen in den Rücken. Der Fahrer griff sich seinen schwer verletzten Komplizen und fuhr mit aufheulendem Motor davon. Salomon lief die Treppe hinunter und feuerte noch zwei Schüsse auf die Flüchtenden ab, er traf aber nur noch einmal den Schützen. Dieser zuckte noch einmal auf, blieb aber auf dem Rad, das sich jetzt außer Reichweite bewegte. Einige Leute, die die Schüsse gehört hatten, kamen aus dem Hotel gelaufen. Aus der Ferne waren bereits mehrere Sirenen der herbeieilenden Rettungs- und Polizeifahrzeuge zu hören. Nur wenige Minuten später war der erste Notarzt zur Stelle, aber für Socol und den Boten vom Büro kam jede Hilfe zu spät. Der Arzt wandte sich deshalb auch sofort Mordechai zu. „Wird er es schaffen?" fragte Rahel, die ebenfalls herausgekommen war, besorgt. „Schwer zu sagen. Wir müssen ihn erst mal stabilisieren. Im Moment ist alles noch möglich. Bitte entschuldigen Sie mich jetzt!" Mordechai wurde in einen der Rettungswagen verladen. Seine Frau war ebenfalls herbeigeeilt. Als sie sah, daß ihr Mann regungslos auf einer Bare lag, fing sie ungehemmt zu jammern und zu heulen an. Die Sanitäter luden sie mit in das Fahrzeug und rasten mit heulender Sirene in die Nacht davon. „Wir müssen hier weg!" drängte Salomon. Rahel schien auf dieses Stichwort gewartet zu haben. Sie lief los. Salomon packte sie und hielt sie fest. „Nicht so! Die werden uns in der ganzen Stadt, was sage ich, im ganzen Land, ja wahrscheinlich sogar auf der ganzen Welt werden sie uns suchen! Wir müssen sehr vorsichtig sein!" beschwichtigte er. „Ja, Du hast recht. Tut mir leid!"

Nachdem sie eine weitere Nacht damit verbrachte hatten, Daten über das Objekt und seine Flugbahn zu sammeln, waren sich jetzt alle darüber einig, daß die beiden erkennbaren Durchmesser des Objekts, bei dem es sich offenbar um einen Asteroiden handelte, 3 km und 1,3 km betrugen. Ein Objekt dieser Größe konnte in dieser Entfernung von der Erde aus alleine gar nicht gesehen werden, da es viel zu klein war und deshalb nur durch die zufällige Verdeckung weit entfernter (und daher noch viel kleiner erscheinender) Sterne überhaupt die Vermutung auf seine Existenz zuließ. Davon abgesehen, gab es aber noch eine andren Grund dafür, daß der Asteroid so nah an die Erde hatte herankommen können, ohne entdeckt zu werden: Momentan war er überhaupt nur von der Südhalbkugel aus sichtbar und schob sich nur langsam auch in die nördlichen Breiten vor. Dies lag daran, daß er sich auf einer ziemlich ungewöhnlichen Bahn weit außerhalb der Ekliptik befand und sich vom Himmelssüdpol her näherte. Den Wissenschaftlern war schon sehr bald klar, daß der mit Teleskopen und Astronomen wesentlich besser bestückte Norden den Asteroiden erst dann würde sehen können, wenn es für die Vorbereitung von Abwehrmaßnahmen wahrscheinlich bereits zu spät war. Auch eine Einschlagstelle konnte für den momentanen Kurs und die momentane Geschwindigkeit ungefähr berechnet werden: Er würde am 6. Juni (de Gruyter lächelte siegerhaft vor sich hin) um 18 Uhr 5 Minuten Ortszeit irgendwo in der Nähe der Bermudas in den Atlantik stürzen. Die dadurch entstehende Flutwelle würde wohl für 100 bis 200 Millionen Menschen den sicheren Tod bedeuten und viele weitere Millionen obdachlos machen, während die Unmengen an aufgewirbeltem Staub innerhalb von wenigen Tagen weltweit zu weitreichenden klimatischen Veränderungen führen würden, die in etwa einem nuklearen Winter vergleichbar wären. Die absehbaren Folgen davon: Hungersnöte und erbarmungslose Kriege um die letzten verbleibenden Anbaugebiete und Lebensmittel und dadurch noch vielen Millionen Tote mehr. Die Männer erschauderten angesichts dieser Perspektiven.

Nach einigen Minuten der Stille brach Jan das Schweigen: „Okay. Jetzt wissen wir es. Was können wir dagegen tun?" Erneutes Schweigen. „Es muß doch irgend etwas geben, das wir tun können! Ich kann einfach nicht glauben, daß wir dazu in der Lage sein sollen, regelmäßig ins All zu fliegen, und außerdem die Fähigkeit besitzen, uns gleich mehrfach selbst auszulöschen, und dann mit so einem blöden Asteroiden nicht fertig werden!" Andretti dachte einen Moment nach. Man konnte ihm ansehen, daß er durchaus eine Lösung im Kopf hatte, daß er aber nicht über sie reden wollte. „Sie haben schon recht. Vermutlich könnte man, wenn man rechtzeitig beginnt - und dazu ist durchaus noch Zeit vorhanden, kein Zweifel – den Asteroiden mit umgebauten Interkontinental- oder Weltraumträgerraketen mit Nuklearsprengköpfen aus seiner Bahn bomben. Aber: Dazu müßten diese Informationen an die richtigen Leute gelangen. Sobald wir das versuchen, sind wir ebenfalls auf der Abschußliste. Wir können davon ausgehen, daß unsere Kommunikation mit der Außenwelt bereits überwacht wird, und jeder Versuch irgend etwas weiterzuleiten unterbrochen oder abgefangen werden würde. Das beste, was wir tun können ist abzuwarten, ob die Flugbahn sich nicht doch noch ändert. Auf dem Weg, den dieses kosmische Staubkorn bis zu uns noch vor sich hat, kann noch viel, sehr viel, passieren. Sicherheitshalber sollten wir dennoch versuchen, unsere Familien irgendwie rechtzeitig zu warnen – ich glaube, wenn der Zeitpunkt erreicht ist, an dem sich an der Bahn des Asteroiden nichts mehr ändern läßt, wird man uns in Ruhe lassen – und einen Ort zu finden, der angesichts der zu erwartenden Ereignisse, möglichst sicher ist." Wieder Schweigen. „Das ist alles?" Jan konnte es nicht fassen. „Das soll alles sein? Wir geben also einfach auf und überlassen all diese Menschen, ach, was sage ich, die ganze Menschheit ihrem Schicksal? Vielleicht geht es gut, vielleicht aber auch nicht? Das kann doch wohl nicht Ihr Ernst sein!" Andretti sah ihn sorgenvoll an. Nach etwas Zögern meinte er in ruhigem, sachlichem Ton: „Doch, das ist mein voller Ernst! Leider. Uns bleibt wirklich keine andere Wahl! Wenn wir versuchen, jemanden zu warnen, werden diese Leute, wer auch immer das ist, sicher sofort Bescheid wissen. Wir hätten keine Chance! Nicht nur, daß unser Warnversuch fehlschlagen würde, vermutlich würden wir für dieses Leute zu einem untragbaren Sicherheitsrisiko werden. Sie würden sicher sofort Schritte einleiten, um uns zu beseitigen. Vielleicht ein zufälliger Flugzeugabsturz oder irgend etwas in der Art. Deswegen muß ich Sie alle noch einmal bitten: Wenn Sie mit der Außenwelt kommunizieren, kein Wort hiervon! Sie würden uns damit vermutlich alle zum Tode verurteilen. Und dafür sind mir unsere Ergebnisse momentan ehrlichgesagt noch zu ungesichert." Ferreira kam zur Tür hereingestürzt. „Señores, wir haben ein Problem! Unsere Direktverbindung nach Garching muß über einen Ausweichsatelliten umgeleitet werden." – „Wieso das?" fragte MacDermot. „Unser eigener Satellit ist von Trümmerteilen getroffen worden." – „Trümmerteile? Wovon?" wollte Henriksen wissen. „Keine Ahnung. Das hat man mir nicht gesagt. Also, ich gehe dann wieder. Wir müssen die Hardware an die verminderte Bandbreite anpassen." Als er den Raum verlassen hatte, meinte Andretti: „Sehen Sie, was ich meine? Also, kein Wort über das hier. So. Es ist schon spät, wir haben in den letzten Tagen ohnehin viel zu wenig geschlafen, und zu vernünftiger Arbeit ist jetzt sicher sowieso keiner von Ihnen mehr fähig. Ich schlage vor, daß Sie jetzt schlafen gehen oder irgendeiner anderen Freizeitbeschäftigung nachgehen. Gute Nacht!" Er verließ den Teleskopraum. Da es inzwischen bereits 6:50 Uhr war, gingen die anderen ebenfalls ins Bett.

Jan mußte lange über Andrettis Worte nachdenken. Er konnte es nicht fassen, daß er einfach hier sitzen sollte und nichts, aber auch wirklich gar nichts unternehmen durfte. Die Zerstörung des Satelliten hatte ihn in seiner Meinung zusätzlich bestätigt, daß sich an der Flugbahn des Asteroiden wohl doch nichts Gravierendes mehr ändern würde. Irgendeinen Weg mußte es geben, jemanden in der Außenwelt davon zu informieren, ohne daß diese mysteriösen Killer davon Wind bekommen würden. Aber wie? Plötzlich fiel es ihm ein! Ein Freund hatte ihm einmal von einer Technik erzählt, die Daten, unbemerkt – sozusagen getarnt, in Bilddateien versteckt. Also würde er seinen Bekannten anrufen und ihm über einige versteckte Hinweise und Anspielungen klarmachen, daß er eine Kopie dieses Programms brauchte. Er sollte ihm eine Adresse nennen, oder ihm das Programm am besten gleich per E-mail zuschicken, dann allerdings über einen anderen Mail-Account. Ja. So müßte es klappen! Er stand auf und wollte zum Telefon gehen. Aber dann fiel ihm ein, daß es in Deutschland jetzt gerade 12 Uhr mittag war. Sein Freund war wohl gerade beim Mittagessen in der Mensa. Ihn jetzt anzurufen durfte wohl etwas auffällig sein. Also ging er zum Computer und schickte seinem Freund über eine Internet-Seite folgende Nachricht an dessen Handy: „Hi Thomas! Wie geht's? Ich müßte Dich noch etwas fragen, bevor ich Euch die versprochenen Bilder schicken kann. Ruf mich in zwei Stunden mal an! Bis dann, Jan." Er hatte nämlich einigen seiner Freunde ohnehin versprochen, ihnen einige Bilder von seinem Aufenthalt in Chile zu schicken. Nach dem Erhalt dieser Nachricht würde Thomas ihn garantiert zurückrufen. Jan schickte die Nachricht mit sechs Stunden Verzögerung, so daß er jetzt beruhigt acht Stunden schlafen und am nächsten Morgen den Überraschten spielen konnte. Dann ging er zurück ins Bett. Nun konnte auch er den Schlaf der Gerechten schlafen.

09:48 Uhr (GMT +2), Tempelberg, Jerusalem

Salomon und Rahel hatten sich das Auto eines der Partygäste „ausgeliehen" und waren noch in der Nacht nach Jerusalem gefahren. Dort wollten sie am nächsten Tag bei einer ehemaligen Geliebten von Salomon untertauchen. Rahel war zwar nicht sonderlich begeistert von der Idee, aber unter den gegebenen Umständen, und nachdem Salomon ihr glaubhaft versichert hatte, daß die Frau inzwischen schon lange verheiratet war, war sie schließlich doch einverstanden. Die Nacht hatten sie auf einem Großparkplatz schlafend im Auto verbracht. Bei Tagesanbruch waren sie als erstes ausgiebig frühstücken gegangen, und Salomon hatte seiner „Ex" durch einen kleinen arabischen Jungen eine Nachricht zukommen lassen. Einige Zeit später war er mit einer Nachricht von ihr, die einen Zeitpunkt und einen Ort für ein Treffen enthielt, zurückgekommen: 10:00 Uhr bei der Al Aksah-Moschee. Nicht gerade der sicherste Aufenthaltsort für Nichtmoslems! Salomon hatte dennoch eingewilligt, sie dort zum vereinbarten Zeitpunkt zu treffen. Niemand würde ihn für so verrückt halten, sich als Jude in diese Gegend zu wagen. Seit der Friedensprozeß erneut ins Stocken geraten war, hatte sich die Lage dazu einfach zu sehr zugespitzt. Und hier war er nun doch! Als gut rasierter, europäisch wirkender Mann, hatte er bereits einige Blicke auf sich gezogen. Aber noch war die Lage ruhig. Die Spannung, die in der Luft lag, war jedoch deutlich zu spüren. Er hatte Rahel aufgetragen, bei der Klagemauer auf ihn zu warten. Dort war sie seiner Meinung nach mit all den Sicherheitskräften um sie herum relativ sicher. Nachdem er sich einige Minuten lang jede vorbeilaufende Frau genau angesehen hatte, was zu nur noch mehr bösen Blicken führte, sah er Fatma, seine ehemalige Geliebte, in der Menge. Da sie verschleiert war, mußte er sie an einem Armreif und der Farbe ihrer Kleidung erkennen, die als Kennzeichen vereinbart worden waren. Er ging auf sie zu. Einige der Männer um ihn herum sahen ihn bedrohlich an. Fatma sagte leise, aber so daß er es hören konnte: „Du Idiot! Bist Du verrückt? Bleib gefälligst auf sicherem Abstand zu mir!" Salomon blieb stehen und tat, als hätte er sich in der Person geirrt. „So, und jetzt führ mich zu Deiner neuen Freundin!" befahl sie flüsternd. Salomon ging also voraus, und Fatma folgte ihm auf sicherem Abstand. Als sie wieder zur Klagemauer kamen, konnte er gerade noch aus einem Augenwinkel erkennen, wie Rahel von einem Mann in dunklem Anzug in eine dunkle Limousine amerikanischer Bauart gestoßen wurde. Zu seinem tiefsten Bedauern geschah dies jedoch in etwa 200 Metern Entfernung von ihm. Salomon rannte zu einem der Wachposten und wollte ihm die Situation erklären. Dieser hörte ihm gar nicht erst zu sondern befahl ihm, sich auf den Boden zu legen, da er andernfalls das Feuer auf ihn eröffnen würde. Salomon war so überrascht, daß er erst einmal wie gebannt einfach nur dastand. Um seinem Befehl Nachdruck zu verleihen, entsicherte der Soldat seine Waffe. Salomon begann zu verstehen, was hier gespielt wurde. Er ging langsam zu Boden. Im nächsten Moment wurden der Soldat, der bei ihm stand, und ein weiterer Wachposten in der Nähe von MP-Feuer getroffen. Offenbar hatte eine Gruppe von Palästinensern den Platz unter Beschuß genommen. Das Feuer wurde von den restlichen beiden Wachposten sofort erwidert. Eine Panik brach aus. Die Menschen, die eben noch friedlich betend an der Mauer gestanden hatten, begannen, in alle Richtungen davonzulaufen oder sich auf den Boden zu werfen. Im allgemeinen Chaos gelang es Salomon, seinen ohnehin schwer verletzten Bewachern zu entkommen. In einer Seitengasse stieß er mit Fatma zusammen. Sie hatte sich inzwischen von ihrem Schleier und allen anderen arabisch wirkenden Kleidungsstücken entledigt und wirkte jetzt fast wie eine Touristin. „Los, beeil Dich! Die werden gleich Verstärkung hier haben! Und die werden dann garantiert auch nach Dir suchen! Ich habe einen Roller direkt um die Ecke geparkt!" Salomon war nicht in der Stimmung, ihre Anweisungen in Frage zu stellen. Also folgte er ihr. Auf dem Roller war kaum Platz für zwei Personen, aber das war Salomon egal. Fatma schien noch nicht einmal zu bemerken, daß sie mit doppelter Last fuhr. Sie lenkte das Gefährt durch die engen Gassen als würde sie das jeden Tag tun. In einigen Momenten war Salomon schon bereit, seinen Frieden mit der Welt zu machen. Zu seiner freudigen Überraschung kamen sie dann aber doch mehr oder weniger unversehrt im Ostteil der Stadt an. Nun kam die eigentliche Schwierigkeit: Wie sollten sie unbemerkt durch den Checkpoint zum Palästinensergebiet gelangen? Salomon hatte keine Idee. Doch auch daran hatte Fatma gedacht. „Hier. Dein neuer Ausweis! Du bist jetzt Achmad Khallaf. Ich hoffe Du kannst damit leben." – „Woher wußtest Du, daß wir das gleich brauchen würden?" Salomon war völlig verwirrt. „Na hör mal! Erstens mal klang Deine Nachricht, als würdest Du in ziemlichen Schwierigkeiten stecken. Zweitens war mir klar, daß unser Telefon mit sehr hoher Wahrscheinlichkeit abgehört wird, und da Deine Dienststelle von unserem ehemaligen Verhältnis weiß, war ich automatisch wohl auch eine der Personen, die sie besonders beobachten würden." – „Ach deswegen die Geheimniskrämerei!" Salomon wurde einiges klar. „Genau. Außerdem habe ich schon ab 100 Meter um den Treffpunkt herum Eure Agenten förmlich riechen können. Ich bin nochmal kurz zurückgegangen und hab ein kleines Überfallkommando organisiert, was sich ja im Endeffekt als kluge Entscheidung herausgestellt hat!" – „So ein Mist. Ich hätte nicht gedacht, daß die Verräter in so hohen Positionen sitzen, daß sie eine Aktion dieser Größenordnung in Jerusalem organisieren können. Die müssen irgendwelche Unwahrheiten über mich verbreitet haben!" – „Wahrscheinlich hast Du damit recht. Und da sie niemand aufhält, können sie munter weitermachen, wie sie wollen!" – „Wie meinst Du das? Mordechai hat doch sicher schon eine Untersuchung einleiten lassen. Es kann also nicht mehr lange dauern, bis die Schuldigen gefunden werden", meinte Salomon etwas verwirrt. „Dein Chef ...", unterbrach Fatma ihn „Dein Chef liegt im Koma! Offiziell hat er sich mit einem bisher unbekannten Virus, der inzwischen im gesamten Krankenhaus grassiert, infiziert. Die Ärzte sind ratlos. Aber ich denke, wir wissen beide, wer dahintersteckt." Sie erreichten den Checkpoint. Langsam und vorsichtig fuhr Fatma vor. Sie übergaben dem Wachposten ihre Ausweise. Er scannte den Strichcode, wartete kurz auf das Ergebnis und winkte sie dann durch. In sicherer Entfernung fragte Salomon sie: „Wie hast Du das gemacht? Ich meine, daß er nichts gemerkt hat? Die Daten müssen doch irgendwie im Zentralcomputer vorhanden sein!" – „Sind sie ja auch!" Salomon stutzte. „Oh, Salli, Du wirst nachlässig! Das ist ein echter Ausweis mit falschem Bild. Okay?" Das war genug. Salomon wollte nichts mehr hören, denn Kritik, besonders wenn sie gerechtfertigt war, mochte er überhaupt nicht. Also schwiegen beide für den Rest der Fahrt.

Fatma wohnte mit ihrem Mann, einem aktiven Hamas-Mitglied, in einem kleinen Haus im Autonomiegebiet. Im Wohnzimmer tagte bereits eine Art Kriegsrat. „Wir haben schon auf Euch gewartet! Wo wart Ihr so lange? Ich muß diesen Besatzer doch nicht etwa jetzt töten?" Der Fragesteller schien Fatmas Mann zu sein, ein etwa 1,80 m großer Kämpfertyp Anfang dreißig, mit einem riesigen Rauschebart. Aber diese Charakterisierung traf eigentlich mehr oder weniger auf jeden der Männer in dem kleinen Raum zu. Sie blickten Salomon argwöhnisch an. Dem wurde ein wenig mulmig zumute. „Nein, Deine Ehre ist nicht verletzt worden, Du Ausgeburt der Eifersucht!" gab Fatma ein wenig gekränkt zurück. „Du weißt genau, daß das lange vorbei ist. Wir haben oft und ausgiebig genug darüber gesprochen! Ihr hattet übrigens recht: Seine eigenen Leute wollten ihn erledigen!" – „Da siehst Du es! Du bringst uns Ärger ins Haus!" meinte einer der Männer. Er war ein gutes Stück älter als die anderen und war vermutlich Fatmas Vater. Salomon hatte ihn nie kennengelernt, was damals wohl auch besser so war. „Sieh zu, daß wir ihn schnellstens wieder loswerden. Ich kann Ärger nicht gebrauchen! Die Zeiten sind so schon schwer genug!" – „Ja Vater! Aber dazu müssen wir erst einmal einen Weg finden, wie wir ihn sicher aus dem Land bringen, und zwar, ohne daß seine Leute etwas davon mitkriegen." – „Die werden sowieso bald hier auftauchen! Die sind ja schließlich auch nicht blöde!" meinte ein dritter Mann. „Na, dann laßt Euch besser mal ganz schnell was einfallen, sonst habt Ihr den Ärger mit am Hals!" gab Fatma schnippisch zurück. „Was findest Du an dieser Frau, Khalim?" fragte ein weiterer Mann. „Sie macht bloß Ärger und ist obendrein vorlaut! Das schickt sich nicht für eine Frau!" – „Na, was wird er wohl an ihr finden, Du Trottel?" antwortete der dritte Mann etwas abfällig, und die Runde brach in Gelächter aus. „Genug jetzt!" Fatma war kurz vorm Explodieren. „Habt Ihr einen Plan, oder habt Ihr keinen?" Die Männer verstummten. Dann antwortete Fatmas Mann: „Natürlich haben wir einen Plan! Was denkst Du, was wir hier wohl die ganze Zeit gemacht haben?" – „Na ja, das Übliche! Dreckige Geschichten erzählt und gespielt!" – „Jetzt ist es aber auch von Deiner Seite genug!" Khalim war sichtlich verärgert. „Also. Wir werden Deinen ‚Freund' hier durch Jordanien nach Baghdad schleusen. Dort muß er sich dann nur noch bei irgendeiner UN-Behörde als Sondergesandter oder irgendwas in der Art ausgeben und ihnen seine Geschichte erklären. Die können ihm bestimmt Schutz gewähren. Und wenn nicht, dann kann Saddam das bestimmt tun. Er arbeitet nach der Devise: ‚Wenn Dein Feind auch mein Feind ist, dann bist Du mein Freund!' Irgendwelche Fragen?" Rahel sah ihn mit großen Augen an. „Das ist Euer Plan?" Er nickte. „Im Ernst?" – „Was gefällt Dir nicht daran?" wollte er gereizt wissen. „Das ist ..., das ist ..." – „Das ist perfekt!" unterbrach Salomon sie. „Vielleicht kann ich mit diesen UN-Leuten nach Amerika fliegen. Dort scheinen einige wichtige Antworten zu warten! Meine Sorge ist nur, was mit Rahel geschehen wird. Ich habe keine Ahnung, wo diese Leute sie hinbringen werden. Und ich will auf gar keinen Fall, daß ihr meinetwegen Schaden zugefügt wird!" – „Mach Dir keine Sorgen! Wir werden versuchen, ihren Aufenthaltsort herauszufinden und Dich auf dem Laufenden zu halten. Das ist das beste, was wir tun können. Aber wahrscheinlich ist sie sowieso bereits außer Landes. Ich glaube nämlich nicht, daß hinter dieser Sache nur Leute von Deinem Verein stecken. Das riecht mindestens noch nach CIA wenn nicht sogar nach noch mehr! Und jetzt beeil Dich, sonst könnte es zu spät sein!" – „Vielen Dank! Aber eine Frage habe ich noch: Wieso tut Ihr das für mich? Ich bin doch praktisch Euer Feind! Ihr tut das doch nicht wegen Fatma, da würdet Ihr mich doch eher noch meinen Verfolgern ausliefern. Also, weshalb?" – „Zum einen würden wir niemals – ich betone – niemals, irgendjemanden an Deine Leute ausliefern! Und zum anderen: Wir haben schließlich auch weltweit unsere Kontakte. Und was die uns in letzter Zeit so alles berichten, das ist schon ein wenig merkwürdig! Du hast in Deiner Nachricht an Fatma erwähnt, daß diese Gruppe die Worte Hüter und Apokalypse benutzt." Salomon nickte zögernd. „Nun, einige orthodoxe Gelehrte scheinen in der Tat davon überzeugt zu sein, daß das Ende der Zeit gekommen sei ..." Er machte eine Kunstpause. „Anzeichen gab und gibt es ja genug. Und offenbar existiert eine Gruppe von Personen, die weltweit operiert und sicherstellen will, daß dem auch wirklich so ist." Salomon wurde kreidebleich. „Die Hüter der Apokalypse!" antwortete er mit starrem Blick. „Mein Gott! Wenn sie Machtpositionen in der ganzen Welt besetzen, was bedeutet dies dann für die Menschheit? Sie wollen das Ende der Zeit, aber wie wollen sie es erreichen?" – „Vielleicht wollen sie einen Nuklearkrieg anzetteln!" warf Fatma ein. „Nein. Das glaube ich nicht! Wozu sollten sie dann all diese Astronomen beseitigen wollen?" gab Salomon zurück. „Astronomen?" Fatma war verwirrt. „Ja. Socol und ein Mitarbeiter der Dechiffrierabteilung mußten sterben, weil sie etwas über den Inhalt einer Diskette wußten, auf der auch eine Liste mit 200 Namen war. Fast alle von ihnen sind Astronomen und mindestens ein halbes, wahrscheinlich inzwischen schon weit mehr als ein ganzes Dutzend der Menschen auf dieser Liste fanden interessanterweise erst kürzlich den Tod. Von Fischvergiftung über Autounfall bis hin zum Raubüberfall, bei dem aber so gut wie nichts gestohlen wurde, war alles dabei. Da muß ein Zusammenhang sein." Er stockte. Ihm war der Hinweis auf Samuels letzter Notiz wieder eingefallen, das Schwert Gottes werde die Erde treffen. Vielleicht handelte es sich ja um Killersatelliten. Aber das behielt er lieber für sich. „Vielleicht ist an diesen UFO-Geschichten doch etwas dran! Und wenn es nur geheime Superflugzeuge der Amerikaner sind, mit denen sie die ganze Welt kontrollieren wollen", meinte er statt dessen. Khalim sah ihn fragend an. Dann schaute er auf Fatma. „Kann es ein, daß der Kerl zuviel amerikanische Mysteryserien sieht?" Der alte Mann wurde ungeduldig. „Das ist doch jetzt vollkommen egal! Macht, daß Ihr hier wegkommt, bevor die Sicherheitskräfte hier auftauchen!" Seine Worte hatten Wirkung. Fatma, Khalim, Salomon und der dritte Mann, sein Name war übrigens Raschid, liefen zu einer weißen Mercedes-Limousine Baujahr 1981, die in einer Garage neben dem Haus stand. Hektisch luden sie ihre Verpflegung, ein wenig Gepäck und einige Waffen in den Kofferraum und fuhren los in Richtung Jordan. Zwanzig Minuten später wurde die Siedlung von israelischen Sicherheitskräften gestürmt.

08:10 Uhr (GMT -4), ESO-Observatorium auf La Silla

Jan räkelte sich genüßlich in seinem Bett, als die Tür zu seinem Zimmer aufflog. Helmle kam hereingestürmt. „Jan! Aufstehen! Telefon für Dich! Beeil Dich, es ist ein Ferngespräch aus Deutschland, jemand namens Thomas." Jan spielte den freudig Überraschten. Schlaftrunken wälzte er sich aus dem Bett und ging zum Telefon in die Zelle für Privatgespräche. Er nahm ab. „Hallo Thomas! Wie geht's so? Meine Schwester hat gesagt, daß Du in letzter Zeit ziemlich anstrengend bist?" Er hoffte, daß sein Freund jetzt gleich mitdachte und verstand, daß er nicht frei reden konnte, denn Jan hatte gar keine Schwester. Er schien ein wenig nachzudenken, denn es dauerte einige Sekunden, bis er antwortete. „Na ja, also die braucht ja gerade etwas zusagen! Seit dem *23.* hat sie nicht mehr mit mir gesprochen!" Thomas hatte sofort verstanden, daß etwas nicht ganz in Ordnung war und stieg auf die verschlüsselte Kommunikationsform ein. „Aha. Aber das ist ja jetzt auch nicht wichtig. Hör mal, wegen der Bilder, die ich Euch versprochen habe: Du hast mir einmal etwas von einem Programm erzählt, mit dem man bei den Bildern *mehr Details* und noch ein paar Farben *mehr* als bei anderen Programmen herausholen kann. Angeblich könne das Auge das zwar nicht wahrnehmen, aber das wäre egal, weil das Gehirn unterbewußt dadurch trotzdem *mehr Informationen* erhält. Kannst Du Dich an dieses Programm erinnern?" Thomas dachte einen Moment über Jans überbetonte Worte nach. „Ach so, ja, ich weiß was Du meinst. Ja, ich werde mal sehen, daß ich Dir das unauffällig zukommen lasse, denn das ist weder Free- noch Shareware. Und bei einem Preis von ungefähr € 529,- könnte das die *c*hilenischen *I*nternet-*A*ufseher oder einige *a*ndere *s*icher *n*eugierig machen. Du verstehst?" – „Klar, ich kenne einige, die eine negative somatische Angst haben, weil die angeblich noch ein wenig mit den Methoden des Pinochet-Systems arbeiten. Aber ich bin ja Veg ..." Jan stockte. Beinahe hätte er verraten, daß sie das Spiel der Killer durchschaut hatten, denn er hatte in Anspielung auf die Fischvergiftung Vegetarier sagen wollen. „Was hast Du gesagt?" fragte Thomas. „Äh, ich meine ich bin vergeßlich. Deswegen fällt mir jetzt auch grade nicht mehr ein, was ich noch sagen wollte. Na ja, Du kennst das ja bei mir. Also, geht das klar?" Jan ging zwar davon, besonders nachdem sie ja beide den Abkürzungen der NSA und des CIA gespielt hatten, er wollte in diesem Fall aber lieber ganz sicher gehen. „Ja, Mann!" antwortete Thomas. „Das kann zwar ein paar Momente dauern, aber in spätestens einer Stunde kannst Du Deine Fotos einscannen. War sonst noch was?" Okay. Er hatte es verstanden. Sie unterhielten sich noch zwei Minuten über allgemeines, in das auch noch andere vermeintlich wichtige Gründe für den Anruf eingestrickt waren, und beendeten dann das Gespräch.

Als Jan zum Frühstück erschien, wollten die anderen natürlich wissen, was denn so wichtig gewesen sei, daß sein Bekannter extra aus Deutschland angerufen hatte. Jan erzählte ihnen, daß er einigen Bekannten versprochen hatte, ihnen ein paar Fotos von seinem Aufenthalt hier zu schicken, und daß es Thomas eben ein wenig zu lange gedauert habe. „Sie haben ihm doch hoffentlich nichts erzählt?" fragte Fournot besorgt. „Nein! Natürlich nicht!" gab Jan ein wenig entrüstet zurück. Er war sich dabei keiner Schuld bewußt, denn schließlich hatte er ja eigentlich auch gar nichts gesagt. „Tut mir leid", entschuldigte sich

Fournot. „Aber Sie müssen das verstehen. Seit der Sache mit van Geldern ..." Jan sah ihn fragend an. „Er hat eine Abschiedsmail an uns geschrieben. Es sieht so aus, als habe ihn das Wissen, daß wir möglicherweise wie die Dinosaurier vom Angesicht dieser Erde getilgt werden sollen, schwer belastet. Er hat ungefähr geschrieben, daß es besser sei, jetzt gleich Schluß zu machen, als tatenlos auf das Ende zu warten. Er hat dabei aber zum Glück nichts erwähnt, das auf unsere Erkenntnisse hindeuten würde." – „Dabei hatte ich ihn gar nicht so labil in Erinnerung!" meinte Henriksen zynisch. „Na ja, wir wissen wohl alle, daß er kaum freiwillig über diese Klippe gefahren sein dürfte ..." Nach dieser Bemerkung herrschte im Speisesaal eine angespannte Stille.

Nach dem Frühstück ging Jan gleich an einen der Computer und überprüfte seinen Mail-Eingang. Und tatsächlich: Thomas hatte ihn nicht im Stich gelassen! Er hatte ihm eine Nachricht zukommen lassen, in der beschrieben stand, wo er das von ihm gewünschte Programm in kleinen unauffälligen Dateischnipseln herunterladen konnte. Jan machte sich sofort an die Arbeit.

Nach etwa einer Stunde waren alle notwendigen Dateiteile seiner Festplatte angekommen. Er installierte das Programm und begann, Nachrichten in seine zuvor eingescannten Bilder von seinem Aufenthalt auf La Silla, hineinzukodieren. Dann überlegte er, wem er die Bilder schicken sollte. Es mußte jemand sein, der etwas mit den Daten anfangen konnte oder zumindest wußte, wer dazu in der Lage war. Aber es mußte auch jemand sein, der möglichst unauffällig war. Nach langem Nachdenken fielen ihm ein wissenschaftlicher Assistent am MIT und ein ehemaliger Kommilitone ein, von dem er momentan noch nicht einmal wußte, was er eigentlich gerade machte und wo er wohnte. Aber dafür kannte er seine „Lifetime"-Mail-Adresse. Daß es sich dabei um keine direkte, sondern um eine Weiterleitungsadresse handelte, erschien Jan auch insofern günstig, als es die Killer wohl einige Zeit kosten würde, herauszufinden, wem diese Adresse gehörte, und wo er wohnte. Also schickte er an diese Adresse, selbstverständlich verschlüsselt, eine kurze Nachricht mit einem Hinweis auf das Programm, das man zur Ansicht des angehängten Bildes benutzen solle. Er bat darum, die darin enthaltenen Information unbedingt an die

„richtige Adresse" weiterzugeben. Außerdem wies er noch darauf hin, daß das Paßwort aus einem Synonym für „Neugier" bestand, das sein Freund mit Sicherheit kenne. Jedenfalls hoffte er, daß diesem die kleine Anekdote, auf die er damit anspielte, noch im Gedächtnis war. Bei der Nachricht an den Assistenten am MIT verfuhr er ähnlich. Jetzt konnte er nur abwarten und hoffen, daß alles gut laufen würde.

15:32 Uhr (GMT +2), irgendwo auf dem Wüsten-highway nach Baghdad, etwa 50 km innerhalb von Irak

Die Fahrt war bisher problemlos verlaufen. Khalim hatte einen Grenzübergang nach Jordanien gewählt, an dem einer seiner Cousins Dienst hatte. An der irakischen Grenze wurden sie ohnehin problemlos durchgewunken. Jetzt am Nachmittag war es in dem Wagen mit vier Personen unangenehm warm gewor-den. Alle mußten literweise schwitzen, aber Salomon traf es besonders hart, da er es sonst gewohnt war, in voll klimatisier-ten Fahrzeugen zu reisen. Er war dann auch der erste, der die obligatorische Frage „Wie weit ist es denn noch?" stellen muß-te. „Weit genug!" gab ihm Raschid, der dritte Mann, zur Ant-wort. Das Radio dudelte den neuesten Halbton-Pop-Hit vor sich hin. Weit und breit war nur Wüste zu sehen. Draußen schien alles friedlich zu sein. Aber plötzlich schien es Salomon, als würde er ein Donnern näherkommen hören. „Hört Ihr das?" – „Was denn?" fragte Khalim gelangweilt zurück. „Na dieses Geräusch! Klingt fast wie ...", er dachte angestrengt nach, „... wie, wie, hm, Düsenjä....." Der Rest wurde vom ohrenbetäu-benden Lärm des Durchbrechens der Schallmauer zweier Jets übertönt. Khalim bremste abrupt. „Alle sofort raus!" schrie er. Die anderen waren zwar im ersten Moment etwas überrascht, folgten dann aber seiner Anweisung. „So weit wie möglich weg vom Wagen! Und bleibt ja nicht zusammen! Wir wollen es ihnen nicht zu leicht machen!" Er ging zum Kofferraum und öffnete ihn. Hastig warf er das gesamte Gepäck hinaus. Dann nahm er das, was er eigentlich gewollt hatte heraus: Eine Stin-ger Luftabwehrrakete samt Abschußvorrichtung. „Ich hatte mir so etwas fast gedacht! Und wie so oft hat mich mein Instinkt nicht betrogen!" sagte er. Raschid nahm sich ein Sturmgewehr. Dann gingen alle, weit voneinander entfernt, in Deckung. Jetzt kamen die Jets näher. Es waren F/A-18 Kampfflugzeuge. „Sie kommen aus südlicher Richtung. Ich dachte eigentlich, darum würden sich Deine Leute selbst kümmern. Aber offensichtlich halten sie einen amerikanischen Luftangriff für unauffälliger!" schrie Khalim. Salomon nickte ihm zu, denn er wußte, daß seine Leute auch über russische Kampfflugzeuge verfügten welche sie in einem Fall wie diesem wohl ihren eigenen Maschinen amerikanischer Herkunft vorziehen würden, um möglichst unauffällig zu bleiben. „Aber nicht mehr lange!" Khalim peilte einen der Jets an und wartete auf das Signal für eine positive Zielerfassung. Da war es! Er drückte auf den Startknopf, und die Rakete startete ihrem Ziel entgegen. Nur Sekundenbruchteile später gab es eine laute Explosion: Der Wagen war von einer Luft-Boden-Rakete getroffen worden und stand jetzt in hellen Flammen. Aber auch Khalim traf sein Ziel: Der Pilot hatte scheinbar nicht mit Widerstand in diesem Ausmaß gerechnet und schaffte es nicht mehr rechtzeitig Abwehrmaßnahmen durchzuführen. Auch am Himmel gab es einen lauten Knall und einen hellen Feuerball. Offensichtlich war es dem Piloten aber immerhin gelungen, den Schleudersitz zu betätigen, denn einige Sekunden später konnte man einen Fallschirm nach unten schweben sehen. Der andere Pilot wendete seine Maschine und kam in etwa 50 Fuß Flughöhe zurück. Er hatte seine Geschwindigkeit gedrosselt, offenbar um seine Ziele am Boden besser anvisieren zu können. Er begann etwa zur selben Zeit wie Raschid zu feuern. Wenige Sekunden später verstummten beide Salven wieder. Der Jet drehte zu einem neuen Angriff. Raschid aber lag tödlich getroffen im Sand. Khalim rannte zu ihm hinüber, nahm seine Waffe und ging wieder in Deckung. Der andere Jet kam zurück. Wieder begannen beide fast gleichzeitig zu feuern. Wieder hatte der Pilot sein Ziel getroffen. Wieder startete er einen neuen Angriff. Salomon rannte zu dem Getroffenen, um sich die Waffe zu holen. Diesmal wurde der Anflug der amerikanischen Maschine jedoch durch zwei herannahende Mig 29 unterbrochen. Die irakischen Piloten hatten auf so eine Gelegenheit seit langem gewartet. Obwohl ihr Präsident

die Flugverbotszonen seit anderthalb Jahren nicht mehr aner-
kannte, hatte er es trotzdem bisher vermieden, seine Leute in
aussichtslose Konfrontationen zu schicken. So war dies der
erste Test für die neue russische Technik, die sie als Ausgleich
für die anhaltenden Angriffe der Amerikaner und Briten erhalten hatten. Es gelang den beiden Piloten, die verbliebene F/A-18
mit den Bord-MGs zu beschädigen, bevor einer von ihnen einen
schweren Treffer erhielt und abstürzte, während der andere
schwer beschädigt abdrehen mußte. Da jetzt auch eine Hub-
schrauberstaffel im Anflug war, drehte der amerikanische Pilot
ab. Vorher flog er aber noch einmal auf Salomon und Fatma zu
und feuerte dabei was das Zeug hielt. Eine seiner Raketen
schlug etwa 40 m von Salomon entfernt auf, der bei der folgen-
den Explosion sofort das Bewußtsein verlor.

17:01 Uhr (GMT -4), ESO-Observatorium auf La
Silla

Jan war nervös. Er hatte bisher keine Rückantwort auf seine E-
mails erhalten. Entweder er war verstanden worden, und die
Leute hielten Antworten für zu gefährlich, oder sein Versuch
war gescheitert, seine Nachrichten abgefangen worden. Er
wußte, was auch immer passieren würde, jetzt durfte keine
weitere Zeit vergeudet werden. Deswegen arbeitete er an einem
Abwehrplan. Er stellte Berechnungen darüber an, aus welchem
Winkel und mit welcher Stärke eine Explosion erfolgen mußte,
um den Asteroiden weit genug abzulenken. Helmle, Henriksen
und MacDermot halfen ihm dabei, nachdem er sie davon überzeugt hatte, daß man, für den Fall, daß man doch eine Gelegenheit fände, die Informationen weiterzugeben, wenigstens einen
solchen Plan erstellen könnte. Sie waren der Meinung, daß auf
der Welt genug Raketen existierten, um diese Aufgabe zu erfüllen, und für genügend Nuklearsprengköpfe hatte ja das erbarmungslose Wettrüsten zu Zeiten des Kalten Krieges gesorgt.
Dieser Teil war kein Problem. Aber: Das Fenster für einen
erfolgreichen Abfangversuch wurde immer kleiner. Momentan
blieben noch maximal drei Wochen, um den Asteroiden weit

genug abzulenken, ohne daß bei der Explosion strahlende Trümmerteile auf die Erde zurückfallen würden. Selbst wenn man bereit war dieses Risiko einzugehen, blieben trotzdem nur noch drei zusätzliche Tage, da sonst die Detonation die Atmosphäre und eventuell auch die Erdbahn unvorhersehbar beeinflussen konnte. Um aber die nötigen Umbauten an bereits existierenden Raketen durchzuführen, so daß sie sicher ihr Ziel erreichen würden, schätzte Helmle, würden mindestens 14 Tage, vielleicht sogar 18 nötig sein. Für die nördliche Hemisphäre sichtbar würde das Objekt aber erst in 13 Tagen werden, damit läge der Spielraum für Umbau und Abschuß bei null, bzw. im negativen Bereich. Wenn etwas geschehen sollte, dann mußte es jetzt sein, denn jetzt hatten sie noch etwa eine Woche Luft. Jan fühlte sich durch diese Erkenntnis in der Richtigkeit seiner Entscheidung enorm bestätigt. Er sah bereits in Gedanken die Schlagzeile vor sich: „Astronomiedoktorand rettet Millionen von Leben". Abrupt wurde er aus seinen Tagträumen gerissen. „Okay. Wer war es?" Andretti war sichtlich erregt in den Raum gestürmt. „Was Chef?" fragte Helmle ahnungslos. „Wer hat es nach draußen durchsickern lassen? Wer war so unendlich dämlich?" – „Wovon reden Sie, Chef?" fragte Henriksen ein wenig überrascht. „Tun Sie nicht so! Haben Sie es gemeinsam getan? Ich werde es schon herausfinden! Aber wozu rege ich mich auf? Wir werden sowieso bald alle tot sein!" Er ließ sich erschöpft auf einen der Stühle fallen. „Wie kommen Sie auf die Idee, einer von uns könnte etwas nach draußen gegeben haben?" MacDermot war in seiner Ehre verletzt und neugierig zugleich. „Das Telefon ist tot! Und damit nicht genug: der Funk ist auch gestört, und vor einer halben Stunde haben wir den Kontakt nach Garching endgültig verloren!" gab Andretti zurück. „Das könnte auch eine solare Fackel oder ein anderes natürliches Phänomen sein", meinte Henriksen. „Glauben Sie eigentlich selbst, was Sie da von sich geben?" Andretti schaute ihn fassungslos an und schüttelte den Kopf angesichts einer solchen Ignoranz der Realität gegenüber. „Still!" De Gruyter war in den Raum gekommen. „Was wollen Sie denn jetzt auch noch?" Andretti war mit den Nerven am Ende. „Hören Sie das nicht? Ich glaube es sind Hubschrauber! Sie werden in etwa zehn Minuten hier sein! Wir sollten uns vorbereiten! Sie werden uns töten oder zumindest verhindern, daß wir in nächster Zeit mit der Außenwelt kommunizieren. Wie es aussieht, haben wir so oder so keine Wahl. Also kann auch einer von uns sein Glück versuchen und sich nach Santiago durchschlagen, damit das ganze wenigstens nicht umsonst ist." De Gruyter hatte noch nie so viele Worte an einem Stück von sich gegeben. „Das wollte ich nicht", stammelte Jan leise vor sich hin. „Sie waren das, Michelsen?" fragte Andretti mit einem tiefen Ausdruck der Enttäuschung. „Dafür haben wir jetzt keine Zeit! Wenn einer von uns die Öffentlichkeit informieren soll, muß er sofort aufbrechen, sonst ist es zu spät!" De Gruyter stoppte jede weitere Diskussion. „Also gut. Sie haben recht. Michelsen, Sie sind der jüngste von uns, Sie sprechen Spanisch, kennen die Gegend und Sie sind schuld an dieser Situation! Sie werden gehen! Und beten Sie, daß ich bei dieser Sache draufgehe, sonst werde ich Ihnen für das, was Sie getan haben, irgendwann den A.... aufreißen!" befahl Andretti. Jetzt war er nicht mehr der Kapitän, der Land entdeckt hatte. Jetzt war er der Kapitän, dessen Mission von seiner eigenen Crew an die Eingeborenen verraten worden war, und der sich auf dieselbe Crew verlassen mußte, um Verstärkung aus dem Mutterland zu erhalten. „Nehmen Sie unsere Berechnungen mit, und finden Sie jemanden, der etwas damit anfangen kann! Aber bitte nicht die Medien! Sie würden entweder nicht ernstgenommen werden oder eine Panik ungeahnten Ausmaßes auslösen! Denken Sie nur an den Wirbel um den Jahr-2000-Computerfehler! Und vergessen Sie das nie: Lassen Sie sich nicht, niemals, erwischen, hören Sie?" De Gruyter gab Jan einen dünnen Stapel Papiere und zwei Disketten. Henriksen hatte inzwischen Geld von den anderen gesammelt und überreichte es Jan. „Ziehen Sie etwas dunkles an! Dann werden Sie vielleicht nicht entdeckt!" empfahl de Gruyter. Jan rannte in sein Zimmer und kam reisefertig in seiner dunkelblauen Jacke und einer ebenso dunklen Jogging-Hose zurück. „Es tut mir leid, wie sich alles entwickelt hat, aber ich konnte all diese Menschen nicht einfach ihrem Schicksal überlassen. Das müssen Sie verstehen!" sagte er fast flehend und blickte dabei auf Andretti. „Schon in Ordnung. Sie haben ja recht. Ich hoffe nur, es klappt auch!" – „Ich werde Sie alle nicht enttäuschen, das verspreche ich!" – „Machen Sie, daß Sie wegkommen, das ist doch hier kein schlechter Film, bei dem künstlich Spannungsmomente aufgebaut werden müssen! Also raus hier!" schrie Henriksen, mit einer gehörigen Portion Galgenhumor.

Jan rannte den Weg ins Tal hinunter. Dabei versuchte er, so gut es eben ging, in Deckung zu bleiben. Nach fünf Minuten war er außer Sichtweite der Teleskopanlage. Er konnte jetzt die Hubschrauber schon ganz nahe hören. Es war eine sehr kalte Nacht, man konnte deutlich spüren, daß der Herbst sich dem Ende neigte, und der Winter bereits vor der Tür stand. Jan lief etwas langsamer, um nicht außer Atem zu geraten. Weitere fünf Minuten später hörte er, wie die Hubschrauber zur Landung ansetzten. „Hoffentlich lassen sie sie leben!" dachte er bei sich. Er ging ohne anzuhalten weiter. Jetzt würde er bald an eine Straße kommen. Sollte es ihm gelingen, ein Auto anzuhalten, konnten ihm die Killer erst einmal nicht auf die Spur kommen. Jetzt hörte er in der Ferne zwei Schüsse. Er hoffte inständig, daß dies nicht bedeutete, daß seine Kollegen jetzt tot waren. Da hörte er ein Auto näherkommen. Er hatte die Straße erreicht! Als er am Straßenrand ankam, war der Wagen jedoch schon außer Reichweite. Also lief er weiter die Straße entlang Richtung Santiago. Nach zehn Minuten kam ein Kleintransporter die Straße hochgekrochen. Jan hob den Daumen und lief ein wenig in die Straße hinein. Er hatte Glück. Der Fahrer war ein Vertreter für Verkaufsautomaten, der ohnehin nach Santiago wollte. Er nahm Jan gerne mit, da er ungern alleine fuhr. Dieser Teil war erledigt. Aber was würde er in Santiago tun? Er kannte niemanden dort, dem er die Informationen hätte geben können. Also, was damit anfangen? Er beschloß, darüber zu entscheiden, wenn er angekommen war. Jetzt wollte er sich erst einmal von dem aufregenden Tag erholen. Er lehnte sich in den unbequemen Sitz zurück und war innerhalb von zwei Minuten eingeschlafen.

Das Kommando war mit drei Hubschraubern auf dem Berg gelandet. Innerhalb von fünf Minuten hatten sie alle wichtigen Punkte gesichert und alle anwesenden Wissenschaftler und Bedienstete der Anlage im Haupthaus zusammengetrieben. Der Wachmann hatte sein Pflichtbewußtsein bewiesen und versucht die Eindringlinge abzuwehren. Einer der Terroristen, ein etwa zwei Meter großer Bodybuilder-Typ mit blonden Haaren, schlich sich von hinten an ihn heran und brach ihm das Genick. Um sich Gehör zu verschaffen, schoß der Anführer zwei mal in die Luft. „Señoras y señores! Bitte schenken Sie mir für einen Moment Ihre Aufmerksamkeit: Wenn Sie mit uns kooperieren, sind Sie uns ganz schnell auch wieder los! Ich glaube, einige von Ihnen können sich schon denken, warum wir hier sind!" Er machte eine kurze Pause, als erwartete er, daß ihm jemand antworten würde. „Was soll der Mist? Glaubt er etwa, daß er so etwas erreicht?" raunte de Gruyter zu Helmle. „Seien Sie still! Wollen Sie die mit Absicht auf uns aufmerksam machen?" zischte ihn Andretti an. „Seien Sie unbesorgt, Prof. Dieser Mann hat keine Ahnung, nach wem oder was er genau suchen soll, sonst hätte er schon längst damit angefangen." Andretti sah ihn verwundert an. Was war plötzlich mit de Gruyter los? Er schien wie komplett ausgewechselt zu sein. „Ah, der Herr da hinten, wollten Sie gerade etwas sagen? Sie müssen schon lauter sprechen, sonst kann ich Sie leider nicht verstehen!" Der Anführer zeigte auf de Gruyter. Der tat, als wüßte er nicht, wieso er gemeint sein sollte. „Wer, ich?" Er sah sich fragend um. „Oh, das tut mir leid, ich wollte Sie nicht unterbrechen. Ich habe nur eben meinen Nebenmann hier gefragt, zu welcher Behörde Sie wohl gehören mögen, daß Sie hier einfach so hereinplatzen und uns mit Waffengewalt bedrohen. Ich dachte, Chile sei inzwischen ein demokratischer Staat!" Der Anführer platzte fast vor Wut. Am liebsten hätte er de Gruyter wohl auf der Stelle erschossen. Statt dessen warf er ein Messer in seine Richtung, das etwa zehn Zentimeter über seinem Kopf in der Wand steckenblieb. „Das ist hier keine Comedy-Show. Also verkneifen Sie sich Ihre dämlichen Kommentare in Zukunft!"

brüllte er los. De Gruyter wollte offensichtlich die Grenzen seines Gegners ausloten, denn er meldete sich artig wie in der Schule, indem er die Hand hob. „Na schön. Aber wenn Ihr Beitrag jetzt nichts Sinnvolles ist, dann ..." De Gruyter nickte beschwichtigend. Dann meinte er ganz kleinlaut und unterwürfig: „Also, da wäre noch eine Kleinigkeit: Wissen Sie, wir sind hier alle Wissenschaftler. Wenn Sie uns nicht sagen, für welche Behörde Sie hier tätig sind, dann könnten wir möglicherweise keinen Grund erkennen, warum wir mit Ihnen kooperieren sollten." – „Na schön, Du Klugscheißer! Paß gut auf! Möglicherweise ... möglicherweise solltet Ihr mit uns kooperieren, weil wir Euch sonst einen nach dem anderen umlegen, na, wie findest Du das?" – „Na ja, wissen Sie, das ist schon ein starkes Argument. Allerdings, hatten Sie nicht erwähnt, daß einige hier wüßten, warum Sie hier sind? Was ist, wenn Sie nun gerade diese Leute töten, bevor sie geredet haben?" – „Du willst wohl unbedingt, daß ich mit Dir anfange? Na schön. Dann werden wir Euch eben nicht umlegen. Aber es gibt ja noch andere Möglichkeiten, jemanden zum Reden zu bringen. Und wir haben ja Zeit!" Sein lauter Ton und die nicht gerade geringe Menge Schweiß auf seiner Stirn verrieten, daß zumindest sein letzter Satz nicht ganz der Wahrheit entsprach. „Also, ist irgendjemand unter Euch, der das ganze hier etwas einfacher machen will?" Niemand meldete sich. „Na schön. Wie gesagt, wir haben Zeit." Er wischte sich den Schweiß von der Stirn. „Genau die hat er nicht. Die haben einen absoluten Stümper geschickt. Ich glaube, wir brauchen uns keine Sorgen zu machen, ob unser Paket ankommt", raunte de Gruyter zu Andretti, als sie gerade unbeobachtet waren. Der schüttelte nur den Kopf und lehnte sich mit dem Rücken an die Wand.

Salomon öffnete die Augen. Verschwommen konnte er Fatma erkennen. Sie stand etwa zwei Meter von seinem Bett entfernt und unterhielt sich mit einem Mann, den er nicht kannte, auf Englisch. Nach dem, was er bisher verstanden hatte, schien es sich um einen Journalisten zu handeln, der beabsichtigte, ihnen wegen des Zwischenfalls in der Wüste einige Fragen zu stellen. Offenbar wollte sich Fatma dazu aber nicht näher äußern. Sie schien geweint zu haben, denn er konnte immer noch vereinzelte Schluchzer zwischen ihren Worten erkennen. Salomon entschied, besser abzuwarten, bis der Reporter sich verzogen hatte, da er momentan ebenfalls nicht in der Stimmung auf lästige Fragen war.

Nach zehn Minuten und der Drohung Fatmas, daß sie jetzt gleich jemanden vom Sicherheitsdienst holen würde, wenn er sie jetzt nicht in Ruhe ließe, verzog sich der Reporter endlich. Vorsichtig rief Salomon: „Fatma! Was ist los? Wo bin ich hier?" Sie schien erleichtert zu sein, daß es ihm gut ging. „Allah sei Dank! Wenigstens Dir geht es gut!" Er ahnte schlimmes. „Khalim?" fragte er vorsichtig. „Sie kämpfen um sein Leben", sagte sie mit verhaltener Stimme. „Aber es sieht nicht gut aus." Sie schwieg und unterdrückte einen weiteren Schluchzer. Das war nicht gut. Seit er diesen Zettel von Samuel vor drei Tagen auf seinem Schreibtisch gefunden hatte, waren fast ein Dutzend Menschen um ihn herum getötet, schwer verletzt oder entführt worden, und er selbst war zweimal nur knapp mit dem Leben davongekommen. „So schnell wird man also vom Jäger zum Gejagten", dachte er und fragte dann laut: „Was ist passiert? Wie sind wir hierher gekommen?" – „Die Irakis haben uns mit einem Hubschrauber eingesammelt und direkt ins Krankenhaus geflogen. Da ich fast unverletzt geblieben bin, habe ich ihnen soweit erklärt, daß Du wichtige Informationen an die Vereinten Nationen weitergeben willst, und daß Deine eigenen Leute Dich deswegen jagen. Sie wollten natürlich wissen, um was für Informationen es sich dabei handelt, aber ich habe es ihnen nicht gesagt. Offenbar hat ihnen schon die Tatsache, daß Deine eigenen Leute Dich töten wollen, genügt, oder sie konnten Deine

Diskette entschlüsseln, ich weiß es nicht. Jedenfalls haben sie ein Treffen zwischen Dir und einem der neuen UNSCOM-Waffeninspekteure arrangiert. Es soll heute gegen 12:00 Uhr unten in der Lobby stattfinden. Deine Diskette haben sie Dir wieder zurückgegeben." Sie sagte dies alles fast emotionslos. „Ich hoffe daß es das alles wert ist. All diese Toten wegen einer Liste." – „Hast Du es schon wieder vergessen? Die Leute auf dieser Liste sind ziemlich anfällig für vorzeitige, unnatürliche Todesarten. Wir müssen einen Weg finden, diese Leute zu finden, zu schützen, und herauszufinden, weshalb sie getötet werden sollen", fuhr Salomon sie an. „Nein, ich habe es nicht vergessen! Wie könnte ich vergessen, daß mein Mann für eine *höhere* Sache sterben wird!" gab sie verbittert zurück. „Und jetzt entschuldige mich! Du mußt Dich für das Treffen mit den UN-Leuten vorbereiten, und ich möchte mich von Khalim verabschieden!" Mit Tränen in ihren Augen rannte sie aus dem Zimmer. Salomon fühlte sich schlecht. Das hatte er nicht gewollt. Aber das war nicht der einzige Grund, weshalb er sich schlecht fühlte. All die Jahre, in denen er seinem Land treu ergeben gedient hatte – sie schienen jetzt keine Bedeutung mehr zu haben. Er versuchte, sich einzureden, daß es nur ein paar Verräter waren, die hinter der Sache steckten. Aber er kam immer wieder zum selben Schluß: Jemand, der so schnell über so viel Informationen und Leute verfügen konnte, von dem Luftangriff auf irakischem Territorium durch die Amerikaner einmal ganz abgesehen, mußte Verbindungen auf Regierungsebene haben, ja vielleicht sogar ein Mitglied der Regierung sein. Das war es, was er am wenigsten begreifen konnte. Sein ganzes Leben hatte er an die Demokratie geglaubt, sie verteidigt. Und jetzt stellte sich heraus, daß sie nur ein Trugbild der wahren Realität war. Er stand auf und zog sich frische Kleidung an, die man ihm ans Bett gebracht hatte. Dann ging er in die Cafeteria und frühstückte. Alle Gäste verstummten, als er hereinkam. Er dachte: „Wahrscheinlich würden sie über mich herfallen wie eine Heuschreckenplage, wenn die mir nicht diese zwei Gorillas gegeben hätten". Jetzt verstand er, daß seine beiden Bewacher durchaus nicht nur als Aufpasser, sondern auch zu seinem Schutz gedacht waren. Langsam begann er, sich wieder etwas besser zu fühlen. Wenigstens war da jemand, der sich um sein

Wohlergehen kümmerte, und der, zumindest auf diesem begrenzten Raum, auch die Macht hatte, ihn zu schützen. Nach dem Frühstück setzte er sich beruhigt in die Lobby, überflog einige Tageszeitungen und wartete auf sein Treffen.

Punkt 12 Uhr betraten zwei Europäer, begleitet von vier arabischen Sicherheitsleuten, die Lobby. Sie stellten sich als Georgi Vasiliev und Fernando Rojas von der UNSCOM, Abteilung biologische Waffenkontrolle vor. „Um was geht es denn jetzt genau?" wollte Vasiliev in stark akzentbelastetem Englisch wissen. „Wir sind zwar keine Angelsachsen, aber Sie müssen wissen, die Irakis trauen uns trotzdem nicht ganz, weil Sie immer noch vermuten, daß wir trotzdem für den CIA oder für die USA im allgemeinen arbeiten. Sie sind also nicht gerade sehr mitteilsam gewesen", fügte Rojas in nicht weniger akzentfreiem Englisch hinzu. „Und, tun Sie es?" fragte Salomon lächelnd. „Was?" fragte Vasiliev verdutzt. „Na für die CIA arbeiten!" gab Salomon zurück, als wäre die Intention seiner Frage absolut klar gewesen. „Nein. Selbstverständlich nicht!" antwortete Vasiliev ebenfalls lächelnd. „Nur weil wir jetzt ein *demokratisches* Land sind, ist es für einen leitenden russischen Beamten nicht weniger ungefährlich, für die CIA zu arbeiten. Aber kommen wir zum Punkt." Er machte eine kurze Pause. „Oder gehörte diese Frage schon zu Ihrem Problem?" – „Ihr Russen seid ganz schön scharfsinnig!" antwortete Salomon. Er erzählte den beiden Männern alles, was ihm bisher passiert, und zu welchen Schlußfolgerungen er dadurch gekommen war. „Jetzt möchte ich in die USA reisen, um dort vielleicht doch noch jemanden von der Liste retten und vielleicht sogar befragen zu können. Meinen Sie, das läßt sich ohne großes Aufsehen und vor allem so, daß mein Name weder bei der Aus- noch bei der Einreise auftaucht, bewerkstelligen?" Die beiden Männer berieten sich kurz. Dann antwortete Rojas: „Nun ja, wir könnten Sie als Informant über das irakische Massenvernichtungswaffenprogramm ankündigen, der nur auspackt, wenn er Asyl und eine neue Identität in den USA bekommt. Wir müßten da aber erst kurz in New York anfragen. Natürlich mit der falschen Story. Was die Irakis betrifft, da die Sie ja gerettet haben, glaube ich kaum, daß sie Probleme machen werden. Gäbe es sonst noch etwas?" Salomon dachte kurz nach. „Ja. Sie sollten allerdings zwei Plätze in der

Maschine haben." – „Wir werden uns darum kümmern!" versprach Vasiliev. „Wir melden uns so bald wie möglich wieder!" sagte Rojas beim Aufstehen. Dann verließen die beiden mit ihren Wachen das Krankenhaus.

Salomon ging wieder in sein Zimmer zurück. Auf dem Weg dorthin traf er Fatma, die völlig aufgelöst auf dem Flur stand. „Es ist vorbei. Er hat es nicht geschafft", flüsterte sie. Salomon nahm sie in den Arm und tröstete sie. Er mußte jetzt ständig an Rahel denken. Der Gedanke daran, daß sie inzwischen vielleicht ebenfalls tot war, machte ihn rasend vor Wut. Er konnte es kaum noch erwarten, nach Amerika zu kommen und dort endlich die Wurzel des ganzen Übels zu finden – um sie persönlich auszureißen – ein für allemal ...

09:16 Uhr (GMT -4), Busbahnhof von Santiago de Chile

Jan hatte sich von dem Vertreter am Stadtrand absetzen lassen und war mit dem Bus ins Stadtzentrum gefahren. Am Busbahnhof hatte er erst einmal noch drei Stunden geschlafen, bis ihn ein Sicherheitsbeamter geweckt hatte. Um den unbändigen Hunger, den er verspürte, zu stillen, hatte er sich dann an einem Imbißstand einen Chilly-Burger gekauft. Während er ihn aufaß, dachte er darüber nach, was er nun tun sollte. Er hatte nur Geld im Gegenwert von € 300,- bei sich. Nicht genug, um nach Europa zu kommen. Außerdem würden die Killer vielleicht den Flughafen überwachen. Es schien alles aussichtslos zu sein. Aber so schnell wollte er nicht aufgeben. Schließlich war er schon so weit gekommen, ohne aufgehalten zu werden. Also beschloß er einfach, auf sein Glück zu vertrauen, und stieg in einen Bus, der zum Flughafen fuhr. Unterwegs kam ihm aber noch eine Idee. Er suchte ein Pfandhaus. Als er eines gefunden hatte, verkaufte er dort die Kleidung, die er trug, und kleidete sich in einheimischen Sachen neu ein. Dann zog er seine Ray-ban-Sonnenbrille und ein rotes Kopftuch nach Art der Bloods-Gang auf. So gefiel ihm die Sache schon besser, denn er hatte schon immer mal wie ein Gangsta-Rapper herumlaufen wollen.

In der Flughafenhalle angekommen, beobachtete er sämtliche Fluggäste an Schaltern von Fluggesellschaften, die nach Frankfurt flogen, ganz genau. Schließlich hatte er ein Opfer gefunden. Ein einzelner Urlauber aus Hamburg hatte seine Aufmerksamkeit geweckt, als dieser der freundlichen Dame am Schalter gegenüber zutiefst bedauert hatte, daß er schon wieder abreisen mußte. Er hätte gerne noch ein paar Wochen an seinen Urlaub angehängt. Leider mußte er trotzdem zurück, denn in drei Wochen hatte er eine wichtige Prüfung an der Uni zu bestehen. Sein Flug ging zwar nach Hamburg, aber das war Jan im Moment egal, die Hauptsache war, daß er nach Deutschland kam. Er rempelte ihn ziemlich plump an, als er ein Stück vom Schalter weggegangen war. „Oh, das tut mir wirklich leid. Ich sollte wohl hier drinnen meine Sonnenbrille absetzen!" entschuldigte er sich scheinheilig. „Ja, das sollten Sie wohl!" entrüstete der Student sich. Jan ‚half' ihm natürlich gerne, seine Sachen wieder einzusammeln. Dabei gelang es ihm, das Ticket des ahnungslosen Urlaubers an sich zu bringen. Während der Aufräumaktion befanden sie sich nur wenige Meter entfernt von einem Fernsehschirm, auf dem eine CNN-Nachrichtensendung ausgestrahlt wurde:

„ ... ist immer noch unklar, was der Grund für den Überfall ist. Fest steht aber inzwischen, daß ein Terrorkommando gestern gegen 21:00 Uhr Ortszeit das Observatorium der europäischen Südsternwarte auf La Silla samt der momentan dort arbeitenden Wissenschaftler in ihre Gewalt gebracht hat. Ob es dabei Verletzte oder sogar Tote gegeben hat, ist bisher ebenfalls unklar. Wir hoffen, im Laufe des Tages genauere Informationen über die Geiselnehmer und ihre Forderungen zu erhalten."

Der Sprecher wechselte zu einem anderen Thema. Jan entschloß sich, alles zu riskieren: „Haben Sie das eben gehört?" fragte er etwas gedämpft. „Was, das mit dieser Observatoriums-Geiselnahme?" platzte der junge Mann heraus. „Ja, nicht so laut!" mahnte Jan. „Ich habe in dieser Anlage gearbeitet und konnte zehn Minuten vor dem Zwischenfall fliehen." Der Mann schaute ihn ungläubig an. Jan holte vorsichtig seinen Zugangsausweis hervor und präsentierte ihn so unauffällig, wie er konnte. „Was auch immer die Forderungen dieser ‚Geiselnehmer‘ sein werden, sie werden nichts mit dem wahren Grund für diese Aktion zu tun haben und wahrscheinlich werden sie so unerfüllbar sein, daß das ganze eine längere Sache wird.“ – „Wieso erzählen Sie mir das?“ fragte der Mann ein wenig verwundert. „Ich muß dringend nach Deutschland zurück. Ich habe Informationen, die Millionen von Menschenleben retten können.“ – „Schön und gut, aber was habe ich damit zu tun?“ – „Nun ja, erstens habe ich nicht genug Geld für einen Flug und zweitens: wenn ich auf meinen Namen eins kaufen würde, wüßten die sofort, wo ich bin.“ Langsam dämmerte es dem Touristen. „Und jetzt wollen Sie meines?“ – „Ich würde die Informationen ja Ihnen anvertrauen, aber ich weiß nicht, ob Sie Ihr Leben für die Millionen anderer riskieren wollen. Außerdem muß ich persönlich mit meinem Professor reden.“ Der Mann dachte einen Moment nach. „Und wer ersetzt mir mein Ticket?“ – „Ich bin sicher, mein Institut wird sich sofort darum kümmern, wenn ich dort angekommen bin“, sagte Jan mit der Überzeugungskraft eines Versicherungsvertreters. „Gut. Aber zuerst will ich wissen, wobei es bei diesen so lebenswichtigen Informationen überhaupt geht. Sie können mir ja viel erzählen.“ Jan machte ein gequältes Gesicht. „Also, eigentlich soll ich nicht darüber reden, weil wir eine Panik vermeiden wollen. Aber na gut. Wir führen astronomische Beobachtungen durch. Also gebe ich Ihnen einen Tip: Sie haben doch sicher ‚Deep Impact‘ oder ‚Armageddon‘ gesehen?“ Er nickte. „Nehmen Sie Ihren Rückflug nicht vor dem 7. Juni in Anspruch. Sich vorher näher als 20 km an einer der Atlantikküste zu befinden, könnte etwas unangenehm werden. Okay? Mehr kann ich wirklich nicht sagen.“ Der Mann wurde blaß. Nach einer etwas längeren Pause stammelte er: „Vielen Dank. Hier nehmen Sie ... wo ist denn ...“ Jan unterbrach ihn: „Ist schon in Ordnung. Ich habe es schon. Haben Sie gedacht, bei einer so wichtigen Sache überlasse ich Ihnen die Entscheidung?“ Der Mann wurde nur noch blasser, denn er begriff jetzt, daß Jan ihn nicht angelogen hatte. Jan bedankte sich noch einmal und ging dann mit dem Touristen in Richtung Check-in. Er wollte, daß es so lang wie möglich so aussah, als ob er seinen neuen Bekannten, der übrigens

Georg Naumann hieß, nur zum Flugzeug begleiten wollte. Plötzlich fiel Jan in der Reflexion einer Schaufensterscheibe auf, daß ihnen zwei Männer in dunklen Anzügen folgten. Er stoppte abrupt. Ohne sich umzudrehen klärte er Georg über die Situation auf. „Und was willst Du dagegen tun?" fragte er besorgt. „Paß auf!" sagte er und grinste dabei breit. Er ging auf eine Gruppe von acht Chilenen im Alter zwischen 50 und 60 mit intellektuellem Outfit zu, die sich gerade herzlich und lautstark begrüßten. „Da sind zwei Leute vom CIA hinter mir her! Ihr wißt schon, der Verein, der Alliende abservieren ließ! Wenn sie mich erwischen, werden sie mich auch töten!" rief er ihnen auf Spanisch zu. Die Männer drehten sich um und gingen mit grimmigen Gesichtern auf die beiden Anzugträger zu. Jan begann zu laufen, so schnell er konnte, Georg folgte ihm. „Und jetzt kommt Phase 2!" rief er ihm zu. Er lief in Richtung des Abfertigungsbereichs für den Flug nach Hamburg, wohl wissend, daß seine Verfolger zwar noch sehen konnten, in welche Richtung er lief, aber nicht in der Lage waren, ihm schnell genug zu folgen. Als er außer Sichtweite war, verlangsamte er sein Tempo. „So. So weit so gut. Jetzt müssen wir irgendwie unsere Identitäten tauschen und Dein Ticket in eines nach Frankfurt umtauschen. Das verzögert zwar die Sache etwas, aber wenn die wissen, nach wem sie suchen müssen, dann kennen sie auch meinen Namen und können in Deutschland einfach warten, bis er an irgendeiner Eingangskontrolle auftaucht." – „Und wie soll das gehen? Ich meine, wie werden wir denn unsere Identitäten tauschen können? Ich kann keine Papiere fälschen, Du vielleicht?" fragte Georg. Jan dachte einen Moment nach. „Ich weiß schon!" rief er. „Wir gehen zu dem Pfandleiher, bei dem ich meine alten Sachen eingetauscht habe. Vielleicht kennt der jemanden. Ich habe schließlich immer noch so an die € 230,- in Pesos." Georg war einverstanden. Sie wählten einen Ausgang, der möglichst weit von den inzwischen wohl etwas lädierten Anzugträgern entfernt war.

Auf die diskrete Frage nach jemandem, der Papiere „frisieren" könne, gab der Pfandleiher zur Antwort, daß man hier genau richtig sei. Er schloß sein Geschäft und führte die beiden in sein Lager. Dort öffnete er eine versteckte Drehtür, die in seine Fälscherwerkstatt führte. „Tja, Glück braucht man!" meinte Jan.

„Wann geht der Flug?" – „In etwa drei Stunden", gab Georg zur Antwort. Jan erklärte dem Mann, daß die Sache ein wenig dringlich sei, worauf der meinte, „Kein Problem! Sie haben beide Originalpapiere, wollen bloß tauschen? Dauert maximal eine Stunde, bis Stempel und Bild in Reisepaß wieder stimmen." Jan und Georg besprachen so lange ihr weiteres Vorgehen. „Am besten wird es sein, wenn Du unter meinem Namen hier in irgendeinem Hotel eincheckst, aber dann bei unserem Freund hier übernachtest. Morgen kannst Du dann zur Botschaft gehen, und Deine Papiere als gestohlen melden. Aber gib mir einen Vorsprung, sagen wir frühestens drei Stunden, nachdem die Maschine in Frankfurt gelandet ist", schlug Jan vor. „Das klingt vernünftig", meinte Georg. „Und wie kriege ich mein Geld und meinen Rückflug wieder?" – „Ich werde zusehen, daß mein Institut sich sofort darum kümmert, wenn ich mit denen gesprochen habe. Am besten regeln wir das über den Informationsschalter der Fluggesellschaft." Georg war einverstanden.

Bis der Pfandleiher mit seiner Arbeit fertig war, schickte Jan unter Benutzung eines Mailzugangs mit gefälschter Identität noch eine E-mail an eine ebenfalls mit falschen Benutzerdaten arbeitende Mail-Adresse, die seinem Freund Thomas gehörte. Darin gab er ihm Anweisungen, wen er wann über die Situation informieren sollte. Ihm war klar, daß wohl inzwischen alle Daten, die Chile verließen genau überprüft wurden. Da er die Mail jedoch mit einem sehr guten Verschlüsselungsprogramm chiffrierte, machte er sich darüber keine Sorgen. Falls die Mail überhaupt entschlüsselt werden konnte, war er bis dahin wahrscheinlich längst in Deutschland und hatte alle wichtigen Personen informiert. Und daß er Chile verlassen würde, wußten seine Verfolger ja inzwischen ohnehin. Um wieder etwas unauffälliger zu werden, tauschte er seine Kleidung in die eines Touristen, inklusive Rucksack, und das rote Kopftuch mußte einer Baseball-Kappe der New York Yankees weichen. Dann verabschiedete er sich und ging zum Flughafen zurück. Er wählte einen weiteren Eingang und versteckte sich inmitten einer Touristengruppe. Unterwegs konnte er auch seine beiden Verfolger sehen. Die waren allerdings viel zu beschäftigt damit, der Flughafenpolizei klarzumachen, daß sie die Opfer und nicht die Auslöser der Handgreiflichkeiten waren. Eigentlich war dies offensichtlich, denn die beiden sahen wirklich übel zugerichtet aus. Aber die vier Polizisten, die mit ihnen beschäftigt waren, schienen Sympathisanten von Alliende, zumindest aber keine Freunde des CIA zu sein. Jan war erleichtert, daß er jetzt ohne Probleme sein Ticket umtauschen konnte, er entschied sich allerdings für einen anderen Schalter, um nicht doch noch aufzufallen. Die Kontrolle seiner Papiere und seines Gepäcks verlief ohne Zwischenfälle. Als er an Bord war, lehnte er sich gemütlich in seinen Sitz zurück. Er hätte gerne eine Nachrichtensendung gesehen, um über die Lage seiner Kollegen informiert zu werden, aber in der Touristenklasse liefen nur Familienfilme. Also beschloß er, bis zur Zwischenlandung in Madrid einfach ein paar Stunden zu schlafen. Dann wollte er versuchen, sich eine Nachrichtensendung in der Business-Class anzusehen, falls man es ihm gestatten würde. Das Flugzeug hob pünktlich und ohne Probleme ab. Er war seinen Verfolgern also entkommen. Vorerst ...

19:03 Uhr (GMT +2), Militärkrankenhaus, Baghdad

Die UN-Leute hatten grünes Licht aus New York erhalten. Sie holten Salomon und Fatma aus dem Krankenhaus ab und brachten sie mit Polizeieskorte zum Saddam-Hussein-Airport. Dort bestiegen sie eine UN-Maschine mit zwei UN-Mitarbeitern in Zivil.
Einige Minuten nach dem Start setzten sich die beiden Beamten zu Salomon und Fatma. „Also, was wollen Sie tun, wenn wir in Amerika angekommen sind?" wollte der ältere der beiden, ein Schwede namens Olafson, wissen. „Ich werde versuchen, den Rabbiner zu finden, der auf der Liste steht. Es muß irgend etwas geben, irgend einen Zusammenhang zwischen all diesen Leuten. Fast alle von ihnen sind Astronomen. Sie leben, beziehungsweise lebten auf der Südhalbkugel. Das bringt mich zu dem Schluß, daß es sich um etwas handeln muß, das man nur von der Südhalbkugel aus sehen kann. Die Journalisten auf der Liste sind mir auch klar. Vermutlich haben sie an Stories recherchiert, die etwas Licht hinter die Sache gebracht hätten. Aber: Was ist mit

dem Rabbiner und dem Mann, der Samuel kontaktiert hat? Er war Vertreter einer großen amerikanischen Softwarefirma in Israel. Wie passen diese beiden Leute in das Schema?" grübelte Salomon. „Ich habe keine Ahnung. Übrigens: Sechs von den Leuten auf Ihrer Liste werden momentan von Terroristen in der Anlage der europäischen Südsternwarte auf La Silla festgehalten. Wir wissen noch nicht, um wen es sich bei den Geiselnehmern handelt, oder wie ihre Forderungen lauten. Aber ich glaube, es dürfte Sie interessieren, daß es Gerüchte gibt, einer der Wissenschaftler sei entkommen und vor wenigen Stunden am Flughafen von Santiago de Chile gesehen worden. Vielleicht haben wir Glück, und er schafft es weiterhin, von der Liste zu springen." Salomon war wie elektrisiert. „Die Leute, von denen Sie diese Gerüchte haben, warum haben die sich nicht sofort mit ihm in Verbindung gesetzt? Dieser Mann könnte den Schlüssel zu diesem Geheimnis bei sich haben!" Salomon konnte es nicht fassen. „Langsam, langsam! Unsere Leute wollten durchaus mit ihm reden, aber es gab einen kleinen Zwischenfall. Er muß unsere Leute für Leute von der Gegenseite gehalten haben. Also, die Art, wie er sie ausgetrickst hat - Humor hat er, das muß man ihm lassen. Danach ist er zu schnell verschwunden", beruhigte ihn der andere Mann, Dimitropoulos, ein Grieche mittleren Alters. Er schob langsam seine ständig nach unten rutschende Brille wieder nach oben. „Immerhin wissen wir, wie er aussieht und wie er heißt. Vermutlich will er nach Deutschland zurück, um die Daten des Objekts, was auch immer es sein mag, dort jemandem zu zeigen, der sich damit auskennt. Wir brauchen also nur zu warten, bis er dort auftaucht, dafür zu sorgen, daß ihm nichts zustößt, und daß wir ihn vor der Gegenseite erreichen." – „Sie sprechen immer von Gegenseite, wer ist denn diese Gegenseite, und warum haben die UN ein Interesse daran, diese Sache aufzuklären?" Salomons war doch ein wenig überrascht, denn er hatte nicht damit gerechnet, daß die UN gleich voll in die Sache einsteigen würden. „Nun ja, der angebliche Selbstmord eines gewissen Prof. van Geldern in der Nähe von Kapstadt geht eindeutig auf das Konto der Franzosen. Zumindest ein toter Astronom wurde das Opfer von KGB-Lehrlingen. Die ‚Geiselnahme' in Chile riecht nach einer CIA-Operation, und über die Verwicklung des Mossad in diese Angelegenheit brauche ich Ihnen ja nichts zu erzählen. Als wir diesbezüglich bei den Regierungen der einzelnen Staaten nachfragten, wußten diese natürlich von nichts. Genauso wenig überraschend war das Angebot aller beteiligten Regierungen, die Vorfälle umgehend zu untersuchen und uns das Ergebnis mitzuteilen. Aber jetzt wird es interessant: Einige Stunden später hatten wir tatsächlich die ersten Erkenntnisse vorliegen: Keine der Aktionen war von irgendeiner staatlichen Behörde angeordnet oder stillschweigend geduldet. Da die Sache offensichtlich weitreichende Ausmaße angenommen hat, bat man uns als Außenstehende, die Ermittlungen zu unterstützen, um die Gegenseite nicht vorzuwarnen. Eine idiotische Idee, wenn Sie mich fragen. Wahrscheinlich wissen die Verschwörer, ich will sie jetzt einfach mal so nennen, schon längst über diesen Plan Bescheid. Aber andererseits zwingt sie das auch dazu, sich etwas zurückzuhalten." – „Wollen wir es hoffen. Andernfalls haben wir alle ernsthafte Probleme. Diese Leute schrecken vor nichts zurück", meinte Salomon. „Aber ich glaube, wenn es so aussieht, daß an der Verschwörung so viele verschiedene Nationen beteiligt sind, die sicher in so einem Fall niemals zusammenarbeiten würden, können wir irgendwelche geheimen Raumstationen oder Killersatelliten ausschließen." – „Ja. Zu diesem Schluß sind wir auch gekommen. Aber es gibt immer noch keine konkreten Hinweise, was es sonst sein könnte. Die einzige vernünftige Erklärung, auf die sich unsere Experten einigen konnten, klingt ziemlich fantastisch: Sie glauben, es handle sich um ein UFO!" Das war genug für Salomon. Fassungslos schüttelte er den Kopf. „Wie auch immer, wir freuen uns auf Ihre Mitarbeit. Wir werden Sie jetzt für den Rest der Reise alleine lassen. Falls wir etwas Neues hören, teilen wir es Ihnen mit", verabschiedete sich Olafson. „Wenn Ihnen etwas Zündendes einfällt, dann lassen Sie es uns aber bitte auch wissen!" fügte Dimitropoulos hinzu. Dann standen sie auf und gingen in den vorderen Teil der Maschine. Salomon trank sein Glas Wasser leer und tat es Fatma gleich, die schon vor einer halben Stunde eingenickt war.

Die Geiselnehmer hatten damit angefangen, die Wissenschaftler unter der Androhung von Folter nach den Paßwörtern für ihre persönlichen Computerzugangsaccounts und damit auch ihrer persönlichen E-mail zu befragen. Die meisten verrieten sie sofort, da sie ja ohnehin nichts zu verbergen hatten. Aber auch Andretti und seine Leute machten sich deswegen keine Sorgen. Was sie viel mehr beunruhigte, war die Tatsache, daß ihre Peiniger nach einer alphabetischen, nach Gruppen sortierten Liste vorgingen. Spätestens, wenn sie an der Reihe waren, würden sie feststellen, daß Jan fehlte. Sie dachten alle angestrengt darüber nach, welche Ausrede sie benutzen konnten, um Jans Abwesenheit zu erklären. Daß sie dabei unter ständiger Beobachtung standen, machte diese Aufgabe nicht gerade einfacher. Den ganzen Tag und die ganze Nacht über mußten sie im Speisesaal bleiben. Kleine Gruppen durften unter doppelter Bewachung nur kurz nach draußen um frische Luft zu schnappen oder Vorratsnachschub zu holen. Das Licht wurde um 22:00 gelöscht, was aber nicht etwa Nachtruhe bedeutete. Die Wachen patrouillierten ständig im Raum herum, und die Gefangenen unterhielten sich flüsternd über die Situation.

In einem kurzen, unbeobachteten Moment meinte Helmle zu Andretti und de Gruyter: „Was haltet Ihr davon: Er hat eine Freundin in La Serena. Bei der war er, als die Sache passiert ist, und als er das erfahren hat, ist er natürlich nicht zurückgekommen." – „Klingt gut. Aber sie werden wissen wollen, wo diese Freundin wohnt. Glauben Sie mir, die werden das checken." Das war schon der dritte Plan, den de Gruyter einfach so in der Luft zerpflückt hatte. „Dann machen Sie doch mal einen Vorschlag! Dauernd nörgeln Sie nur herum", meinte Henriksen etwas gereizt. „Ich denke, wenn es einen einfachen, durchführbaren Plan gäbe, hätte Herr de Gruyter uns sicher schon in ihn eingeweiht, nicht wahr?" sagte Andretti mit einem wissenden Blick. „Kommen Sie, nun verraten Sie uns schon Ihr Geheimnis." – „Still, einer der Wächter ist auf uns aufmerksam geworden!" zischte de Gruyter. „Na, Ihr Intelligenzbolzen müßt wohl immer und überall diskutieren, sogar in Gefangenschaft, nicht wahr?" meinte der blonde Bodybuilder mit einem dreckigen Grinsen. „Klar. Wenn wir nicht ständig unser Wissen austauschen würden, dann wären wir heute immer noch auf Ihrem geistigen Niveau. Ein schrecklicher Gedanke, wenn Sie mich fragen", meinte Fournot schnippisch. „Dich fragt aber keiner!" bellte der Gorilla zurück und trat ihn dabei in die Seite. Nachdem er sich von seinen Schmerzen erholt hatte, meinte Fournot etwas gekränkt: „Warum klappt das bei mir nicht? Bei Ihnen läßt er es doch auch immer durchgehen." – „Herr de Gruyter weiß genau, wie weit er gehen kann, nicht wahr?" Andretti ließ nicht locker. Aber de Gruyter schwieg. „Na schön. Ich glaube, wir haben alle in nächster Zeit nicht viel vor. Wenn Sie uns doch noch aufklären wollen, tun Sie sich keinen Zwang an."

Der Flug und der Zwischenstop in Madrid waren ohne Zwischenfälle verlaufen. Jan hatte vergeblich auf Neuigkeiten über seine Kollegen gewartet. Dafür konnte er in den Nachrichten erste Bilder von der Absturzstelle eines Tornados in der Nähe von Garching sehen. Angeblich war der Flugplan nicht eingehalten worden. Nur deshalb sei es überhaupt möglich gewesen, daß die Maschine, nach dem Versagen ihres Antriebs, auf das Zentrum der Europäischen Südsternwarte abstürzen konnte. Jan verspürte ein flaues Gefühl in der Magengegend als er hörte, daß vom Piloten des mit scharfen Waffen bestückten Jets, die beim Aufprall sofort explodiert waren, jede Spur fehlte. Bisher waren fünf Tote und zwanzig Schwerverletzte geborgen worden.

In der verbleibenden Zeit bis Frankfurt versuchte Jan, noch einmal zu schlafen. Allerdings hatte er dabei Alpträume. Die Maschine setzte pünktlich zur Landung an. Die Gewißheit, seinen Verfolgern zumindest vorerst entkommen zu sein, ließ Jan zwar etwas aufatmen, aber erst jetzt würde sich zeigen, ob er sie auch weiterhin abschütteln konnte. Die Maschine rollte aus und kam zum Stillstand. Jan verließ das Flugzeug ruhig. Er stieg in den Bus, der die Passagiere zur Zollabfertigung brachte. „Jetzt bloß keinen Fehler machen!" dachte er. Die chilenischen Beamten hatten die Manipulation nicht bemerkt. Aber die Deutschen würden garantiert genauer nachsehen, vor allem, wenn er ihnen nicht in den Kram paßte. Also versuchte er, so unverkrampft wie möglich zu sein. Vor ihm war eine ältere Frau in der Schlange, die in Madrid zugestiegen war. Als sie an die Reihe kam, ging es los. Jan fühlte sich an ‚Total Recall' erinnert, und zwar an die Szene, in der Schwarzenegger auf den Mars einreist und sich dabei hinter der Maske einer Frau versteckt. Das Problem dabei ist, die Maske ist mit Antworten auf einfache Fragen der Beamten programmiert. Als der Zöllner ein wenig vom Standard abweicht, hat sie eine Fehlfunktion und wiederholt immer denselben Satz. So kam ihm die Frau vor. Der Zöllner fragte sie nach dem Grund ihres Aufenthalts, und sie antwortete: „Spanien, Urlaub gemacht. Nix zu verzollen!"

Nach drei weiteren Versuchen und überdeutlicher Aussprache hatte der Zöllner aus ihr herausgebracht, daß sie einfach wieder zurück zu ihrem Bruder nach Darmstadt wollte. Jan wurde nervös. Nach fünf Minuten war die Frau abgefertigt. „Name?" fragte der Zöllner jetzt sichtlich schlecht gelaunt. „Jan Mi... äh ja, wie, äh ... was haben Sie gesagt?" – „Hab ich es heute nur mit Leuten zu tun, die ein Problem mit der deutschen Sprache haben? Oder hab ich was verpaßt und ich rede jetzt gar kein Deutsch mehr? Name!!" donnerte der Beamte. „Entschuldigung. Georg Naumann. Ich habe nur eine Diskette mit wichtigen Forschungsergebnissen und meinen Walkman. Der Rest ist im Koffer", sagte Jan und versuchte dabei, keinen weiteren Fehler zu machen. „Na also. Warum denn nicht gleich so?". Die Laune des Zöllners hob sich sichtlich, da er offenbar doch noch verstanden wurde. Er checkte Jans Handgepäck kurz durch und ließ ihn dann gehen. „Das war knapp!" dachte Jan erleichtert. Nun mußte er nur noch sicher nach Heidelberg gelangen, um die Daten seinem Professor übergeben zu können. Wenn alles gut gelaufen war, hatte der die ersten Ergebnisse inzwischen erhalten. Deshalb war Jan bereits gespannt, ob ihm eingefallen war, wie man weiter vorgehen konnte.

Er ging den Gang zum Flughafenbahnhof und löste am Schalter ein Ticket für den ICE nach Mannheim. Unterwegs rief er beim ersten Empfänger seiner E-mail an. Dort lief bloß der Anrufbeantworter, der ihm aber eine Handynummer nannte. Also wählte er diese. Nach sieben Klingelzeichen hob jemand ab. Allerdings antwortete ihm nicht der ehemalige Kommilitone, den er erwartet hatte, sondern dessen Namensvetter (beide hießen Martin, weshalb sie von ihren Freunden auch oft einfach nur kurz M1 und M2 genannt wurden), den er an seinem leichten Akzent erkannte. „Hey, wo bist Du? Geht's Dir gut?" – „Ja!" antwortete Jan erstaunt. „Was ist mit M2? Und wieso gehst Du an sein Handy?" – „Ist eine lange Geschichte, und wir müssen uns kurz fassen, Du weißt, diese Dinger können extrem teuer sein und sind noch dazu ein enormes *Gesundheitsrisiko!*" – „Verstehe!" Sie wußten also Bescheid und waren in Sicherheit. „Hör mal. Ich komme nachher bei Deinem Lieblings-Zeitschriftenhändler vorbei, Du weißt schon, der mit der großen Auswahl an Auto- und Computerzeitschriften. Könntest Du mich da vielleicht abholen?" Jan hoffte, daß Martin die Anspielung verstand, denn besagter Laden befand sich in direkter Nähe zum Mannheimer Hauptbahnhof. „Hey, okay. Da kann ich gleich wieder kräftig einkaufen gehen. Bis dann!" Jan war erleichtert. Trotzdem blieb er vorsichtig, denn es konnte immer noch sein, daß man die beiden Martins bedrohte, um an ihn heranzukommen, und er jetzt direkt in eine Falle tappte.

Die Fahrt dauerte eine halbe Stunde. Als der Zug angehalten hatte, stieg Jan aus – und mußte sich erst einmal auf die Suche begeben, denn die Bahnhofshalle, die er erwartet hatte existierte nicht mehr! Der Bahnhof wurde offensichtlich komplett umgebaut, also bahnte er sich einen Weg zu dem Provisorium, das inzwischen diese Aufgabe erfüllte. Er trug wieder seine Baseball-Kappe und seine Sonnenbrille. Als er im Eingangsbereich des Containers angekommen war, schaute er sich vorsichtig und sehr genau um. Er konnte nichts Verdächtiges finden. Dafür stand Martin vor den Fahrplänen. Vorsichtig ging er auf ihn zu. Er stellte sich neben ihn und sagte, ohne sich zu ihm umzudrehen: „Bist Du alleine?" – „Nicht direkt!" antwortete er. „Aber keine Angst, es sind Freunde. Schließlich haben wir nach dem Erhalt Deiner E-mail ein paar gute Freunde gebraucht. Wirklich *sehr* gute Freunde!" – „Wie meinst Du das?" unterbrach ihn Jan. „Das erkläre ich Dir unterwegs. Wir müssen jetzt erst mal hier weg, um nicht aufzufallen." Das ließ sich Jan nicht zweimal sagen. Er folgte Martin in die Tiefgarage des Bahnhofs. Dabei bemerkte er, daß ihm zwei unauffällig gekleidete, dunkelhaarige Männer folgten. Martin erkannte, daß Jan etwas unruhig wurde. „Keine Angst. Das sind unsere Bodyguards!" Jan verstand absolut nichts. Unten angekommen, stiegen sie in eine dunkle Mercedes-Limousine, die dort mit laufendem Motor gewartet hatte. Jetzt war Jan völlig verwirrt. „Erklär mir sofort, was hier abgeht!" fuhr er Martin an. „Also gut. Das sind Freunde eines guten Freundes eines guten Freundes eines guten Freundes des anderen Martin." – „Hä?" – „Ach, das soll er Dir selbst erklären. Wir gehen jetzt zusammen frühstücken, und danach geht es nach Heidelberg. Dort hast Du in zwei Stunden einen Termin bei Professor Krautschneider. Ich hoffe, Du hast etwas für ihn dabei. Der andere Martin läßt gerade seine Beziehungen ein bißchen weiter spielen. Er hat nämlich noch mehr

Freunde, die Freunde haben und so weiter. Und deren Freunde sitzen bei den UN und sind schon sehr gespannt, was Du ihnen mitzuteilen hast." – „Den UN? Ist das nicht ein wenig gefährlich?" – „Nein. Das ist nur bei Akte X – und in den Köpfen von ein paar Hinterwäldlern im Amiland. Hey, mach Dich mal locker, Mann!" Jan dachte „Vielleicht hat er ja recht. Ich bin viel zu mißtrauisch geworden. Das sind meine Freunde. Wenn ich denen nicht mehr trauen kann, wem dann?"

Nach fünfminütiger Fahrt hielt der Wagen vor einem etwas heruntergekommenen, fünfstöckigen Wohnhaus. Martin, einer der Bodyguards und Jan stiegen aus. Sie gingen durch das Treppenhaus des Eingangs, an dem der Wagen gehalten hatte hindurch, überquerten den Hof und betraten dann ein benachbartes Haus. Dort öffnete der Bodyguard mit seinem Schlüsselbund die Tür zu einer Wohnung im 3. Stock. „Was hältst Du davon, wenn Du kurz duschst und Deine Sachen wechselst, während wir das Frühstück vorbereiten? Du riechst nämlich echt angenehm!" meinte Martin in seiner typisch humorvollen Art. Jan tat, was Martin ihm empfohlen hatte. Dann trank er eine Tasse von dem Kaffee, den Martin inzwischen gekocht hatte, und aß zwei frische Brötchen. Als er damit fertig war, startete er den Computer, der auf dem Tisch in einem Nachbarzimmer stand, um zu überprüfen, ob die Diskette noch funktionierte. Zu Jans vollster Zufriedenheit tat sie dies auch. „Okay, funktioniert noch. Wir können gehen!" meinte er in bester Laune. „Wessen Wohnung ist das eigentlich?" – „Meine. Gehen wir", antwortete der Bodyguard kurz und knapp.

Nach einer halbstündigen, ereignislosen Fahrt schob sich der Wagen die letzten paar Meter bis zur Heidelberger Landessternwarte den Berg hinauf. Prof. Krautschneider erwartete Jan schon am Eingangstor. „Na, Sie machen mir ja Sachen! Also, dann wollen wir mal sehen, was Sie da haben!" meinte er sichtlich gespannt in seinem unverkennbaren schwäbischen Akzent. Der Professor brauchte nur wenige Minuten, um die Daten in seinen Rechner zu überspielen, und dabei das Wichtigste zu verstehen. „Unglaublich!" meinte er. „Aber, was mich ein wenig irritiert: Diese Leute müssen schon relativ früh von dem Objekt gewußt haben. Es gibt aber nur relativ wenige Observatorien, die das Objekt so früh hätten bemerken können. Und ich glaube kaum, daß die dafür in Frage kommenden, diese Informationen nicht sofort an andere Einrichtungen zur Überprüfung derer Richtigkeit weitergegeben hätten. Da die Killer zu dem Zeitpunkt noch keine Kenntnis von der Situation haben konnten, hätten sie diesen Informationstransfer auch nicht unterbinden können. Also bleibt die Frage: Woher wußten sie davon? Und vor allem, wie haben sie es erfahren?" So hatte es Jan noch gar nicht betrachtet. Wer konnte dieses Objekt so früh erkennen? „Hm. In der Antarktis vielleicht. Oder im Weltall ...", dachte Jan laut vor sich hin. Aber ja, klar. Es war so offensichtlich! „Hubble!" platzten Jan und der Professor praktisch gleichzeitig heraus. „Irgendein amerikanischer Wissenschaftler muß zufällig über das Ding gestolpert sein", meinte Jan. „Dann hat er herausgefunden, daß der Brocken schon ziemlich bald hier reinkracht, und hat es irgend jemandem mit Verantwortung mitgeteilt", setzte der Professor den Gedanken fort. „Und weil er geil, äh ich meine, weil er unbedingt alleine die Anerkennung für seine Entdeckung haben wollte, hat er vorher natürlich niemand anderen mehr eingeweiht", fügte Jan hinzu. „Dann wollte er diesen Fehler korrigieren, hatte aber dummerweise vorher einen ganz zufälligen, aber höchst unnatürlichen Tod", beendete der Professor die Spekulationen. „Hm. Sich an die Regierung zu wenden, wäre wahrscheinlich sinnlos. Es über die Medien zu verbreiten, würde zu einer unnötigen Massenhysterie führen, die wahrscheinlich alleine schon zu einigen tausend Toten führen würde. Was sollen wir also tun?" fragte Prof. Krautschneider ratlos. „Einer meiner Bekannten hat entfernte Beziehungen zu den Vereinten Nationen. Vielleicht haben wir da eine geringe Chance", schlug Jan vor. „Und wenn die mitbeteiligt sind?" warf der Professor besorgt ein. „Dann hätten sie seit meiner Ankunft in Mannheim genug Zeit und Gelegenheiten gehabt, alle, die davon wissen, zu beseitigen." – „Mag sein. Aber vielleicht wollen sie ja erst erfahren, wer überhaupt alles davon weiß", gab Krautschneider zu bedenken. „Ein Restrisiko gibt es immer. Aber ich glaube, wenn sie wissen, an wen ich meine Mails verschickt habe, dann werden sie auch die Mail-Accounts und die Telefone dieser Leute entsprechend überwacht haben. Und ohne handfeste Beweise, wie die, die ich Ihnen eben gezeigt habe, ist man heutzutage schnell als Spinner abgestempelt", versuchte Jan ihn zu überzeugen. „Na gut. Dann wollen wir mal hoffen, daß Sie recht haben, Herr Michelsen. Ich wünsche Ihnen viel Glück. Sollte ich bis vier Tage vor Ende des Baubeginnfensters für die Abfangraketen nichts von Ihnen oder von einem Abwehrplan, der in die Tat umgesetzt werden soll, gehört haben, werde ich mich doch an die Medien wenden", beharrte Krautschneider. „Gut. Aber ich hoffe, daß es nicht so weit kommt. Ihnen auch noch viel Glück!" Prof. Krautschneider machte sich sofort wieder an die Arbeit, weshalb er Jan von einem Assistenten nach draußen begleiten ließ. Als Jan wieder in der Limousine Platz genommen hatte, sagte er: „So. Und jetzt erst mal bei Markus und Nadine was essen". – „Das wird wohl leider nicht gehen", antwortete Martin. „Wieso nicht?" fragte Jan erstaunt. „Wir haben einen Anruf erhalten. Der andere Martin hat mit den Leuten von den UN gesprochen. Die haben schon darauf gewartet, mit Dir zu sprechen. Sie glauben Dir Deine Geschichte. Vor allem haben sie jemanden gefunden, der eine Liste hat, auf der alle potentiellen Todeskandidaten in dieser Angelegenheit stehen. Da Du auch auf dieser Liste bist, wollen sie Dich erstens so schnell wie möglich in Sicherheit bringen, wissen aber nicht, wem sie in Deutschland noch vertrauen können, und zweitens brennen sie darauf, Deine Daten einsehen zu können. Wir müssen sofort wieder nach Mannheim. Dort haben wir die Möglichkeit, eine abhörsichere Leitung herzustellen und alles weitere zu vereinbaren." – „Na gut", meinte Jan enttäuscht, „aber dann will ich die beiden wenigstens noch einmal anrufen, bevor ich wieder abreise."

04:30 Uhr (GMT -4) John F. Kennedy Airport, New York City

„Okay. Aufwachen! Wir sind da!" rief Olafson. Dieses sadistische Gespür für schlechtes Timing erinnerte Salomon instinktiv an Samuel. Gerade hatte er sich noch im Land der Träume an einem wunderschönen Tag am Strand von Tel Aviv befunden. Und jetzt sah er sich wieder mit der harten Realität konfrontiert. „Wir haben vielleicht bald die Chance, mit einer Person, die auf

Ihrer Liste steht, zu sprechen", sagte Dimitropoulos mit einer Frische, als ob es für ihn absolut normal wäre, jeden Tag weniger als sechs Stunden Schlaf zu haben. „Sehr schön. Aber, wenn Sie nichts dagegen haben, dann möchte ich jetzt doch gerne in ein Hotelzimmer, um meinen Schlaf fortzusetzen!" nörgelte Salomon. „Kein Problem! Ist alles schon vorbereitet!" Olafson gefiel sich in der Rolle des Gastgebers. Nachdem er Fatma ebenfalls aus dem Schlaf gerissen hatte, verließen sie das Flugzeug und gingen auf eine bereitstehende Limousine zu. Plötzlich griff der neben der Limousine stehende Fahrer in seine Jacke und zog eine Pistole heraus. Olafson warf sich instinktiv vor Salomon, der noch gar nicht ganz begriffen hatte, was geschah. Olafson wurde schwer verletzt. Währenddessen hatte Salomon geistesgegenwärtig seine Waffe gezogen und den Schützen mit einem gezielten Schuß außer Gefecht gesetzt. Vom Tower aus hatte man offensichtlich den Vorfall beobachtet, denn eine Einheit der Flughafensicherheit und ein Krankenwagen waren nur eine Minute später am Ort des Geschehens. Olafson war noch genug bei Kräften, um die Beamten über die Situation genauestens zu informieren. Dann wurde er bewußtlos, und man brachte ihn ins Krankenhaus. Wie sich herausstellte, war die echte Limousine auf Grund falscher Informationen zu einem anderen Flugzeug gefahren. Als man die Schießerei gehört hatte, war man sofort losgefahren, da das andere Flugzeug ohnehin verlassen war. Der UN-Beamte, den man eigentlich als Empfangskomitee geschickt hatte, war zutiefst bestürzt. „Herzlich willkommen in New York. Diese Sache tut mir entsetzlich leid. Aber irgendwo muß ein Maulwurf direkt am Informationsfluß sitzen. Wir arbeiten bereits fieberhaft daran, ihn ausfindig zu machen." – „Schon okay. Das hätte ich eigentlich auch selbst merken müssen. Eine Limousine, bei der in so einem Fall keine Bodyguards und niemand offizielles dabeisteht, – das hätte mich gleich stutzig machen müssen", meinte Salomon. „Aber wissen Sie, ich hatte in den letzten Tagen sehr wenig Schlaf. Da macht man halt hin und wieder auch Fehler." – „Natürlich. Ich versichere Ihnen, daß Sie jetzt fürs erste in Sicherheit sind. Wir hatten eigentlich ein Hotelzimmer für Sie im Walldorf-Astoria reserviert. Aber unter diesen Umständen ist, glaube ich, doch eine Unterkunft im UN-

Gebäude etwas sicherer." Mit diesen Worten geleitete er Fatma,
Salomon und Dimitropoulos in die Limousine, die wenige Sekunden später mit quietschenden Reifen davonfuhr.

Im UN-Gebäude angekommen, wollten die Beamten dort als
erstes noch einmal die Liste einsehen. Dann wiesen sie Fatma
und Salomon je ein Zimmer mit persönlichem Wachmann zu.
Allerdings sollten Sie schon in sechs Stunden wieder aufstehen,
da zu diesem Zeitpunkt die Telefonkonferenz mit dem Informanten aus Deutschland geplant war. „Na wunderbar!" dachte
Salomon. „Nicht genug damit, daß meine eigenen Leute mich
verfolgen und meine besten Freunde töten, nein, ich darf auch
nicht mal mehr genug schlafen! Und als Gipfel des Ganzen ist
ein Deutscher unser Retter in der Not. Entweder gibt es Gott
wirklich nicht, oder er ist ein Sadist. Oder die Christen haben
doch recht, Samuel ist in den Himmel gekommen und hat Gott
dort mit seinem Sarkasmus angesteckt. Was es auch immer ist,
wenn es nicht bald vorbei ist, werde ich wahnsinnig!" Müde
ließ er sich auf sein Bett fallen und schlief sofort ein.

07:30 Uhr (GMT -4), ESO Gelände, La Silla

Keiner hatte richtig schlafen können, da die Verhöre die ganze
Nacht über weitergegangen waren. Man hatte sich darauf geei-
nigt, Jans Abenteuerlust als Grund für seine Nichtanwesenheit
zu nennen. Der Anführer hatte bereits Andretti, Henriksen,
Helmle und de Gruyter verhört. Alle hatten sich so kooperativ
wie möglich verhalten. Da de Gruyter seine Daten noch schnell
vor der Ankunft der Terrortruppe gelöscht hatte, und alle anderen ohnehin nichts Verdächtiges auf ihren Festplatten hatten,
verliefen die Verhöre auch ohne größere Probleme. Jetzt wäre
allerdings Jan an der Reihe gewesen. Nachdem sich auch nach
dem dritten Aufruf niemand gemeldet hatte, wurde der Mus-
kelmann, der ihn zum Verhör bringen sollte, ungemütlich.
„Okay! Wer von Euch ist dieser Michelsen? Na los, zeig Dich,
Du Feigling!" Er wartete wieder einen Moment. „Okay. Du
willst es so." Er griff sich eine Wissenschaftlerin aus einem
anderen Team, die bereits verhört worden war, und hielt ihr

seine MP an die Schläfe. „Ich zähle jetzt bis drei. Wenn ich dann Deine Visage noch immer nicht sehe, dann wird es hier etwas eklig." Die Frau begann am ganzen Leib zu zittern. „Eins – zwei ... ." – „Moment, warten Sie!" rief Andretti. „Was willst Du denn? Mit Dir haben wir uns doch schon unterhalten, also halt Dein Maul!" – „Ja, aber er ist einer meiner Leute. Und da dachte ich, ich sollte Ihnen etwas Wichtiges über ihn mitteilen." – „Bitte, ich höre!" Er stieß die Frau von sich. „Wissen Sie, er ist noch sehr jung und ein Abenteurer noch dazu. Er wird wohl wieder mal im Ort sein und in irgendeiner Kneipe Karten spielen." – „Ja, wir hatten schon öfter schwere Auseinandersetzungen mit ihm deswegen", ergänzte de Gruyter. „Was soll das? Halten Sie mich für einen Vollidioten?" – „Selbstverständlich - nicht!" meinte Henriksen etwas zynisch. „Wenn Sie uns nicht glauben, dann fahren Sie doch hinunter und sehen Sie nach. Aber wahrscheinlich hat er inzwischen von Ihrer Aktion erfahren und hat das Weite gesucht – was ich ihm nicht verdenken könnte!" sagte Fournot etwas beleidigt. „Na schön!" meinte der Terrorist, nachdem er ein wenig nachgedacht hatte. „Wie lauten seine Kennung und sein Paßwort?" Die Wissenschaftler sahen sich verdutzt an. „Ähm, tja, also, kennt jemand von Euch seine Kennung?" fragte Helmle in die Runde. „Keine Ahnung!" – „Weiß nicht, vielleicht ‚michelsen'? Ist aber nur eine Idee", meinte Llewelyn. Dabei mußten sie ihre Unwissenheit noch nicht einmal vortäuschen. Zwar kannte jeder von ihnen durchaus Jans Kennung, schließlich war die ja identisch mit dem ersten Teil seiner E-mail-Adresse. Aber sein Paßwort ... „Wozu sollte ein Paßwort denn gut sein, wenn es jeder kennt?" dachte wohl fast jeder von ihnen. „Ich halt's nicht aus! Ich halte das einfach nicht aus! Das nächste Mal, wenn ich von einem solchen Auftrag höre, lasse ich mich krankschreiben!" Da sich niemand finden ließ, der Jans Paßwort kannte, zwangen sie den Administrator, nachdem sie ihn ausfindig gemacht hatten, einfach alle Accounts freizugeben. „Ich habe mich ohnehin gefragt, warum sie das nicht gleich getan haben!" meinte Helmle abfällig. „Ganz einfach. Der Administrator hätte den Versuch unternehmen können, alle Daten einfach zu löschen. Dann hätten sie gar nichts gehabt. So konnten sie versuchen, ihren Mann mit etwas Glück doch ohne dieses Risiko zu finden." – „Ich staune immer wieder", meinte Andretti. „Und? Meinen Sie, der Administrator wird die Platten löschen?" fragte MacDermot. „Nein. Es gehört sehr viel Mut dazu, ein solches Risiko einzugehen. Da sie sowieso fast alle befragt haben, würde es sich auch gar nicht lohnen. Ich würde es an seiner Stelle jetzt auch nicht tun."

Er tat es nicht. Offensichtlich fanden sie, was sie gesucht hatten, denn der Anführer ging kurze Zeit später nach draußen, wo sie eine kleine Teleskopantenne aufgebaut hatten. Als er wieder zurückkam, meinte er: „Na also. Den ersten Schritt hätten wir. Da Sie nicht ganz unkooperativ waren, besteht der zweite Schritt vielleicht doch nicht aus Ihrer Eliminierung!" Dann ging er wieder in den Computerraum zurück, der in eine Kommandozentrale umgewandelt worden war. Nun hieß es warten, warten, warten .... .

15:20 Uhr (GMT +2), konspirative Wohnung im Süden Mannheims

Wo waren diese Leute nur mit ihm hingefahren? Und vor allem, was hatten die beiden Martins mit diesen Leuten, die ihm irgendwie verdächtig vorkamen, zu tun? Auf dem Dach des Hauses befanden sich eine ungewöhnlich große Richtfunkantenne, sowie zwei Satellitenschüsseln. Im Haus selbst wimmelte es nur so von technischen Geräten wie Computern, Bildschirmen, Videorecordern, Faxgeräten und so weiter, und so weiter.

Wie sich herausstellte, war der Besitzer des Hauses ein Fernsehmechaniker, der allerdings, für die entsprechende Bezahlung, auch einige andere Dienste anbot. So etwa diese Videokonferenz. Jan hatte keine Ahnung, wie er es geschafft hatte, aber dieser Mann hatte eine Direktverbindung zu einem Telekommunikationssatelliten hergestellt. Auf dem Bildschirm war das Büro eines UN-Beamten in New York zu sehen. Er begrüßte die Anwesenden auf Englisch und bat um die nochmalige genaue Schilderung der Angelegenheit mit dem Asteroiden. Jan erklärte kurz und bündig, was seine Kollegen und er herausgefunden und errechnet hatten. Er erwähnte aber auch die seltsamen Zwischenfälle im Zusammenhang mit dem fraglichen Objekt. Da schob sich ein anderer Mann ins Bild. Er stellte sich als Salomon Jona, Mitarbeiter eines israelischen Nachrichtendienstes, vor. Er klärte Jan darüber auf, daß er auf einer Todesliste stand, und fragte ihn, ob er es sich trotzdem zutrauen würde, nach New York zu kommen, um die Beweise einigen Wissenschaftlern bei den UN persönlich zu präsentieren und sie dem UN-Generalsekretär und eventuell dem US-Präsidenten vorzulegen. Jan war völlig überrascht, wie wichtig er plötzlich geworden war. Er zögerte einen Moment, akzeptierte aber dann und fragte: „Und wie haben Sie vor, mich sicher nach New York zu bringen?" – „Wir werden für Sie einen Flug unter falschem Namen buchen. Außerdem werden wir außerhalb dieses Raumes das Gerücht verbreiten, Sie würden schon heute abend fliegen. In Wirklichkeit werden Sie aber erst morgen früh hierher abreisen. Ist das für Sie in Ordnung?" Jan dachte einen Moment nach. „Okay. Wann soll ich also morgen früh wo sein?" – „Um 9:40 Uhr am Frankfurter Flughafen. Delta Airlines Flug 547. Jan nahm die Bedingungen an, obwohl ihm nicht ganz wohl dabei war.

Inzwischen war auch der andere Martin eingetroffen. Eigentlich hatte er ja die Verbindung erst möglich gemacht. Er hatte vom Universitätsrechenzentrum aus an einem Chat teilgenommen, in dem sich auch sein UN-Kontaktmann befand. Da die Frequenz für die Übertragung bis kurz vor Beginn geheim bleiben sollte, hatte er sie per Codewort weitergegeben, als auf seinem Handy die Nachricht „Ihr Auftritt, Al Bundy!" erschienen war. „Hallo Jan, wie geht's so? Ich habe gehört, Du hattest ziemlich viel Streß in letzter Zeit?" fragte er in bester Laune. „Streß!?" antwortete Jan ziemlich böse. „Du nennst das Streß? Du hast ja keine Ahnung! Das war Terror pur!" fuhr er ihn an. „Jetzt mach aber mal halblang!" gab dieser nicht weniger aggressiv zurück. „Seit Du mir diese Mail geschickt hast, war das Leben hier auch nicht gerade ein Zuckerschlecken! Es hat zwar eine ganze Weile gedauert, bis die herausgefunden haben, wo ich wohne, aber etwa zwei Stunden, nachdem ich die Informationen an Prof. Krautschneider weitergeleitet hatte, klingelte bei mir das Telefon. Da der Anruf auf der Faxnummer ankam, über die ich mit meinem Computer ins Netz gehe, wußte ich, daß dies kein normaler Anruf war. Ich nahm ab und stellte mich dumm. Die wollten wissen, wie ich heiße und wo ich wohne. Sie sagten, mit dieser Nummer sei Mißbrauch betrieben worden, und sie wollten jetzt überprüfen und sicherstellen, daß diese Taten nicht von mir selbst begangen wurden. Also gab ich einen falschen Namen und eine falsche Adresse an, aber ich wußte, daß die bald die Wahrheit herausfinden würden, und daß sie dann herkommen würden. Also habe ich meinen Eltern empfohlen, vorübergehend das Haus zu verlassen, und bin selbst zu einem meiner Bekannten gefahren, von dem ich wußte, daß man ihn erstens nicht sofort mit mir in Verbindung bringen würde, und daß er zweitens mindestens eine Feuerwaffe im Haus hatte. Vorher habe ich natürlich meine Festplatte ausgebaut und mitgenommen." Er setzte sich und trank einen Schluck Wasser aus einem Glas, das er sich während seines Monologs gefüllt hatte. „Und, sind sie zu dem Haus Deiner Eltern gekommen?" wollte Jan wissen. „Ja. Sie haben die Tür geknackt, mein Zimmer auf den Kopf gestellt und meinen Computer mit allem, was ich noch drin gelassen hatte, geklaut. Wahrscheinlich hätten sie das ganze Haus mit einer Bombe versehen oder irgend sowas, wenn sie nicht von der Polizei gestört worden wären, die meine Eltern von einem Nachbarhaus aus verständigt hatten." Er nahm wieder einen Schluck. „Na, wenigstens ist Deinen Eltern und Dir nichts passiert", meinte Jan. „Meinen Eltern nicht. Aber die haben dann irgendwie doch herausgefunden, wo ich untergekommen bin. Zwei von denen haben das Haus gestürmt. Mein Bekannter hat einen von ihnen voll erwischt und den anderen angeschossen, bevor der ihm mehrere Schüsse in Brust und Beine verpaßt hat und dann geflohen ist. Ich hab einen Notarzt gerufen und bin dann ebenfalls abgehauen. Mein Bekannter ist übrigens erst heute wieder aus der Intensivstation herausgekommen. Die Ärzte meinten scherzhaft, das sein „leichtes" Übergewicht schlimmeres verhindert habe. Aber ich mußte mir jetzt überlegen, wo ich hingehen sollte. Wo konnte ich sicher sein vor diesen Typen? Nun, zunächst mal bin ich zu Martin gegangen. Unterwegs ist mir eingefallen: Hey, Du kennst da ja noch jemanden mit gewissen Kontakten ... Also habe ich da von Martin aus angerufen und mein Problem oberflächlich geschildert. Fünfzehn Minuten später hatte ich zwei Bodyguards und ich wurde in ein sicheres Versteck gebracht." Er trank den Rest des Glases aus. „Und wer sind denn jetzt diese ominösen Leute hier?" Jan schaute sich vorsichtig um und fragte dann leise: „Sind das Schlepper für illegale Ausländer oder Waffenschieber oder was?" Martin sah sich ebenfalls vorsichtig um. Dann meinte er kurz und prägnant: „So ähnlich. Es sind Mafiosi. Ich mußte die Hilfe des organisierten Verbrechens in Anspruch nehmen. Also sag nicht, ich hätte keine Ahnung von Streß!" Jan war sichtlich erstaunt. Diese Art von Beziehungen hatte er seinem Bekannten nicht zugetraut, obwohl er wußte, daß dessen Freundes- und Bekanntenkreis groß, um nicht zu sagen sehr groß war. „Na ja, wenigstens waren ihre Dienste bisher gut genug, um uns alle am Leben zu halten. Hoffen wir, daß die UN mindestens genauso gut auf uns und vor allem auf Dich aufpassen kann. Ich habe das bisher nur sehr wenigen Menschen erzählt. Aber vor etwa sieben, vielleicht waren es auch acht, Jahren hatte ich einen Traum. Einen sehr einprägsamen und vor allem sehr realistischen. Eines morgens wollte ich in den Garten hinter unserem Haus gehen. Aber von dem war nicht mehr viel da. Alles, was zu sehen war, war ein hellbrauner Schlamm, der sich auch über die Felder hinter unserem Haus gelegt hatte. Außerdem war der Himmel sehr stark bewölkt, und weiße Flokken fielen herunter. Aber das war kein Schnee: Es war Asche! Und die Wolken waren eigentlich keine reinen Regenwolken, sondern größtenteils Staubwolken. Ich bin dann wieder hineingegangen, wo irgend jemand den Fernseher angemacht hatte. Es lief gerade eine Nachrichtensendung, in der Bilder von Bränden überall auf der Erde zu sehen waren. Angeblich sollte ein Drittel der Landmasse in Flammen stehen. Für mich war damals klar, daß nur ein Meteorit in Form eines Kometen oder Asteroiden eine solche Zerstörungskraft entwickeln konnte. Also habe ich gehofft, daß diese Bilder nie Realität werden würden. Und damit sie auch wirklich nie wahr werden, mußt Du sicher in New York ankommen. Aber was vielleicht viel wichtiger ist: Du mußt die Leute von der Ernsthaftigkeit und der Dringlichkeit der Lage überzeugen. Ich glaube, das schuldest Du auch Deinen Kollegen, die für Dich ihren Kopf hinhalten. Es gibt keine andere Alternative. Du mußt es einfach schaffen." Martin schaute Jan bedeutungsvoll an. „Mann, was glaubst Du wohl, warum ich Dir überhaupt diese Mail geschickt habe? Wenn mir diese Sache nicht so wichtig wäre, hätte ich sicher nicht unser aller Leben dafür riskiert. Dabei fällt mir ein: Hast Du inzwischen was von Frank gehört?" Martin schaute ihn fragend an. „Wer ist Frank? Müßte ich den kennen?" – „Nein, mußt Du nicht", antwortete der erste Martin. „Er war ein Semester lang bei uns zum Austausch aus Amerika. Aber Jan, ich habe etwas von ihm gehört. Es wird Dir allerdings nicht gefallen ... ." – „Sag es mir trotzdem!" drängte Jan. „Okay. Ich hab das von einem unserer Gastgeber hier, der hat einen Bruder in Boston und der hat das angeblich in der Zeitung gelesen. Muß also nicht hundert Prozent richtig sein. Auf jeden Fall, Frank soll sich ein paar Pillen Ecstasy zuviel eingeworfen haben. Er liegt im Koma und ist angeblich bereits hirntot. Reicht Dir das?"

Die Sache schien außer Kontrolle zu geraten. Jan wurde zum ersten Mal wirklich richtig bewußt, daß man seinen Freund in Amerika nur wegen einer E-mail getötet hatte. Wegen einer E-mail, mit der er vielleicht noch nicht einmal etwas anzufangen wußte. Jan begann zu verstehen, daß er es war, der alle seine Freunde in größte Gefahr gebracht hatte. Mit stummem Blick verließ er den Raum und ging zu dem bereitstehenden Wagen hinaus, mit dem seine Verfolger überlistet werden sollten, falls sie ihm inzwischen auf die Spur gekommen waren. Nachdem die anderen nachgekommen waren, stiegen sie ein, und der Wagen fuhr los.

Nach etwa 20 Minuten Fahrzeit erreichten sie eine Unterführung. „So, dann paßt mal gut auf, Ihr Dumpfbacken!" rief der Fahrer. Er hatte einen dunklen BMW bemerkt, der ihnen seit einer Viertelstunde gefolgt war. „Diese Show ist nur für Euch!" Er trat das Gaspedal bis zum Anschlag durch. Jan dachte bei sich: „Okay, so also hat sich Lady Di in den letzten Sekunden ihres Lebens gefühlt!" In der Unterführung war das Licht ausgefallen, und der Fahrer verzichtete auf die Beleuchtung seines Fahrzeugs. Nach 100 m sah Jan auch warum. Auf der Spur neben ihnen fuhr ein Wagen, der identisch mit ihrem Fahrzeug war. Der Fahrer überholte ihn, fuhr weiter mit Vollgas aus der Unterführung hinaus und dann gleich wieder rechts eine Abfahrt nach oben. Der „Zwillingswagen" fuhr jetzt ebenfalls extrem schnell, aber er blieb auf der Straße, die aus der Unterführung heraus weiter Richtung Norden führte. Auf der Straße über der Unterführung angelangt, beobachteten Jan und die anderen Insassen, wie das Verfolgerfahrzeug ihren „Doppelgänger" weiter verfolgte. „So. Die sind jetzt erst mal beschäftigt!" triumphierte der Fahrer. „Wenn sie es nicht kapieren, dann bleiben sie an dem dran, bis er in Frankfurt ankommt. Sie werden sich dann zwar wundern, daß wir so unvorsichtig und stümperhaft sind, aber bis die feststellen können, daß der Falsche diesen Flug genommen hat, sitzt Du wahrscheinlich schon im richtigen Flieger. Dann würde ich allerdings gerne deren Gesichter sehen!" Er startete den Wagen wieder und fuhr zurück nach Mannheim. Dort steuerte er eine andere Wohnung, diesmal im Norden der Stadt an.

An einem dreistöckigen Flachdach-Wohnblock hielt der Wagen. Jan war positiv überrascht. „Hey, das ist ja die Wohnung von Markus und Nadine!" rief er. Sie stiegen aus und gingen nach oben, während der Fahrer die Limousine in einer der Garagen vor dem Häuserblock parkte, so daß der Wagen niemandem auf der Straße auffallen konnte. Markus und Nadine hatten die Gruppe schon erwartet. Zur Begrüßung hatten die beiden einige Bleche Pizza mit unterschiedlichen Belägen gebacken. Sofort stürzten sich alle auf die heißen Teigstücke, als hätten sie seit Tagen nichts zu essen bekommen. Nachdem die erste Mampf-Attacke vorbei war, erkundigten sich die beiden nach Jans Wohlergehen, und was ihm denn bisher alles so passiert sei. Jan erzählte seine Geschichte, die er ja schon Prof. Krautschneider in allen Details schildern mußte, ein weiteres mal. Die anderen hörten ihm gespannt zu. Langsam fing es an, ihm Spaß zu machen, diese Geschichte zu erzählen. Ganz besonders schmückte er natürlich sein Katz-und-Maus-Spiel mit den beiden Agenten am Flughafen von Santiago aus. Aber als er zu dem Punkt kam, an dem er ihnen von Franks „plötzlichem" Ableben erzählen mußte, wurde er wieder ruhiger und nachdenklicher. Mit einem Schlag war alle Heiterkeit aus dem Raum gewichen. Jan erzählte noch kurz davon, was er vor dem Anruf des Chilenen sonst noch alles auf La Silla erlebt hatte. Eine halbe Stunde später, es war inzwischen 22:00 Uhr, entschloß man sich jedoch, jetzt schlafen zu gehen, da das Frühstück für 5:00 Uhr angesetzt war, um am nächsten Morgen pünktlich um 7:30 Uhr einchecken zu können. Als er sich auf der Couch zum Schlafen hingelegt hatte, dachte Jan noch: „Wieder ein Tag weniger. Ich hoffe, ich komme sicher nach New York und kann die Leute dort rechtzeitig überzeugen. Ich könnte es mir nie verzeihen, wenn ich meine Freunde umsonst in Gefahr gebracht hätte, und all diese vielen Millionen Menschen sterben müßten." Er lag noch lange wach und grübelte weiter, bevor er einschlief.

17:30 Uhr (GMT -4), ein jüdisches Restaurant in Brooklyn, New York City

Salomon und Fatma warteten jetzt schon seit einer Stunde, auf das Erscheinen ihres Kontaktmanns. Salomon hatte in der Synagoge nach dem verschwundenen Rabbiner, Isaak Horowitz, gefragt und man hatte ihm gesagt, daß er um 16:30 Uhr in dieses Restaurant gehen und auf Leonard warten solle. Das Problem war nur, daß der Mann, der ihm diesen Tip gegeben hatte, nicht genau sagen konnte, wie Leonard aussah und ob er überhaupt kommen würde. Offensichtlich hatte der Informant noch einmal darüber nachgedacht, warum der Rabbiner verschwunden sein könnte, und war zu dem Schluß gekommen, daß über diese Angelegenheit zu reden nicht unbedingt das Gesündeste sein könnte.

„Vielleicht sollten wir uns etwas zu essen bestellen, ich habe nämlich Hunger und dieser Leonard kommt bestimmt sowieso nicht mehr", schlug Fatma vor. Ihre allgemeine Gemütslage hatte sich seit ihrer Ankunft in New York deutlich verbessert. Salomon hatte es sogar geschafft, ihr schon wieder ein kleines Lächeln abzugewinnen. „Tja, wahrscheinlich hast Du recht." Aufzugeben war sonst nicht unbedingt seine Art. Aber auch Salomon hatte Hunger – und den Wunsch nach ein wenig Entspannung. Am nächsten Morgen würde dieser Deutsche kommen. „Na ja, wenn die Daten, die er bei sich hat, brauchbar und überzeugend sind, ist mir egal, woher er kommt", dachte er. Der Ober kam an ihren Tisch. „Wir möchten gerne die Speisekarte", bat Fatma den etwas älteren Herrn im Jackett freundlich. „Hm. Moment. Können Sie uns vielleicht etwas Besonderes empfehlen? Wissen Sie, ein Freund von mir, der hier öfter vorbeikommt, hat mir Ihre Lammkeule empfohlen. Hat er da recht?" hielt Salomon ihn zurück. „Na ja, die Lammkeule ist nicht schlecht. Aber unsere Spezialität ... Hm. Wie heißt denn Ihr Freund, wenn ich mal fragen darf?" – „Leonard", gab Salomon beiläufig zurück. Er versuchte zwar es zu unterdrücken, aber als Salomon den Namen nannte, zuckte der Mann kurz zusammen. Außerdem wurde er jetzt sichtlich nervös. „Ach ... Leonard haben Sie gesagt? Ja, der war schon eine ganze Weile nicht mehr hier." Es war ein Kinderspiel für Salomon zu erkennen, daß der Mann log. „Vermutlich ist er weggezogen oder auf eine lange Reise gegangen!" – „So?" meinte Salomon etwas künstlich überrascht. „Seltsam. Eigentlich sollte ich ihn heute hier treffen. Ich war vor einer Stunde mit ihm hier verabredet. Na, da hat wohl jemand einen Fehler gemacht." Er sah den Kellner mit fixierendem Blick an. „Also, wenn Sie heute hier mit ihm verabredet waren, dann kann ich ja mal nachsehen, ob er Ihnen vielleicht eine Nachricht hinterlassen hat", meinte der Kellner mit einem genauso künstlichen Lächeln. „Oh, das wäre wirklich sehr nett von Ihnen. Vielen Dank!" antwortete Salomon. „Ich komme am besten gleich mit, ich muß sowieso mal auf die sanitären Anlagen." Davon schien der Mann nicht so begeistert zu sein. „Na, das kann aber einen Moment dauern, bis ich das gefunden habe, wenn überhaupt was da ist." – „Ach, das ist schon in Ordnung!" lachte Salomon. „So lange werde ich es schon noch aushalten." Der Mann wurde zunehmend nervöser. Aber es blieb ihm keine andere Wahl. Um nicht weiter aufzufallen, ging er mit Salomon zur Bar. „Dauert sicher nur einen Moment!" meinte er und verschwand hinter dem Tresen. Er versuchte sich durch die Hintertür hinauszuschleichen. Aber Salomon hatte Fatma, als er vom Tisch aufgestanden war, ein Zeichen gegeben. Sie wartete also schon auf ihn und empfing ihn mit: „Moment! Nicht ganz so eilig! Sie werden schön wieder reingehen!" Der Mann wollte einen Schritt aus der Tür machen. Fatma zog ihre Waffe – und sie gingen beide wieder zur Bar zurück. „Warum haben Sie uns nicht einfach gesagt, daß Sie an einem weniger öffentlichen Ort mit uns reden wollen, Lenny?" fragte Salomon. „Sie müssen verstehen ... Die haben mir gedroht ...", stammelte er. „Alles in Ordnung, Mr.

Rosenberg?" fragte ein jüngerer Kellner, der gerade vorbeikam. „Ja. Alles okay. Das sind Verwandte aus Israel. Sie wollten mich ein wenig überraschen. Und weil ich den Kleinen, na, wie heißt Du noch mal, es ist schon so lange her, daß ich Dich das letzte mal gesehen habe!" – „Benjamin, Onkel Lenny. Da wurde es aber wirklich mal Zeit, daß wir Dich mal wieder besucht haben, nicht wahr, Eva?" antwortete Salomon mit einem kleinen Lächeln. „Ja. Aber wenn wir nicht auf Hochzeitsreise hier wären, dann hättest Du Deinen armen Onkel wahrscheinlich nie mehr besucht!" konterte Fatma blitzschnell und brachte Salomon damit völlig aus dem Konzept. Was wollte sie ihm damit sagen? War das eine Art Code? Oder hatte sich Samuels Seele etwa auf die ganze Welt verteilt und alle Menschen zu Sarkasten gemacht? Nach einer kurzen Denkpause meinte er dann: „Na, so kannst Du das aber nicht sagen! Außerdem ist das doch jetzt egal!" Der junge Kellner witterte einen sich anbahnenden Ehestreit und versuchte gleichzeitig, etwas Hitze aus der Situation herauszunehmen und, für den Fall daß das schiefgehen sollte, selbst möglichst weit genug wegzukommen, denn ihm genügten schon die dauernden Streitereien mit seiner Freundin. „Also, wenn das so ist ... ich denke der Chef hätte nichts dagegen, wenn Sie sich ein paar Tage frei nehmen, solange Ihr Neffe da ist." – „Meinen Sie wirklich?" Rosenberg lächelte gequält. „Sicher. Sie wissen doch, wie wichtig ihm gute Familienbeziehungen sind. Heute ist sowieso nicht viel los. Und für morgen finde ich garantiert jemanden. Im übrigen kann ich mich gar nicht erinnern, wann Sie überhaupt jemals Urlaub hatten." – „Ja, da ist er ganz wie mein Vater. Nur für die Arbeit da. Aber Du mußt auch mal ausspannen, Onkel. Komm, Du kannst uns doch sicher einige schöne Stellen hier in Brooklyn zeigen, oder?" Rosenberg gab seinen Widerstand auf. Er legte seine Kellnerschürze ab und zog seinen Mantel an. Dann verabschiedete sich das Trio von dem jungen Mann und verließ das Lokal. Draußen angekommen, fragte Salomon ihn sofort: „Also, was können Sie uns erzählen?" – „Nicht so laut!" fuhr ihn Rosenberg an. „Außerdem sollten wir uns nicht hier unterhalten. Gehen wir besser erst mal raus aus diesem Viertel. Aber wir müssen unter Leuten bleiben!" Er dachte einen Moment nach. „Ja. Das müßte gehen. Der Zoo im Central Park. Kommt, gehen wir zur U-Bahn." Sie gingen zur nächsten Station. Allerdings fiel Salomon unterwegs auf, daß sie zwei „Begleiter" bekommen hatten. „Welche Züge fahren denn zum Central Park?" fragte er Rosenberg. Der nannte ihm zwei Linien, die allerdings nicht ganz direkt fuhren. „Gut. Wir steigen in eine andere Linie ein und kurz vor der Abfahrt wieder aus." – „Wieso?" wollte Fatma wissen. „Weil wir Gesellschaft haben!" In aller Ruhe stiegen sie in eine der anderen Bahnen ein. Die beiden Begleiter folgten ihnen. Als die Türen zum Schließen ansetzten, sprangen Fatma und Rosenberg aus dem Zug wieder heraus. Salomon stellte sich in die Tür, riß zwei Fahrgäste zu Boden und versetzte dem ersten der beiden Verfolger einen Tritt in den Bauch. Der andere stolperte über die beiden Fahrgäste und seinen Kollegen. Die Türen schlossen, und der Zug fuhr ab. Salomon winkte ihnen mit einem gemeinen Lächeln hinterher. Dann gingen sie zu dem Bahnsteig, an dem die Züge nach Manhattan fuhren.

Schon nach wenigen Sekunden traf ein Zug der C-Linie ein. Sie nahmen diesen, stiegen unterwegs in die S-Linie um, und verließen die U-Bahn an der 5th Ave. wieder. Von dort aus war es nicht mehr weit bis zum Park. „So, da wären wir!" meinte Salomon, als sie im Zoo selbst angekommen waren. „Dann erzählen Sie uns mal, was Sie so auf dem Herzen haben!" Der alte Mann fühlte sich spürbar unbehaglich. „Können Sie mir so etwas wie Zeugenschutz, eine neue Identität oder so verschaffen? Die denken doch jetzt, daß ich mit Ihnen geredet habe. Und ehrlich gesagt, ich habe keine Lust, so wie Isaak zu verschwinden oder irgend einen plötzlichen Tod zu erleiden!" – „Na, wir werden mal sehen, was wir da machen können. Aber erst sollten Sie uns erzählen, was Sie wissen. Sonst können wir schließlich gar nicht beurteilen, ob Sie überhaupt in das Zeugenschutzprogramm aufgenommen werden müssen. Vielleicht erzählen Sie uns ja nur belanglose Sachen, und Ihre Angst ist absolut unbegründete Paranoia", antwortete Salomon. „Sie haben die beiden doch auch gesehen. Sie haben sie ja schließlich ausgetrickst! Also kann das wohl schlecht nur meine Einbildung sein, oder?" – „Natürlich. Aber es besteht immer noch die Möglichkeit, daß die beiden eigentlich hinter uns beiden her waren." Er zeigte auf sich und Fatma. „Aber ich bin mir sicher, daß Ihre Story durchaus eine neue Identität rechtfertigt. Also, erzählen Sie!" Rosenberg mußte sich erst sammeln. „Also gut. Isaak ist ein guter Freund von mir. Er ist Rabbiner, aber das wissen Sie ja sicher schon. Was Sie vielleicht noch nicht von ihm wissen, ist, daß er sich auch mit nicht-theologischen Texten befaßt hat. Vor einigen Monaten fing er dann davon an, daß das Ende der Welt näher käme, daß die Ankunft des Messias kurz bevorstünde und so weiter. Irgendwie hat das ein Journalist von der New York Times mitgekriegt. Er ist vor etwa zwei Wochen hier aufgetaucht und hat ein ziemlich langes Gespräch mit Isaak geführt. Da dieses Gespräch in dem Restaurant, in dem ich arbeite, stattfand, habe ich hin und wieder einige Gesprächsfetzen mitbekommen. Offensichtlich hatte auch er von einem kurz bevorstehenden weltverändernden Ereignis erfahren, und zwar aus der Bibel!" – „Der Mann, wie hieß er?" unterbrach ihn Salomon. „Es tut mir leid. Aber mein Gedächtnis ist nicht mehr das beste. Aber ich glaube, der Herr hat an einer Story über Geheimnisse, die in der Bibel versteckt sind, gearbeitet. Er wollte wissen, woher Isaak seine Informationen habe, ob er sonst noch irgend etwas über die näheren Umstände des Ereignisses wüßte und ob er irgend jemandem davon erzählt habe." Langsam begann die Sache einen Sinn zu bekommen. „Jetzt verstehe ich es!" rief Salomon. „Was?" fragte Fatma erstaunt. „Die Zusammenhänge. Wir hatten uns doch gefragt, warum der Rabbiner auf der Liste stand. Jetzt weiß ich warum. Es gibt eine Theorie, die besagt, daß in der Bibel Ereignisse der Weltgeschichte verschlüsselt versteckt seien. Man nennt das, glaube ich, Bibelcode. Es hat sich ja inzwischen herausgestellt, daß die ersten Annahmen etwas überzogen waren, da man mit derselben Methodik, mit der sich die Hinweise sichtbar machen sollen, auch in anderen langen Texten durchaus „prophetische" Informationen entdekken kann." – „Verstehe ich nicht. Wenn es nicht funktioniert, warum haben sie den Rabbi dann trotzdem verschwinden lassen? Spinner gibt es ja wirklich genug auf der Welt!" Fatma erntete einen etwas unfreundlichen Blick von Rosenberg. „Vielleicht funktioniert es ja doch. Keine Ahnung. Ich habe da in letzter Zeit einige neue Theorien über die Möglichkeiten, Texte in Texten zu verstecken, gehört. Ein amerikanischer Codierungsexperte will sogar eine Gesetzmäßigkeit darin entdeckt haben. Danach soll jeder Text auch noch mehrere zusätzliche

Bedeutungen tragen. Angeblich sollen sie unterbewußt durch die Wortwahl der Verfasser in den Text einfließen. Er meint, das ganze basiere, ähnlich wie die Physik, auf Naturgesetzen. Sein Bild vom Universum und der Rolle Gottes ist dann auch entsprechend komplex. Angeblich seien alle Ereignisse schon vom Anfang der Zeit an von Gott festgelegt worden. Der würde nun beobachten, wie die einzelnen Individuen sich in seinem Plan zurechtfänden. Denn sie hätten immer noch die Freiheit, selbst zu wählen, wie ihr weiterer Weg aussähe. Wie auch immer sie sich entschieden, für jede Entscheidungskette gäbe es einen komplett abgeschlossenen vorherbestimmten Lebensplan. Deswegen habe auch der Bibelcode bei der angeblichen Bedrohung Jerusalems durch einen nuklearen Terroranschlag versagt, aber bei der Ermordung Rabins recht behalten. Rabin hatte die Warnungen ignoriert. Die nukleare Bedrohung war dagegen ernst genommen worden, Vorbereitungen zur Abwehr seien getroffen und ausgeführt worden, und dadurch sei man auf eine neue Ereigniskette übergewechselt. Jetzt würden wieder neue Wahrheiten in der Bibel zu finden sein, während alte ihre Gültigkeit verloren hätten. Das ganze laufe nach dem Prinzip: Wer suchet, der findet. Ich habe das einfach nur für eine Spinnerei gehalten, wenn auch für eine sehr ausgefeilte. Vor allem war ja auch bewiesen worden, daß der Wille der Sucher, etwas zu finden, letztendlich die gefundenen Dinge überinterpretiert. Und daß bestimmte Wörter mit einer ziemlich hohen Wahrscheinlichkeit ohnehin in jedem Text vorkommen – jetzt mal von „der", „die", „das", „und", „ja" und „nein" abgesehen – ist ja auch einleuchtend. Je länger der Text, desto höher die entsprechende Wahrscheinlichkeit. Wie gesagt, ich dachte, das sei blanker Unsinn. Aber irgendwas scheint doch dran zu sein. Zumindest so viel, daß unsere Gegner dafür Leute verschwinden lassen." – „Tut mir leid. Aber das würde doch trotzdem noch, ohne damit Ihren Freund beleidigen zu wollen, eher heißen, daß der Rabbi einfach in die Kategorie Spinner abgeschoben werden könnten", warf Fatma ein. „Nicht ganz. Stell Dir vor, die Gegenseite hat in der Bibel nach Hinweisen auf ihre Aktivitäten gesucht und entsprechend eindeutige gefunden. Jetzt brauchen sie nur eins und eins zusammenzuzählen, um zu wissen, daß unser Spinner das früher oder später auch entdecken wird. Nehmen wir an, dort werden Namen genannt. Im ersten Moment wird unser Spinner nur genau das sein: ein Spinner. Wenn aber die Ereignisse so stattfinden, wie er diese vorhergesagt hat, wird man sie vielleicht doch ernstnehmen. Und viel wichtiger: Man wird die entsprechenden Namen untersuchen. Verstehst Du es jetzt?" – „Das ist ja unglaublich! Was, wenn das in der Bibel dort nur zufällig steht, und der Rabbi es vielleicht gar nicht gefunden hat, weil er gar nicht richtig gesucht hat?" wollte Fatma entsetzt wissen. „Dann wäre sein Verschwinden unnötig. Aber dafür ist es jetzt zu spät", entgegnete Rosenberg. „So unnötig ist es aus der Sicht unserer Gegner offensichtlich nicht. Die ganze Angelegenheit, die sie so krampfhaft zu vertuschen versuchen, muß einen unglaublichen Wert für sie haben. Ja, ich würde sogar sagen, es ist alles, wofür sie leben. Na ja. Hören Sie, könnten Sie uns vielleicht die Wohnung Ihres Freundes oder seine Arbeitsstätte zeigen? Vielleicht finden wir dort ein paar weitere Hinweise." Salomon sah ihn bittend an. Der Mann schwieg. Er schien nachzudenken. „Na gut. Ich könnte Sie hinbringen. Aber, was hätten Sie davon? Die haben doch sicher alles schon durchsucht. Und selbst wenn sie das nicht getan haben, glauben Sie nicht, daß die uns dann dort auflauern würden?" – „Ich fürchte, dieses Risiko werden wir wohl eingehen müssen. Also, gehen wir. Jede Sekunde ist wertvoll."

Die drei nahmen für ihre Rückfahrt den Bus, da Salomon der Meinung war, daß wohl alle U-Bahn-Stationen überwacht würden. Wieder in Brooklyn führte Rosenberg sie in ein etwas heruntergekommenes fünfstöckiges Mietshaus aus den zwanziger Jahren. Sein Ziel war eine Wohnung im dritten Stock. Er bückte sich, hob die Fußmatte an und holte den Wohnungsschlüssel hervor. Er steckte ihn ins Schloß und wollte ihn drehen, als er bemerkte, daß die Tür nur angelehnt war. „Sowas! Na ja, gehen wir rein!" – „Nein!" brüllte Salomon. Aber es war bereits zu spät. Offensichtlich hatte der Schritt, den Rosenberg bereits in die Wohnung gemacht hatte, die Zündung eines Sprengsatzes ausgelöst. Er wurde gegen das Treppengeländer geschleudert und fiel rückwärts hinunter. Nachdem sich der Rauch verzogen hatte, standen Fatma und Salomon wieder auf, denn der Druck der Explosion und ihr Instinkt hatten sie zu

Boden gehen lassen. „Verdammt! So viel zu dieser Spur", meinte Salomon völlig demotiviert. Einige Türen öffneten sich im Treppenhaus und neugierige, teilweise verstörte Menschen kamen herausgelaufen. „Sal, wir müssen hier weg! Wenn jemand die Polizei ruft! Am Ende schiebt man das noch uns in die Schuhe!" – „Ja, Du hast recht. Hier gibt es nichts mehr, was wir noch tun könnten!" Auf dem Weg nach unten rief Salomon noch einigen Hausbewohnern zu: „FBI, dies ist eine geheime Ermittlung! Rufen Sie einen Krankenwagen und die Polizei! Wir folgen einem Verdächtigen!" dabei hielt er seinen Dienstausweis in der Hand, bewegte ihn aber so schnell hin und her, daß niemand wirklich sehen konnte, von welcher Behörde der Ausweis stammte. Die Leute ließen sie ohne weitere Probleme passieren. Auf der Straße angelangt liefen die beiden zuerst noch zwei Blocks weiter, bevor sie sich ein Taxi nahmen und zum UN-Gebäude zurückkehrten. „Wenn wir die Angelegenheit mit unserem ‚Besucher' erledigt haben, nehmen wir uns trotzdem noch einmal die Synagoge und das Büro von Horowitz vor. So leicht lasse ich mich nicht abschrecken!" meinte Salomon im Taxi wieder etwas motivierter.

Das Frühstück war für Jans Geschmack etwas kurz ausgefallen. Die beiden Martins waren sowieso noch reichlich verschlafen. „Ich glaube, mit dem Fahrer wärst Du besser bedient. Ich penn gleich wider ein!" gähnte der erste Martin vor sich hin. „Ach was. Du wirst gleich fit!" meinte der andere nicht weniger verschlafen. Dann gingen sie zusammen mit Jan hinunter und stiegen in den Wagen des ersten Martin, der ihn dort seit Tagen stehengelassen hatte. Sie fuhren auf direktem Weg zum Frankfurter Flughafen. Unterwegs konnte Martin sich so richtig an seinem Auto auslassen, um jeden noch verbleibenden potentiellen Verfolger mit absoluter Sicherheit abzuhängen. Natürlich war auch das Autoradio eingeschaltet. Nach den 6:30 Uhr Kurznachrichten sah das Fahrtziel etwas anders aus. Gleich die erste Meldung hatte die Meinung der beiden Martins und Jans nachhaltig beeinflußt:

„Mannheim. Gegen 6 Uhr heute morgen ist es zu einer Gasexplosion in einem dreistöckigen Wohnhaus im Mannheimer Norden gekommen. Genaue Zahlen über Verletzte oder gar Tote liegen noch nicht vor, es wird jedoch aufgrund der frühen Tageszeit davon ausgegangen, daß alle Bewohner sich zum Zeitpunkt der Explosion noch im Haus aufgehalten haben. Einen ausführlichen Bericht hören Sie in wenigen Minuten."

Die drei sahen sich fassungslos an. „Denkt Ihr auch, was ich denke?" fragte der erste Martin. Die beiden nickten. „Hör mal, soweit ich weiß, hat Markus gar kein Gas im Haus liegen. Aber mir ist auch nicht wohl dabei. Wir sollten das überprüfen", meinte der andere Martin.

Jan war einverstanden, also verließen sie die Autobahn bei der nächsten Raststätte, die sie finden konnten. Dort nutzten sie das Münztelefon – aber Markus' Anschluß war „vorübergehend nicht erreichbar". Im Restaurant der Raststätte lief Frühstücksfernsehen. Dort waren erste Bilder zu sehen. Die beiden Martins waren sich wegen der umliegenden Häuser sicher, daß die Explosion in der Tat das Haus, in dem Markus wohnte, zerstört hatte. „Okay. Offensichtlich wissen sie über unseren kleinen Trick bescheid. Ich denke, wenn Jan jetzt seinen Flug nimmt, dann wäre das gar nicht gut", meinte der zweite Martin. „Na gut. Aber, was schlägst Du vor? Irgendwie muß er ja nach New York kommen?" – „Ja, ich denke ja schon nach!" – „Na ja. Fahrt mich ganz einfach an die Atlantikküste. Dann kann ich ja rüberschwimmen. Damit rechnen sie bestimmt nicht!" meinte Jan etwas zynisch. „Okay. So müßte es klappen. Martin, Du hast mir doch ml erzählt, daß Du – theoretisch – weißt, wie man Autos knackt, oder?" fragte der zweite den ersten Martin. Der sah ihn schief an und meinte vorsichtig: „Jaa? ... und?" – „Na ja, weißt Du, ich glaube es ist besser, wenn Du weiter nach Frankfurt fährst. Allerdings bräuchten wir dann einen neuen Wagen." – „Kommt nicht in Frage. Aber ich kann Euch in die nächste Stadt fahren. Dann könnt Ihr Euch dort ein Auto mieten." – „Nach Frankfurt? Kommt nicht in Frage. Da warten die bestimmt schon an der Autobahnausfahrt auf uns. Nein, dann nehmen wir halt den Zug. Fahr uns zum Darmstädter Bahnhof." – „Okay. Wie Du meinst."

Sie gingen zum Auto zurück und fuhren die nächste Ausfahrt herunter, um für den Weg zurück die Landstraße zu nehmen. „Sag mal, was hast Du eigentlich vor?" wollte Jan wissen. „Es ist besser, wenn Martin das nicht weiß. Nur für den Fall, daß sie ihn ausquetschen." – „Na danke!" meinte der etwas angesäuert. Sie kamen in die Nähe des Bahnhofs, als langsam die Sonne aufging. „Halt sofort an!" befahl der zweite Martin. „Was, hier?" – „Ja, sofort!" Er legte eine seiner Vollbremsungen hin, für die er berühmt war. „Los komm! Viel Glück, leg sie ordentlich rein!" Er sprang aus dem Wagen. „Ja, Mann. Und vielen Dank für alles. Halt die Ohren steif! Irgendwann wirst Du schon noch als Schumi-Nachfolger entdeckt!" Jan wußte, daß das Ego des ersten Martins jetzt auf mindestens doppelte Größe angewachsen war. „Mach schon!" drängelte der andere Martin. Sie begaben sich auf die andere Straßenseite. Dort hatte Martin einen Probefahrt-Smart entdeckt, der gerade seinen Dienst aufnahm. „Morgen! Na, kann man schon testen?" – „Ja, klar." Der verblüffte Fahrer rutschte auf den Beifahrersitz. Dort hatte Jan allerdings schon die Tür geöffnet und nahm ihn in Empfang, um ihm etwas unsanft aus dem Wagen zu helfen. „Hey, was soll

das?" protestierte er. „Ey, locker bleiben!" meinte Jan trocken. „Keine Sorge, Euer Verein hat die Karre in spätestens einer Stunde wieder. Wir möchten nämlich eine etwas ausgedehntere Testfahrt machen, für die wir natürlich auch zahlen!" Er warf dem Mann einen Fünfzig-Mark-Schein zu, klatschte die Tür zu und fuhr mit quietschenden Reifen los. Der Fahrer war von einer solchen Aktion so früh am Morgen völlig überrascht. Er konnte einfach nur noch fassungslos dastehen, zusehen, wie Martin und Jan davonfuhren und sich überlegen, wie er das seinem Chef beibringen sollte. „Okay, könntest Du mir wohl jetzt verraten, was das ganze soll?" fragte Jan genervt. „Ganz einfach. Ich besorge Dir jetzt einen neuen Flug, was sonst? Aber diesmal mit etwas mehr Klasse!" Jan verstand nur Bahnhof. Martin hielt an der nächsten Telefonzelle, die er sah und rief die Auskunft an. „Hallo? Ja. Ich bräuchte die Nummer der Flugschule Mannheim. Ja, ich warte", sagte er mit einem leicht schweizerischen Akzent. Nachdem er die Nummer erhalten hatte, rief er dort an und benutzte denselben Akzent. „Ja, Hallo? Ja, ich bräuchte einen Flug nach München. Ja, wirklich dringend. Man hat mir gesagt, Sie machen auch mal Rundflüge und sowas. Da hab ich mir gedacht, Sie würden doch bestimmt auch mal nach München fliegen, oder?" Er wartete die Antwort des anderen Gesprächspartners ab. „Ja, sicher. Aber die sind alle ausgebucht, und ich muß wirklich dringend da hin, ich könnte in 30 Minuten da sein. Gegen einen kleinen Aufpreis müßte das doch gehen, oder?" Offensichtlich schien der Fluglehrer jetzt akzeptiert zu haben, denn Martin bedankte sich und legte auf. „So, Teil 1 erledigt. Fertig für Teil 2!"
Martin verließ die Telefonzelle und fuhr in den nächsten Ort. Dort hielt er bei einem Geldautomaten. „Einen kleinen Moment! Ich muß uns kurz flüssig machen", meinte er zu Jan und stieg aus. Jan hatte es aufgegeben, sich über Martins Verhalten zu wundern. Er mußte ja wissen, was er da tat. Bisher war ihnen nichts passiert, also schien Martins seltsamer Plan auch zu funktionieren. Dennoch beschlich Jan der leise Verdacht, Martin habe gar keinen Plan, sondern entscheide von Minute zu Minute, was jetzt zu tun sei. Aber, wie gesagt, solange diese Methode erfolgreich war, war dies Jan egal. Dennoch hätte er gerne gewußt, warum Martin unbedingt nach München wollte.

Martin kam vom Automaten zurück. Nachdem er wieder losgefahren war, fuhr er ausschließlich auf Bundesstraßen weiter, was ihre Ankunft am Mannheimer Flugplatz jedoch kaum verzögerte, da Martin offensichtlich seit er den Smart bestiegen hatte zu einer Art Heinz-Harald-Frentzen-Klon mutiert war.

Es war mittlerweile 9 Uhr, als Martin den Wagen auf den Parkplatz des Flugplatzes abstellte. „Beachtlich. Ich hätte nicht gedacht, daß die Dinger so leistungsfähig sind. Da ist jeder Elchtest ja ein Witz dagegen. Aber was wird jetzt aus der Kiste?" wollte Jan wissen. „Wenn Dir das so viele Sorgen bereitet, dann geh einfach rüber zu der Telefonzelle und ruf das Smarthaus an. Dann erklärst Du ihnen kurz, daß sie den Darmstädter Vorführ-Smart hier abholen können, daß das kein Scherz ist, und daß Du mit der Performance des Wagens zufrieden bist, okay?" gab Martin zurück. Jan tat, was Martin vorgeschlagen hatte, während dieser den Fluglehrer suchte. Der war gerade dabei, sein Flugzeug vollzutanken, als Martin ihn entdeckte. „Hallo. Wir hatten reserviert", begrüßte Martin ihn. „Sie?" Der Mann war sichtlich erstaunt. „Ich hatte ehrlich gesagt jemand anderen erwartet." – „Tja, Pech gehabt. Aber solange wir zahlen, sollte Ihnen das wohl egal sein, oder?" entgegnete Martin. „Ich denke schon. Na schön. Sie wollten nach München, dringend, zwei Personen – das macht dann 640 DM." – „Tja, mein letztes Geld. Aber wir haben wohl keine Wahl. Abgemacht!" Der Fluglehrer nahm das Geld entgegen und stellte sich ihnen als Werner Christner vor. „Haben Sie Gepäck?" – „Ja, diese beiden Rucksäcke." – „Gut. Können Sie mit rein nehmen. Allerdings will ich erst den Inhalt kurz in Augenschein nehmen. Ich will schließlich in nichts reingeraten", meinte er etwas mißtrauisch. Jan und Martin sahen sich kurz zögernd an, öffneten dann aber ihre Taschen und zeigten dem Piloten, was er sehen wollte. Offenbar war er mit dem Inhalt einverstanden. „Vielen Dank. Dann kann es ja losgehen. Jan stieg in den hinteren Teil der Cessna, während Martin neben dem Piloten Platz nahm. Der ließ die Maschine an, rollte auf das Flugfeld und startete, nachdem er Startfreigabe erhalten hatte, ohne Probleme.

Nach etwa einer Stunde Flug wandte sich Martin an den Piloten. „So. Jetzt nenne ich Ihnen das wahre Ziel dieses Fluges: Gehen Sie kurz vor München unter Radarhöhe. Am besten wäre wohl, wenn es so aussähe, als wären wir abgestürzt oder notgelandet. Wir wollen nämlich nach Salzburg. Und das möglichst, ohne entdeckt zu werden." – „Was?!" Christner war kurz davor zu platzen. „Das ist ein Scherz, oder?" – „Nein, das ist ernst gemeint. Es hat schon seinen Sinn, daß ich Ihnen nicht gleich das wahre Ziel unserer Reise genannt habe." Dem Piloten stand der Mund weit offen, aber er blieb sprachlos. „Sie müssen wissen, er ist seit einigen Tagen etwas paranoid geworden. Aber das ist er leider auch nicht ganz ohne Grund. Sie wären nicht der erste, der sterben muß, weil er mit uns zu tun hatte. Erst heute morgen fielen zwei meiner besten Freunde einer ‚Gasexplosion' zum Opfer. Ich glaube zwar nicht, daß die uns immer noch auf den Fersen kleben, aber man kann nie vorsichtig genug sein, stimmt's?" versuchte Jan die Situation wieder unter Kontrolle zu bringen. Christner machte seinen Mund wieder zu und schluckte kurz. Da ertönte ein leichter Brummton von Martins Handy. „Mist! Wer ist das denn?" Es war eine Kurznachricht von Martins Freundin mit dem Text:

„MARTIN 1 HATTE UNFALL. ABER NUR LEICHT VERLETZT. VERFOLGER VON BRÜCKE GESTÜRZT. ANNA."

„Echt super! Und wenn sie uns diese Nachricht nicht geschickt hätte, dann wären wir sie wahrscheinlich jetzt sogar endgültig los. Meister, Sie sollten jetzt vielleicht doch unter Radarhöhe gehen, meinen Sie nicht auch?" Das ließ sich Christner nicht zweimal sagen. Sein Fluglehrer schien in seinem vorherigen Leben entweder Stuka- oder Kamikaze-Pilot gewesen zu sein. Er zog das Flugzeug so schnell nach unten, daß die Mageninhalte von Jan und Martin am liebsten ausgestiegen wären. Nachdem er auf eine Flughöhe von etwa 20 m über dem Boden gegangen war, blieb Jan und Martin aber keine Zeit, sich zu erholen, da Christner seine Flughöhe der Landschaft anpaßte. „Gibt es denn keine Möglichkeit, Ihren momentanen Flugstil ein wenig magenfreundlicher zu gestalten?" fragte Jan, der inzwischen kreidebleich war, vorsichtig. „Ja, wie, wollen Sie jetzt unterhalb des Radars fliegen oder einen Spazierflug machen? Das hätten Sie sich vorher überlegen sollen, bevor Sie diese Leute verärgert haben, wer auch immer die sind."

Nach etwa zehn Minuten Schweigen kam von Jan ein leises „Oh-oh!" – „Was, oh-oh?" wollte der Pilot wissen. „Da, rechts hinter uns. Ich glaube, wir haben Gesellschaft bekommen!" In der Tat näherten sich aus der von Jan genannten Richtung zwei Helikopter. „Meinen die uns?" fragte Martin besorgt. „Das ist wohl anzunehmen! Okay, was habt Ihr gemacht, die Mafia hintergangen?" – „Nicht direkt. Sagen wir einfach, es geht nicht um Geld, wir sind keine Spione, weder für ein Land noch für einen Konzern, wir sind die Guten, und es geht um Millionen von Menschenleben, zufrieden?" – „Meines auch?" – „Jetzt auf jeden Fall!" antwortete Jan. „Wie weit noch bis nach Salzburg?" wollte Martin wissen. „Ich schätze mal so etwa 20 km." – „Sie schätzen?" Martins Frage klang entsetzt und vorwurfsvoll zugleich. „Mund halten jetzt. Ich muß ein wenig mit unseren Freunden spielen, wenn Ihr heil unten ankommen wollt. Guckt mal ein bißchen für mich mit. Ihr könnt übrigens froh sein, daß ich in dieser Gegend meinen Segelflugschein und meine ersten Motorflugstunden absolviert habe!" Abgesehen von einigen kurzen „Da! Hinten rechts!" und „Unten links!" blieben Jan und Martin jetzt wirklich ruhig. Allerdings lag das hauptsächlich daran, daß sie voll und ganz damit beschäftigt waren, sich in ihren Sitzen festzukrallen. Der erste der beiden Helikopter holte bedenklich auf, während der andere versuchte, durch ein weiträumiges Flugmanöver der Cessna den Weg von vorne abzuschneiden. Aber Christner schien dieses Gebiet wirklich gut zu kennen. Immer wieder gelang es ihm, seinen viel beweglicheren Verfolger auszumanövrieren und abzuhängen. Meist war die Freude nur kurz, da der jeweils andere Hubschrauber schon in der Nähe wartete.

Irgendwann wurde Christner das Spiel zu dumm. Er steuerte auf eine Brücke kurz vor einem Steilhang zu. Er unterflog die Brücke, während der Hubschrauber versuchte kurz darüber zu fliegen. Was der Hubschrauberpilot allerdings nicht wußte, und was Christner voll eingeplant hatte, war, daß direkt hinter der Brücke eine aus dieser Perspektive kaum sichtbare Hochspannungsleitung verlief. Seine Falle war zugeschnappt. Der Helikopter geriet ohne jede Chance in die Leitungen und fing kurz darauf Feuer. „Okay. Einen wären wir los!" meinte er etwas erleichtert. Dann drehte er um 180° und steuerte auf die Autobahn zu. „Also. Ich setze Euch jetzt dort unten ab und kümmere mich dann um unseren anderen Freund, okay?" Jan und Martin nickten eifrig. Nichts wünschten sie sich sehnlicher, als so schnell wie möglich lebend aus diesem Flugzeug herauszukommen. Da der andere Hubschrauber auf der anderen Seite des Berges wartete, blieb ihnen ein Vorsprung von einigen Minuten, um Christners Plan in die Tat umzusetzen. Als er die Autobahn erreicht hatte, flog er auf der Seite Richtung Salzburg, das nunmehr nur noch etwa 15 km entfernt war, zunächst in Fahrtrichtung, drehte aber dann auf die entgegengesetzte Richtung und setzte zur Landung an. Die Fahrer auf der Autobahn wichen in Panik auf die linke Fahrspur aus, und die LKW-Fahrer bremsten ihre Fahrzeuge ab, während Christner die rechte Fahrspur und den Seitenstreifen zur Landung benutzte. Es gelang ihm, das Flugzeug sicher und ohne dabei ein Fahrzeug zu treffen aufzusetzen. „Okay, gebt mir mein Geld, ich glaube alleine habt Ihr mehr Glück!" Martin bezahlte und wünschte ihm ebenfalls Glück.

Die waghalsigen Ausweichmanöver hatten einige Schaulustige in ihren Bann gezogen, was in beiden Richtungen zu Stau und kleineren Unfällen geführt hatte. Es fiel Jan und Martin daher relativ leicht, eine junge Frau in einem Mercedes CLK anzuhalten und sie dazu zu überreden, sie bis nach Salzburg mitzunehmen. Christner drehte unterdessen sein Flugzeug, winkte den beiden noch einmal zu und startete wieder. „Was war das denn für eine Aktion?" wollte die Frau wissen. „Dreht Ihr einen Film oder so was?" – „Nicht ganz. Das ist schon das wahre Leben. Aber mir kommt es ehrlich gesagt wirklich momentan ein wenig wie ein Film vor!" antwortete Jan. „Fahren Sie zufällig nach Salzburg? Und haben Sie vielleicht sogar ein Telefon dabei?" fragte Martin. „Ja", antwortete sie ein wenig zögerlich. „Toll! Könnten Sie uns dann wohl ein Stückchen mitnehmen? Wir, oder vielmehr er, hat dort nämlich einen dringenden Termin." – „Na gut. Steigt ein!" antwortete sie, wobei sie Jan einen betörenden Blick zuwarf.

Als sie gerade losgefahren waren, war der sich nähernde Hubschrauber wieder deutlich zu hören. Christner hatte einen Vorsprung von etwa zwei Kilometern. Der war auch bitter nötig, denn nur wenige Minuten später begann jemand, aus dem Hubschrauber heraus auf ihn zu feuern. Christner konnte den Schüssen noch einige Momente ausweichen, wurde dann aber scheinbar getroffen, da er an Höhe verlor. Er drehte um 180° und jetzt wurde klar, daß der Höhenverlust nur ein Trick gewesen war. Er beschleunigte und flog direkt auf den Hubschrauber zu. Er hatte abgewartet, bis die Schüsse aufgehört hatten, offensichtlich, weil das Magazin leergeschossen war. Da Christner nach oben flog, versuchte der Hubschrauber nach unten auszuweichen. Dabei war ihm jedoch die Spitze einer Hügelkuppe im Weg und Christner war auch seinen zweiten Verfolger losgeworden. Zum Abschied ging er noch einmal im Tiefflug über die Autobahn und winkte Jan und Martin zu. Dann drehte er in Richtung München ab.

„Was seid Ihr beiden eigentlich? Habt Ihr der Mafia Geld geklaut? Oder seid Ihr ein paar Hacker die bei Microsoft die geheimsten Firmengeheimnisse ausspioniert haben?" Sie lachte. „Na ja, das zweite ist vielleicht etwas näher an der Wahrheit", grummelte Martin. „Also, wenn Sie mir Ihre Telefonnummer oder E-mail-Adresse geben, dann erzähl ich Ihnen das irgendwann ganz ausführlich", ergänzte Jan. „Ja. Momentan haben wir es eilig. Treten Sie aufs Gas!" meinte Martin etwas schroff. „Okay, okay! Aber Ihr könnt ruhig ‚Du' zu mir sagen. Ich heiße Marianne." Jan und Martin stellten sich ebenfalls kurz vor. Inzwischen hatten sie die österreichische Staatsgrenze passiert. „Wir möchten gerne zum Flughafen, wenn's recht ist. Außerdem müßte ich mal kurz Dein Handy benutzen, geht das?" Martin sah sie mit einem ganz lieben Dackelblick an. „Kein Problem! Zum Flughafen muß ich so oder so! Was mein Handy betrifft: Hier", sie reichte Martin den Apparat. „Aber kein Gespräch über fünf Minuten!" – „Ach was! Ich muß nur seinen Flug bestätigen." Da sie die Autobahn mittlerweile verlassen hatten, bat Martin darum, kurz an der Seite anzuhalten, damit er das Gespräch ungestört führen konnte. Er verschwand für etwa drei Minuten im Wald. „Alles in Ordnung. Fahren wir weiter!" meinte er etwas erleichtert, als er wieder zurückkam. Nach etwa zwanzig Minuten hatten sie den Flughafen erreicht. „So, da wären wir!" meinte die Frau. „Ja. Dann noch einmal vielen Dank fürs Mitnehmen. Wir müssen dann!" – „Halt!" sie fing an, in ihrer Handtasche herumzukramen. „Ich muß ihm doch noch meine Telefonnummer geben!" Dabei lächelte sie Jan zu und schrieb auf einen Zettel, den sie gefunden hatte ihre Handynummer. Dann reichte sie dem etwas verdutzten Jan den Zettel: „So. Aber nicht vergessen anzurufen, gell?" – „Klar. Vielen Dank für alles. Bis bald!" Jan war immer noch etwas überrascht. „Ja, vielen Dank und einen schönen Tag noch! Wir müssen jetzt wirklich weiter!" unterbrach Martin den Moment der Spannung und zog Jan am Arm weiter. „So, ich hoffe, die haben das hingekriegt!" fügte er Jan gegenüber hinzu. „Was hingekriegt?" Jan war in Gedanken immer noch mit der Frau aus dem Cabrio beschäftigt. „Mann, ist ja echt schlimm mit Dir. Ja, ich weiß: Das ist der Traum eines jeden Mannes – eine schöne Frau, die reich ist und auch noch auf Dich steht. Aber jetzt komm wieder zurück auf die Erde, die braucht Dich jetzt dringender!" meinte Martin spöttisch. „Du bist ja nur neidisch!" meckerte Jan. Abgesehen davon, hatte er trotzdem keine Ahnung, wovon Martin sprach. „Also?" – „Laß Dich überraschen!" Jan fing an, dieses wissende, überlegene Grinsen Martins, wenn er es genoß, die Genialität seines Planes bis auf die letzte Sekunde allen anderen vorzuenthalten, zu hassen. Außerdem war ihm seit Delgados Anruf irgendwie nicht mehr nach Überraschungen. Trotzdem blieb er ruhig. Er hatte jetzt keine Lust, sich mit Martin zu streiten. Der führte ihn immer weiter, an Schalter für Schalter vorbei, bis sie am Durchgang zu den Privatmaschinen angekommen waren. Jetzt mußte Jan doch etwas sagen. „Aber nicht schon wieder Hubschrauber jagen in 'ner Cessna – oder etwa diesmal andersrum?" – „Quatsch! Meinst Du vielleicht Gabe Altfeld macht mal eben eine kleine Europatournee in Paris, London und Wien sowie einen Extraauftritt auf einer Benefizgala in Salzburg und nimmt dafür eine Cessna? Obwohl, da gibt es ja glaube ich auch größere, zweimotorige Modelle. Ich will mal noch nicht nein sagen." – „Bitte wer?" Jan traute seinen Ohren nicht. „Altfeld? Der Entertainer? Soll das etwa meine Mitfluggelegenheit nach New York sein? Ist das Dein Ernst?" – „Wieso? Findest Du seinen Humor etwa nicht gut? Oder etwa seine Musik? Also, ich kann nicht verstehen, wie den jemand schlecht finden kann." – „Du willst mich veräppeln! Los, sag mir mit was ich fliege! Wenn das eine Story ist, um mich vorher aufzumuntern bevor ich in so einen kleinen zweimotorigen Seelenverkäufer von ‚Never-Come-Back Airlines' steige, dann schwöre ich Dir, daß Du zur Strafe selbst mitfliegst!" – „Mann, bist Du mißtrauisch! Du kannst mir ruhig auch mal was glauben!" Aber diese Worte waren nicht mehr nötig, denn Jan und Martin waren an einem Flugzeug angekommen vor dem ein Mittvierziger stand, der, nach dem, was Jan von ihm wußte, durchaus Altfeld sein konnte. „Hallo! Sie müssen Jack und Mario sein! Ich habe Sie schon erwartet!" sagte er auf Englisch. „Glaubst Du mir jetzt?" flüsterte Martin zu Jan und gab ihm dabei einen Stoß in die Seite. „Na gut. In Zukunft glaube ich Dir auch wenn Du sagst, ‚Ich bin der Kaiser von China'", gab Jan etwas beleidigt zurück. „Ja. Allerdings heißen wir Jan und Martin, aber das macht nichts", bestätigte Martin. „Yo, dann wollen wir mal. Schließlich haben wir es ja beide eilig nach N.Y.C. zu kommen, nicht wahr?" drängelte Altfeld. „Wo haben Sie denn Ihr Gepäck? Sicher noch im Wagen, hm? Na ja, geben Sie es einfach Wilbur, unserem persönliche Flugbegleiter, und dann nichts wie los!" Der sarkastischen Betonung der letzten Worte entnahm Jan, daß Altfeld wohl eine Flugbegleiterin lieber gewesen wäre. Aber Jan schloß sich dieser Einstellung sehr schnell an, denn er konnte Wilbur nur mühevoll davon überzeugen, daß sein Rucksack sein komplettes Gepäck war. Jan und Altfeld verabschiedeten sich von Martin, der ihnen eine sichere Reise wünschte, und gingen dann an Bord der DC-10. Gegen 12:30 Uhr hob die Maschine ab, um ohne Zwischenstop nach New York zu fliegen. Jan nutzte die Gelegenheit, um erst einmal ein kurzes Nickerchen zu halten. Er hatte da so eine Vorahnung, daß ihm Altfeld später durchaus noch in irgendeiner Weise mit seinen Späßen auf die Nerven gehen würde. Im Gegensatz zu Martin, konnte er diese Art von Humor nämlich in der Tat nicht ausstehen.

Schon seit dem Frühstück war ihm dieser Gedanke durch den Kopf gegangen. Was konnte Horowitz herausgefunden haben, was die Gegenseite dazu veranlaßt hatte, ihn von der Bildfläche verschwinden zu lassen? Er konnte doch unmöglich diese Sache mit dem unbekannten Objekt im All wirklich in der Bibel entdeckt haben. Oder etwa doch? Und wenn ja, was hatte es mit diesem Ding auf sich? Salomon wollte immer noch nicht wahrhaben, daß ein Objekt mit der Masse mehrerer Dutzend Öltanker unaufhaltsam auf diese Welt zuraste. Er hoffte immer noch, daß sich die Europäer in La Silla geirrt hatten, und es sich bei dem Objekt doch um etwas harmloseres handelte. Aber das würden sie ja schon bald genauer wissen. Bis zur Ankunft des Jungastronomen waren es allerdings noch gut fünf Stunden. In der Zwischenzeit beabsichtigte Salomon sich in Horowitz' Büro etwas genauer umsehen. Aber vorher wollte er einige der regelmäßigen Besucher der Synagoge befragen. Vielleicht konnten die ihm ein paar weitere Puzzleteile beisteuern.

Fatma hatte schon vor ihm gefrühstückt und wollte jetzt nur noch kurz duschen. Das war vor 40 Minuten gewesen. Salomon verstand einfach nicht, was Frauen immer so lange im Badezimmer zu tun hatten. Dabei mußte er auch wieder an Rahel denken. Er hoffte, daß sie noch am Leben war. Aber aus irgend einem ihm nicht begreiflichen Grund war er nicht so besorgt, wie er es eigentlich sein sollte. Schließlich war sie seine Freundin. Hatten sich seine Gefühle für sie etwa geändert? Seit er sie in Jerusalem das erste mal wieder gesehen hatte, mußte er oft an seine Beziehung mit Fatma zurückdenken. Die unterbrach jetzt auch seine Gedankenspiele. „So, fertig. Aber diesmal sollten wir vielleicht noch ein, zwei Sicherheitsbeamte mitnehmen. Schließlich haben wir diesmal keinen Mr. Rosenberg mehr, der uns alle Türen ‚öffnet'!" Wieso verbreitete sich der schwarze Humor seit dem Anfang dieser Angelegenheit immer mehr in seinem Umfeld? Salomon war sich jetzt absolut sicher: da mußte Samuel dahinter stecken! „Okay. Genug davon. Gehen wir. Wir haben einiges zu erledigen, und wir müssen pünktlich am Flughafen sein. Ich will so ein Debakel wie bei unserer

Ankunft möglichst vermeiden." – „Dafür haben die UN doch sicher ihre Leute, oder? Sei froh, daß Du nach gestern überhaupt noch hier ermitteln darfst. Das wundert mich sowieso ein wenig." – „Wer sagt, daß die etwas davon wissen, daß wir bei dem Zwischenfall vor Ort waren?" Salomon sah sie mit einem eindeutigen Grinsen an. Sie verstand und verdrehte ihre Augen nach oben: „Natürlich! War ja klar. Ich gehe davon aus, von unserem heutigen kleinen Ausflug weiß auch niemand?" Salomon nickte. „Also gut. Bringen wir es hinter uns. Aber eins sage ich Dir gleich: Wenn wir also keine Türentester haben, dann wirst Du diesen Job übernehmen!" – „Wenn es Dir dann besser geht ..." Salomon blickte drängelnd auf die Uhr. Dann gingen die beiden aus dem Gebäude hinaus und nahmen sich ein Taxi nach Brooklyn.

Die Fahrt verlief ereignislos. In dem relativ kleinen Gebetsraum, es war die Synagoge einer etwas orthodoxeren Gemeinde, befanden sich nur vier Personen. Ein älterer Mann, der vor sich hin betete, ein Mann mittleren Alters mit einem etwa 14-jährigen Jungen, der anscheinend sein Sohn war, und der Vorsteher der Synagoge. Salomon entschied sich, ihn zu befragen, während er Fatma auf den älteren Mann ansetzen wollte: „Warte, bis er fertig ist. Wenn er gehen will, fragst Du ihn, ob er Horowitz kennt, und wenn ja, dann stell' ihm ein paar weiterführende Fragen. Ich werde inzwischen den Vorsteher ausquetschen und versuchen, in Horowitz' Raum zu gelangen." – „Glaubst Du wirklich, daß das eine gute Idee ist? Eure Orthodoxen sind doch, was Gespräche mit fremden Frauen betrifft, eher etwas reserviert, oder? Und außerdem erkennt der doch bestimmt sofort, daß ich keine Jüdin bin." – „Na gut. Dann frage ich eben den Vorsteher nur ganz kurz, ob wir uns später ein wenig genauer umsehen können, und Du hast inzwischen ein Auge auf Opa, okay?" – „Gut." Salomon sprach kurz mit dem Vorsteher, der ihn ohne Probleme in Horowitz' Bibliothek ließ, als er ihm sagte, daß er dessen Neffe aus Israel sei. Salomon sah sich um, fand aber nur einige Lücken in den Bücherregalen. Der Vorsteher konnte ihm jedoch nicht beantworten, welche Bücher dort gestanden hatten. Als Salomon ihm erklärte, daß er gekommen sei, um seinen Onkel zu suchen und daß daher jeder Hinweis sinnvoll sein könnte, erzählte ihm der

Mann, daß er eine Information der Polizei verschwiegen hatte, weil er Angst gehabt hatte, man könne ihn mitverantwortlich machen. Offenbar war er der Letzte gewesen, der Horowitz gesehen hatte. „Das war, kurz nachdem ich diesen Beamten des FBI hier zum Rabbi gebracht hatte. Er hatte Landau und mir von seinen Erkenntnissen erzählt. Aber er hatte sich heftigst geweigert, seine Informationen an die Regierung weiterzugeben, obwohl Landau und ich versucht hatten, ihn davon zu überzeugen, daß es seine Pflicht war. Wir konnten doch nicht zulassen, daß er unsere Gemeinde und all diese Millionen von anderen Menschen im Stich ließ. Also hat Landau sich an die Behörden gewandt." – „Das war ein großer Fehler!" – „Ja. Das habe ich auch gemerkt. Ich bin dann gegangen, weil es schon ziemlich spät war, und ich dachte, es sei ja alles in Ordnung. Am nächsten Morgen war dann der FBI-Mann wieder da. Er hat gesagt, er hätte heute morgen einen Termin mit dem Rabbi, aber der sei nicht aufgetaucht. Nach dem was er am vorhergehenden Abend von ihm erfahren hatte, liege die Vermutung nahe, daß er entführt oder beseitigt worden sei. Na ja, das war ein FBI-Agent. Also habe ich ihm geglaubt. Aber er hat dann noch gemeint, ich dürfe die Sache niemandem erzählen, damit das FBI ungestört die Spur der Entführer aufnehmen könne. Natürlich habe ich Landau davon erzählt, weil er schließlich auch mit der Sache zu tun hatte und das FBI ja erst auf seine Initiative hergekommen war. Tja, er fand die Sache gleich verdächtig. Er wollte sich bei ein paar Freunden wegen der Sache umhören, auf die Horowitz da gestoßen war. Er sagte mir, daß er nicht das Gefühl hatte, die Behörden würden sich wirklich ernsthaft um die Angelegenheit kümmern. Er war fest davon überzeugt, die Behörden hätten Horowitz festgesetzt, um herauszufinden, was er wußte, und zu verhindern, daß er sein Wissen weitergeben konnte. Er meinte, die wollten damit eine Panik verhindern. Dann sagte er noch, daß er danach bei seinen ‚Freunden' untertauchen wollte und empfahl mir dasselbe. Vor allem dürfe ich niemandem erzählen, was Horowitz herausgefunden habe. Er werde schon dafür sorgen, daß die Welt die Wahrheit erfahren werde. Und am nächsten morgen ist er von einem U-Bahn-Zug erfaßt worden. Er liegt auf der Intensivstation – im Koma. Üble Sache. Seither habe ich mich so harmlos wie möglich verhalten." – „Puh! Das ist ja ganz schön harter Tobak!" meinte Salomon mit gespielter Bestürzung. „Sagen Sie, haben Sie eine Ahnung, warum die Regierung bereit sein sollte, zu töten, um eine Panik zu vermeiden?" – „Tja, guter Mann, ich fürchte das hat weniger mit der Panik zu tun. Sie sollten wissen, daß vermutlich nur ein Teil der Regierung hinter diesen Vorfällen steckt und daß der Rest der Regierung vermutlich gar nichts von der Existenz des anderen Teils weiß", antwortete Salomon. „Sie meinen so eine Art Verschwörung, wie bei Kennedy damals?" – „So ähnlich, ja. Also sollten Sie alles, was Sie wissen auch weiterhin für sich behalten, oder besser, wenn wir hier fertig sind, kommen Sie mit uns. Wir werden dann dafür sorgen, daß Sie beschützt werden." – „Sie sind gar nicht der Neffe von Horowitz, stimmt's?" fragte der Mann mit einem wissenden Blick. Salomon nickte. „Und von welchem Verein sind Sie?" – „Sagen wir einfach, ich bin ein besorgter Bürger Israels." – „Und wie will Israel mich hier beschützen?" – „Das lassen Sie mal unsere Sorge sein!" – „Na schön. Aber ich möchte, daß meine Familie mitkommen kann. Sie können sich ja hier noch ein wenig umsehen, während ich zu Hause anrufe, okay?" – „Nein. Nicht okay. Erstens, wenn Ihre Familie mit soll, dann fahren wir nachher direkt dort vorbei und zweitens, ich weiß noch nicht einmal, ob wir Ihre Familie überhaupt mitnehmen können." – „Wie bitte?" – „Tut mir leid. Bei den UN sind die momentan mit anderen Dingen beschäftigt. Ich werde aber sehen, was wir tun können." Der Mann schien nicht sonderlich davon begeistert zu sein. Aber offensichtlich war ihm sein Leben doch wichtiger. Salomon sah sich noch ein wenig um, konnte aber nichts mehr finden, was ihm verraten hätte, wo man Horowitz hingebracht hatte, oder an welcher Stelle in der Bibel und vor allem, wie die Informationen über den Asteroiden verschlüsselt waren. Also ging er wieder in den Gebetsraum, wo Fatma den älteren Mann noch unter Beobachtung hatte. „Könnte der vielleicht auch mit dem Rabbi gesprochen haben und dabei etwas über die ganze Sache erfahren haben?" fragte Salomon den Vorsteher. „Das ist Mr. Gabriel. Der kommt wirklich nur zum Beten. Außerdem ist er schon weit über achtzig und schwerhörig. Ich glaube kaum, daß der Ihnen weiterhelfen könnte." – „Aha. Verstehe", dabei nickte er Fatma kurz unauffällig zu. Der Vorsteher übergab die

Schlüssel wortlos an den Hausmeister und verließ dann mit Salomon die Synagoge. Draußen nahmen sich die beiden ein Taxi.

Fatma ging unterdessen auf den älteren Mann zu. Sie setzte sich in seine Nähe und wartete geduldig, bis er mit Beten fertig war. Dann meinte sie zu ihm: „Entschuldigen Sie bitte, aber man hat mir gesagt, daß Sie ein guter Freund von Isaak Horowitz sind?" – „Ja, wieso? Hat es etwas damit zu tun, daß er seit ein paar Tagen verschwunden ist?" – „Stimmt genau. Wissen Sie, ich bin die Frau seines Neffen aus Israel. Wir haben von seinem Verschwinden gehört und uns deswegen Sorgen gemacht." – „Ja, ja. Er hätte es einfach für sich behalten sollen. Ich meine, er hat selbst gesagt, daß das Ärger geben würde. Aber nein, er mußte es ja wenigstens seinen besten Freunden erzählen. Und dann auch noch diesem Schwätzer Landau und diesem unfähigen Cohen! Das mußte ja schiefgehen!" wetterte er. „Wieso? Können die etwa alle kein Geheimnis für sich behalten? Ich dachte eigentlich immer, Onkel Isaak könnte Leute ganz gut einschätzen. Wieso sollte ihm da so ein Fehler unterlaufen?" – „Ja, wissen Sie, mein Kind, Landau hat gleich Panik gekriegt und wollte unbedingt mit den Behörden darüber reden. Das hat er glaube ich dann auch gemacht, und kurz darauf lag er schwerverletzt im Koma. Und was Cohen betrifft, so hat der meiner Meinung nach selbst etwas mit dem Verschwinden von Horowitz zu tun. Sowieso, der ist ja erst seit etwa drei Monaten hier, weil der alte Vorsteher überraschend an einem Herzanfall gestorben ist, bevor er einen Nachfolger einarbeiten konnte. Dieser Cohen ist ja noch nicht einmal aus Brooklyn! Der kommt aus weiß der Geier woher!" Langsam wurde Fatma nachdenklich. „Und dann waren da diese beiden FBI-Agenten. Die waren gekommen, weil Landau scheinbar doch genug Wind bei den Behörden gemacht hatte. Aber die gingen schon nach etwa einer Viertelstunde wieder. Am nächsten Tag kam dann aber wieder jemand. Angeblich auch vom FBI. Ein richtiger Hüne. Der ist nicht wieder herausgekommen. Ich glaube auch nicht, daß er mich gesehen hat. Ich bin hinter Ihm rein gegangen. Dann habe ich ihn kurz mit Horowitz reden hören. Irgendwie hatte ich das Gefühl, ich könnte gleich Ärger kriegen, also bin ich wieder rausgegangen, als ich gehört habe, wie Horowitz

Ihm direkt gesagt hat, daß er nicht glaubt, daß er vom FBI ist, weil er die Kollegen gestern schon weggeschickt hatte. Er hat ihm natürlich das Gegenteil versichert und ihn davon überzeugt, daß er mit ihm an einen sicheren Ort kommen sollte, da jemand versuchen würde, ihn zu töten, wegen der Dinge, die er herausgefunden hatte." – „Und was war es, das er herausgefunden hatte?" – „Sehr gute Frage, junge Frau! Er hat uns gesagt, er habe gelesen, ein dunkler Stern werde die Stadt der tausend Völker, die am Meer zwischen dem Alten und dem Neuen liegt, vollkommen zerstören. Deshalb war er natürlich besonders erstaunt, denn wieso sollte ihn jemand töten wollen, wenn er versuchte, mit seinem Wissen Menschen zu retten." Darauf wußte Fatma auch keine Antwort. „In der Tat, seltsam. Vielleicht hat die Regierung Angst vor einer unkontrollierten Panik, wenn das an die Öffentlichkeit kommt?" – „Möglich. Aber ich glaube nicht, daß dieser zweite Kerl von der Regierung war." – „Sondern?" – „Keine Ahnung. Vielleicht gehört er zu einem Geheimbund, der den Kometen irgendwie hergelenkt hat, um das Ende der Welt herbeizuführen. Und die müßten dann natürlich fürchten, daß ihr Name auch von Horowitz entdeckt würde." – „Ich glaube, da kann ich Sie beruhigen!" meinte Fatma, „Ich glaube nicht, daß irgend jemand auf diesem Planeten über eine derartige Technologie verfügt." – „Tja, hoffen wir es. Übrigens: Der Wagen, mit dem der Kerl gekommen war, stand nicht mehr vor der Tür, als ich wieder rausgekommen bin." Fatma horchte auf. „Was war das für ein Wagen?" – „Ach, so ein Ford. Eines der aktuelleren Modelle. Graumetallic", antwortete er wie aus der Pistole geschossen. Fatma sah ihn verdutzt an: „Ähm, die Nummer wissen Sie nicht zufällig auch noch?" Der Mann überlegte und meinte dann: „GDE 308 U." – „Sicher?" – „Absolut sicher!" – „Wieso wissen Sie das alles noch?" – „Wie gesagt, der Typ kam mir verdächtig vor. Also habe ich mir einige Notizen gemacht. Nur zur Sicherheit. Wenn ich mir etwas einmal aufgeschrieben habe, dann ist es relativ gut in meinem Gehirn verankert." – „Würden Sie den Fahrer bei einer Gegenüberstellung wiedererkennen?" – „Sie sind nicht Horowitz Schwiegerenkelin, stimmt's?" – „Würden Sie oder würden Sie nicht?" – „Ich denke schon. Aber, wenn Ihr Partner Cohen mit zu Ihrer Zentrale genommen hat, dann will *ich* da nicht hin." – „Warum?" – „Na, weil ich ihm nicht traue, schon vergessen?" – „Na gut. Und was schlagen Sie statt dessen vor?" – „Tja, also ..." Jetzt war der alte Mann ratlos. „Passen Sie auf: Ich werde mit meinem Partner reden. Ich bin sicher, wir finden eine Lösung. Sie verhalten sich inzwischen ganz unauffällig, bis wir Sie holen, okay?" Man konnte deutlich spüren, daß ihm der Vorschlag nicht gefiel. Aber er willigte trotzdem ein und gab Fatma seine Adresse. „Also, dann bis nachher. Ich werde mir alle Mühe geben, mich zu beeilen." Dann verließ sie die Synagoge und nahm ein Taxi zurück zum UN-Gebäude.

11:16 Uhr (GMT -3) in Altfelds Flugzeug, irgendwo über dem Atlantik

Jan war wieder aufgewacht, weil Altfeld den Fernseher angestellt hatte. „Ah, guten Morgen! Na? Ausgeschlafen? Wir werden in etwa 40 Minuten in New York landen. Ich habe mir erlaubt ein wenig fernzusehen. Wissen Sie, wenn man schon mal die Gelegenheit dazu hat, auf einem so langen Flug das Programm selbst auswählen zu können, dann muß man das auch ausnutzen. Satellitenfernsehen ist schon eine tolle Erfindung, oder? Stört es Sie, wenn ich weiterschaue? Es läuft nämlich gerade eine Folge aus der neuen Staffel von Superman. Also, ich persönlich finde zwar ..." – „Nein. Kein Problem! Ich werde noch ein wenig arbeiten", unterbrach ihn Jan, da er sich nicht auf eine langweilige Diskussion über „Superhelden" einlassen wollte. Er sah sich lieber seine Unterlagen noch einmal genau an. Irgendetwas, das spürte er genau, hatte er bisher übersehen. Er war sich sicher, daß Hubble das erste Teleskop war, durch welches das Objekt gesehen wurde. Also mußten auch Aufnahmen davon vorhanden sein. Die würden das erste sein, worum er bei den UN bitten würde. Vielleicht würde man ja sogar über denjenigen, der die Entdeckung als erster gemacht hatte, den Verschwörern auf die Spur kommen. Jan wurde plötzlich aus seinen Überlegungen gerissen, da im Fernsehen eine Programmunterbrechung für einen Spezialbericht durchgeführt wurde „... und ich befinde mich hier direkt auf einem der Bergungsschiffe. Es scheint langsam in der Tat so, als ob sich das Bermuda-Dreieck nach Norden verschoben habe. Während die anderen Abstürze in dieser Gegend, angefangen mit TWA-Flug 800 vor vier Jahren vor der Küste von Long Island, jedoch wahrscheinlich auf technische oder Pilotenfehler zurückzuführen sind, verdichten sich hier allerdings immer mehr die Hinweise darauf, daß Delta Airlines Flug 402 gegen 23 Uhr gestern Nacht Opfer einer Verwechslung von Radarsignalen von Navy-Schiffen auf Manöver vor der Ostküste geworden ist. Es sei absolut unklar, wie ein solch gravierender Fehler habe auftreten können, meinte Navy-Captain Jack Parks. Unbestätigten Gerüchten zufolge sei der Fehler offensichtlich in der Software des Zielcomputers zu suchen. Das Verteidigungsministerium war jedoch nicht bereit, dazu einen Kommentar abzugeben. ..." – „Hm. Unglaublich. Daß die immer wieder zivile Flugzeuge als Zielscheibe benutzen müssen! Na ja, mein Pilot weiß zum Glück, wann und wo gerade Manöver sind. Diese Gegend meiden wir dann natürlich weiträumig. Und falls wir doch mal in eine so problematische Lage kommen sollten, fühle ich mich hier drin immer noch sicherer. Schließlich ist diese Maschine wesentlich wendiger als so ein zäher Riesenvogel." – „Tja, Ihnen ist klar, daß jemand, der meine Identität angenommen hat, an Bord dieses Flugzeuges gewesen ist, um unsere Gegner zu täuschen?" Das hatte gesessen. Altfeld starrte Jan geschockt an. „Und das Perverseste ist, daß sie sich nicht sicher sein konnten, daß ich wirklich an Bord war. Sie mußten zumindest einen Verdacht haben, denn sonst hätten sie nicht die Wohnung eines guten Freundes von mir hochgejagt, als ich gerade auf dem Weg zu meinem echten Flug war. Deswegen bin ich ja überhaupt hier." Nachdem er sich wieder etwas gefaßt hatte und einen Moment lang nachgedacht hatte, meinte Altfeld, dem jetzt offenbar der Sinn nicht mehr nach Scherzen stand: „Mein Gott! Was haben Sie nur getan, daß die all diese Menschenleben opfern, um Sie zu erwischen?" – „Nicht viel. Ich kenne lediglich die Wahrheit. Diese Wahrheit kann Millionen von Menschen das Leben retten. Aber die wollen das ganz offensichtlich verhindern. Aber keine Sorge. Keiner, der die Wahrheit ebenfalls kennt, versteht, warum die so hartnäckig vorgehen. Es ist und bleibt ein Rätsel!" – „Und was werden Sie jetzt deswegen unternehmen?" Jan sah ihn fragend an. „Wieso? Was soll ich da denn tun? Es ist geschehen, daran kann ich nichts mehr ändern." – „Nein, Sie haben mich mißverstanden. Hätten Sie nicht am Flughafen abgeholt werden sollen? Man wird denken, Sie seien bei dieser Explosion in der Wohnung Ihres Freundes umgekommen oder so. Ganz besonders nach dieser abscheulichen Tat. Wollen Sie diesen Irrtum vielleicht telefonisch aufklären?" – „Passen Sie eigentlich auch auf, wenn Sie fernsehen? Was meinen Sie wohl, wie einfach es für die ist, jede Leitung zu überwachen!" Das konnte Altfeld nicht auf sich sitzen lassen. „Aber das ist ein Satellitentelefon! Absolut abhörsicher!" – „Ja, normalerweise vielleicht. Aber die haben auch meine E-mail geknackt. In der Zeit, in der sie es geschafft haben, müssen sie entweder die Hilfe der NSA gehabt haben, oder von dem Verein ist jemand zu denen übergelaufen und hat gleich einige Großrechner mitgebracht. In beiden Fällen möchte ich lieber nicht weiter auffällige Kommunikationswege wählen. Keine Sorge. Ich bin sicher bis hierher gekommen. Ich werde auch jetzt einen Weg finden. Spätestens wenn wir gelandet sind, wird mir etwas einfallen!" – „Na gut. Sie sind ‚The Brain'!"

10:56 Uhr (GMT -4), UN-Hauptgebäude

Salomon war am Boden zerstört. Er hatte zwar jetzt eine lauwarme Spur und vielleicht sogar jemanden, der etwas mit der geheimnisvollen Gegenseite zu tun hatte; aber seine dringend benötigten Beweise für die UN-Führung und den Präsidenten waren vor einigen Stunden in die Luft geflogen. „Gasexplosion! So ein Quatsch!" dachte er. „Offensichtlich muß irgendwo hier in der Behörde ein Verräter sein, der alle Einzelheiten weitergibt. Aber was nützt uns das jetzt noch?" – „Salomon?" Fatma riß ihn aus seinen düsteren Gedanken. „Telefon für Dich!" – „Wer ist dran? Wer weiß denn überhaupt, daß ich hier bin?" – „Tja, ich würde halt mal rangehen. Dann wirst Du es schon sehen!"

„Hier ist jemand, der sozusagen von den Toten auferstanden ist!" Jan fing diese makabere Art von Humor an zu gefallen. „Wenn Sie immer noch an meinem Wissen interessiert sind, sollten wir uns irgendwo treffen – und vor allem dieses Gespräch kurz halten." – „Einverstanden. Sie haben mich ja schon einmal kurz gesehen. Ich bin der mit den Locken und dem Glatzenansatz. Erinnern Sie sich? Ich stehe in etwa zehn Minuten an der Ecke 1st Avenue und East 48th Street. Nehmen Sie ein Taxi. Aber wählen Sie es selbst aus. Nehmen Sie auf gar keinen Fall eines, das sich Ihnen anbietet, okay?" – „Gut. Bis gleich!"

Salomon wurde langsam etwas ungeduldig. Klar, er kannte den Verkehr von New York nicht sonderlich gut. Vielleicht war das Taxi ja in einen Stau geraten. Aber er war trotzdem besorgt, ganz besonders, nach der Bombe an Horowitz' Wohnungstür und vor allem nach dem „versehentlichen" Abschuß von Flug DAL 402. Die Gegenseite bewies, daß sie einerseits ihnen immer dicht auf den Fersen war, und daß sie andererseits vor keinerlei Opfern, auch unter Unbeteiligten, zurückschreckte. Vor allem wie in letzterem Fall, wo Salomons Vermutung darin bestand, daß der Abschuß hauptsächlich als Abschreckung gedacht war. Deswegen mußte die Information über das Objekt und die Verschwörung zur Vertuschung seiner Existenz schnellstens an oberste Stelle. Während er noch darüber nachsinnierte, tippte ihm jemand von hinten auf die Schulter. Er drehte sich überrascht um und stellte fest, daß Jan sich unbemerkt an ihn hatte heranschleichen können. „Ich glaube, ich habe etwas für Sie!" meinte Jan mit einem kleinen Lächeln. „Mann, machen Sie so etwas nie wieder!" Jan schaute ihn verwundert an. „Was denn? Ich denke, Sie sind Geheimagent. Da können Sie von der kleinen Sache eben gar nicht so überrascht gewesen sein, oder etwa doch?" Salomon war etwas verärgert, weil Jan voll ins

Schwarze getroffen hatte, wollte ihm aber diesen Triumph nicht gönnen. „Nein! Ich meinte diese Verzögerung! Zuerst versetzen Sie mich in beste Laune, weil Sie noch am Leben sind, und dann brauchen Sie so lange, daß ich denke, es hat Sie doch noch erwischt! Das meinte ich!" Salomon hoffte, daß seine kleine Lüge überzeugend genug herüber kam. Er wollte nicht, daß man seine nervliche Anspannung und noch viel weniger seine Fehler bemerken konnte. „Na, wie auch immer, Sie leben, und Sie sind da. Gehen wir nach drinnen. Wir haben viel zu besprechen. Ich möchte Sie, wenn es geht, noch heute dem Generalsekretär vorstellen und morgen dann zum Präsidenten der USA fahren. In Ordnung?" – „Kein Problem!" Das war nicht ganz richtig. Jan hatte zwar in den letzten Tagen einiges erlebt. Dennoch erfülle es ihn mit Ehrfurcht und gespannter Aufregung, daß er den bedeutendsten Männern der Welt schon sehr bald Auge in Auge gegenüberstehen würde – und daß dabei die Verantwortung für Millionen von Menschenleben auf seinen Schultern lasten würde.

Die beiden gingen in das UN-Gebäude, zurück in den Raum, den man Salomon dort zugeteilt hatte. Salomon stellte Jan allen, mit der Angelegenheit befaßten, Personen vor. „... das ist Maximilian Endell, Stabschef im Weißen Haus und das ist Fatma Abedssalam, eine wichtige persönliche Mitarbeiterin von mir. So, haben Sie Ihr Material vorbereitet?" – „Yup! Ich hatte schließlich den ganzen Flug über Zeit." – „Wunderbar. Der Generalsekretär erwartet uns, wie ich höre, in den nächsten zehn Minuten. Also, gehen wir?" Die versammelte Mannschaft begab sich in einen Konferenzraum etwa 20 Meter den Gang hinunter. Der Raum war für etwa 50 Personen ausgelegt. Der Generalsekretär saß bereits am Kopfende des T-förmigen Tisches. Zu beiden Seiten neben ihm hatten die Botschafter der ständigen Sicherheitsratsmitglieder Platz genommen. Offenbar um entweder auf eine gerade Zahl zu beiden Seiten zu kommen, oder um alle entscheidenden Nationen der Erde einzuweihen, waren die Botschafter von sieben weiteren Staaten ebenfalls anwesend. Jan war ein wenig nervös. Erst jetzt konnte er auch spüren, wie wichtig er geworden war. Nachdem alle den Raum betreten hatten, ergriff ein UN-Beamter das Wort: „Meine Damen und Herren, Herr Generalsekretär. Wir haben uns hier versammelt, um uns mit einem sehr ernsten Problem zu befassen. Zunächst wird uns Herr Michelsen - er ist übrigens momentan der einzige von den Wissenschaftlern am Observatorium der Europäischen Südsternwarte auf La Silla, Chile, der nicht momentan dort als Geisel gehalten wird; Herr Michelsen wird uns über die astronomische Situation informieren. Danach wird uns Mr. Jona vom israelischen Mossad, über seine Erkenntnisse von einer mutmaßlichen Verschwörung zur Vertuschung dieser Situation berichten, wegen derer er aus Israel fliehen mußte. Bitte, Herr Michelsen, Sie haben das Wort!" Jan schluckte seine Nervosität herunter und erklärte ausführlich, was die Forscher entdeckt hatten, und zu welchen Schlußfolgerungen sie gekommen waren. Er ging besonders darauf ein, welche Gefahren der Erde durch den Einschlag drohten. Als Jan seine Ausführungen beendet hatte, stand das Entsetzen den Botschaftern deutlich ins Gesicht geschrieben. „Nun, und was sollen wir Ihrer Meinung nach tun?" fragte der deutsche Botschafter. „Eine gute Frage! Meine Kollegen sind der Meinung, eine ausreichend große beziehungsweise mehrere kleinere ausreichend starke Nukleardetonationen sollten ausreichen, um das Objekt von einer erdbedrohenden Bahn abzulenken oder es sogar ganz zu vernichten. Das Mindestziel wäre, es durch diese Maßnahme in Stücke zu sprengen, die klein genug sind, um in der Atmosphäre zu verglühen, oder zumindest relativ wenig bis gar keinen Schaden anzurichten. Allerdings stehen wir dabei unter einem gewissen Zeitdruck. Um das Objekt rechtzeitig abzufangen, bleibt uns für die notwendigen Vorbereitungen nur noch ein Zeitraum von etwa acht bis zwölf Tagen", antwortete Jan. „Gut. Dann sollten wir umgehend die Vorbereitungen einleiten!" sagte der Botschafter Chinas. „Es gibt da allerdings noch ein kleines Problem!" warf Salomon ein. „Wir werden auf erheblichen Widerstand stoßen. Ich denke, Sie wissen alle über die Geiselnahme auf La Silla Bescheid. Wir vermuten jedoch, daß sie höchstwahrscheinlich nicht auf das Konto der Drogenmafia geht, wie es in den Medien zu hören war. Vielmehr dürfte eine geheime, weltweit operierende Verschwörung dahinterstecken. Wir haben Beweise dafür, daß weitere Astronomen auf der Südhalbkugel ruhiggestellt werden sollten oder tatsächlich getötet wurden. Außerdem wurden die Mitarbeiter meiner Abteilung und ich in dem Moment, als wir in die Angelegenheit hineingeraten sind, zur Zielscheibe. Mein Chef ist schwer verletzt und hat sich im Krankenhaus eine seltsame Virusinfektion zugezogen; zwei meiner Kollegen sind tot, eine weitere Kollegin befindet sich wahrscheinlich in der Gewalt der Verschwörer. Sie klebten ständig an Herrn Michelsens und an meinen Fersen. Hier in New York warteten sie bereits bei unserer Ankunft am Flughafen auf uns, aber das wissen Sie ja selbst. Weiterhin haben wir Grund zu der Annahme, daß sie auch für den Abschuß von Flug DAL 402 verantwortlich sind. Diese letzten beiden Vorfälle legen den Verdacht nahe, daß sie auch hier, bei den Mitarbeitern dieser Einsatzgruppe, einen Maulwurf haben müssen. Wir sollten also sehr vorsichtig vorgehen." – „Hm. Klingt ja durchaus plausibel. Haben Sie denn schon einen konkreten Verdacht, wer dieser Maulwurf sein könnte?" fragte die französische Botschafterin. „Nein. Tut mir leid. Im Prinzip könnte das außer Herrn Michelsen, Fatma und mir wohl jeder sein. Ich meine, wir werden uns ja wohl kaum selbst in den Fuß schießen!" Einige der Botschafter nickten und murmelten zustimmend. „Schön und gut. Also, was schlagen Sie vor, um die Sicherheit zu erhöhen und den Maulwurf zu enttarnen?" fragte der russische Botschafter. „Nun, einen konkreten Vorschlag habe ich nicht. Aber ich denke, wenn wir uns alle gegenseitig ein wenig auf die Finger sehen, wird die Gefahr wohl automatisch ein wenig reduziert." – „Gut. Dann sollten wir zu einem Entschluß kommen. Ich schlage vor, eine Expertenkommission einzuberufen, um die Idee mit den Atomraketen in einen machbaren Plan umzusetzen. Gegenstimmen?" fragte der Generalsekretär. Niemand hob die Hand. Allerdings meldete sich nach einem kurzen Moment der Stabschef im Weißen Haus zu Wort: „Das klingt ja alles recht praktikabel. Aber für den Einsatz von Nuklearwaffen brauchen Sie, zumindest für den Fall, daß Sie auch von den USA Unterstützung wollen, trotzdem noch das Okay des Präsidenten. Wenn Sie möchten, dann vereinbare ich für heute Nachmittag einen Termin, bei dem Sie Ihren Fall präsentieren können." – „Einverstanden. Wir wollen schließlich nicht einfach unsere amerikanischen Freunde bei so einem wichtigen Anliegen wie der Rettung der Welt übergehen. Sonst denkt nachher wieder jeder, *wir* seien die Verschwörer und planen mit unseren unmarkierten, schwarzen Hubschraubern mal wieder, die USA zu übernehmen oder irgend etwas in der Art. Mr. Jona, Mr. Michelsen: Nehmen Sie mit, was Sie brauchen. Sie werden eine Sicherheitseskorte erhalten und, um Ihren Schutz weiter zu erhöhen, werden Sie in zwei getrennten Fahrzeugen unterwegs sein. Nutzen Sie die Zeit bis zu Ihrer Abfahrt nach Ihrem Belieben. Ansonsten würde ich sagen, diese Sitzung ist beendet. Wir treffen uns wieder zur Einberufung einer Kommission, wenn Bill sein Okay gegeben hat. Bis dahin einen schönen Tag." Die versammelten Personen verließen einer nach dem anderen den Raum. Salomon brachte Jan in sein provisorisches Quartier. „Ihr Vortrag war gut. Wenn Sie den Präsidenten genauso beeindrucken können, haben wir glaube ich keine weiteren Probleme. Außerdem: Es werden immer mehr Leute, die von der Sache wissen. Und je mehr davon wissen, desto schwieriger wird es für die Gegenseite, die Informationen zu unterdrücken. Ich glaube, wir brauchen uns bald keine Sorgen mehr zu machen." – „Ich hoffe, Sie haben recht", antwortete Jan. „Ich werde noch einmal kurz meine Daten überarbeiten. Kann ich mal eben Ihren Computer benutzen?" Salomon sah sich kurz um. „Ja, aber nehmen Sie sich nicht zu viel Zeit." Jan schaltete das Gerät ein, schob seine Diskette ins Laufwerk – und begann zu fluchen. „Mist. Haben Sie kein Gerät mit DirectX 7.1?" Salomon sah ihn fragend an. Er hatte zwar schon von diesem Programm gehört, aber er hatte keine Ahnung, wozu es gut war. „Keine Ahnung. Ich kann mal fragen. Aber um ganz ehrlich zu sein, ich glaube das Präsentationsgerät von eben wird wohl das einzige sein, wenn man die Finanzlage der UN bedenkt ... Hey, aber ich glaube, der Stabschef hat ein Notebook. Vielleicht ist es ja da drauf, und dann können Sie das Ding zur Not auch noch auf der Fahrt benutzen. Ich frage ihn mal eben." Salomon ging zu Endell, der gerade in die Caféteria gehen wollte, und redete kurz mit ihm. Er war offensichtlich nicht davon begeistert, Salomon seinen tragbaren Computer zur Verfügung zu stellen. Aber der UN-Botschafter der USA beschwichtigte ihn, so daß ihm keine andere Wahl blieb. Salomon versprach, das Gerät schnellstmöglich zurückzubringen. Endell gab ein Paßwort ein und wies Salomon darauf hin, daß Jan jetzt lediglich die Programme und seine eigenen Dateien auf dem Computer benutzen könne, da er alle anderen Teile des Systems gesperrt hatte. Salomon bedankte sich und brachte Jan das Notebook. „So, viel Spaß damit. Mr. Supergeheim hat Ihren Zugriff erheblich eingeschränkt. Aber das ist ja wohl egal, oder?" Jan startete das Gerät. Mehrere Sekunden später hatte er den Hauptbildschirm, den er gewollt hatte. „Okay, ich glaube, es läuft!" antwortete er auf Salomons Frage. Dann schob er seine Diskette ins Laufwerk des Notebooks und lud die Datei, die er benötigte. Er führte einige kleinere Veränderungen an seiner Präsentation durch. Als er fertig war, konnte er jedoch nicht der Versuchung widerstehen, herauszufinden, was denn so geheim war an Mr. Endells Daten. Zunächst sah er sich die Dateinamen an. Dabei fiel ihm eine Datei namens "dead_stars" auf. Jan fand den Namen etwas seltsam, und außerdem war sie erst vor einer Stunde geändert worden. Also versuchte er, den Code auf der Datei zu umgehen. Sein Kumpel Thomas hatte ihm da mal einen Trick gezeigt. Krampfhaft versuchte er, sich daran zu erinnern. Aber klar! Es war ihm wieder eingefallen. Eigentlich ganz simpel, wenn man wußte, wie man es anstellen sollte. Er öffnete die Datei – und seinen Mund vor lauter Staunen gleich mit. In der Datei war eine Liste von Namen. Seiner stand ganz oben, über dem von Salomon, der allerdings eingeklammert und mit einem Stern versehen worden war. Ebenso der von Fatma. Hinter mehreren Namen fand sich ein eingeklammertes + Zeichen, und die dazugehörigen Namen waren kursiv geschrieben. Jan fand das schon ein wenig merkwürdig. Was ihn vor allem dabei störte, war die Tatsache, daß die Personen, die mit einem Kreuz versehen waren, die erst kürzlich auf seltsame Weise verblichenen Astronomen waren. Salomon hatte zwar eine solche Liste erwähnt. Aber er hatte nichts davon gesagt, daß er sie Endell gegeben hatte, ganz zu schweigen von einer Aktualisierung. Und warum waren Salomon und Fatma eingeklammert? Was sollte das bedeuten? Waren sie etwa die nächsten Ziele, oder sollte damit angedeutet werden, daß ein plötzliches Verschwinden der beiden oder gar ihr Tod zu auffällig wäre? Jan entschied sich, die Datei zu sichern, denn er war der festen Überzeugung, daß hier irgend etwas nicht ganz korrekt zuging. Vielleicht war Endell ja der Maulwurf ... Jan wollte sich auch noch einige andere merkwürdige Dateien auf dem Computer ansehen, von denen eine den interessanten Namen NASA-Order trug. Dummerweise kam Salomon gerade in diesem Moment zurück. „So, sind Sie dann soweit? Wir müssen los!" – „Ja, allerdings hätte ich gerne noch einen Moment mit dem Computer hier. Ich bin da auf einige interessante Dinge gestoßen!" – „Ja, sicher. Aber dafür haben wir jetzt keine Zeit. Kommen Sie! Und wenn Sie ohnehin fertig sind, dann geben Sie Endell bitte seinen Computer zurück. Sonst jammert der mich wieder voll." – „Ja, aber ... " Salomon war sich sicher, daß Jan nur die technischen Spielereien des Gerätes genauer ausprobieren wollte. „Kein aber! Sie sind doch fertig, oder?" – „Schon ..." – „Na bitte! Dann her damit. In einer Stunde müssen wir im Weißen Haus sein. Unten fahren gerade ein paar Wagen vor, die uns zu einer Regierungsmaschine auf dem Flughafen bringen." Jan gab Salomon den Computer. Da Endell gerade in die Tür getreten war, erschien es ihm sicherer, vorerst ruhig zu bleiben. Aber die Diskette schob er vorsichtshalber, von Endell unbemerkt, in Salomons Jackentasche.

Am Hintereingang des UN-Gebäudes standen drei gepanzerte Limousinen bereit. Endell stieg in die erste, Salomon und Fatma in die zweite. Jan und ein Bodyguard nahmen den dritten Wagen. Die Kolonne nahm denselben Weg wie bei der Herfahrt. „Unglaublich", sagte Salomon zu Fatma. „Was?" – „Ach, diese computerbegeisterte Jugend. Wenn man denen einen einfachen Computer gibt, wollen sie gleich ein ganzes Netzwerk. Lästig."

Sie waren etwa zehn Minuten unterwegs, als Salomon etwas mißtrauisch wurde. „Hey, sind Sie sicher, daß wir noch komplett sind?" meinte er zum Fahrer. „Ja, wieso fragen Sie?" – „Nun ja, weil der letzte Wagen seit der letzten Biegung nicht mehr hinter uns ist!" – „Ach, Sie sind sicher nur ein wenig übervorsichtig. Kann ich verstehen bei so einer Woche, wie Sie sie erlebt haben." – „So? Und wo bleibt der Wagen dann? Ich dachte, wir bilden eine Kolonne!" – „Na gut. Wenn es Ihnen dann besser geht, kann ich ja mal kurz beim Fahrer nachfragen. Einen Moment!" Er griff zum Telefon und tippte eine Nummer ein. Dann wartete er. Über zwei Minuten. „Hm. Seltsam. Empfang haben sie. Es gibt eigentlich keinen Grund, warum sie nicht drangehen sollten." – „Außer ...", warf Fatma ein, wurde aber fast gleichzeitig von Salomon unterbrochen. „Vielleicht wollen sie ja gar nicht antworten. Kennen Sie die anderen Fahrer?" – „Nur den von Mr. Endell. Der andere ist eine Aushilfskraft. Soweit ich weiß, fährt er sonst den israelischen UN-Botschafter." – „Aha." – „Sie meinen ..." – „Genau! Versuchen Sie es bei Endell. Vielleicht weiß er mehr. Ach ja, und jemand soll mal bei denen an der Heckscheibe winken! Vielleicht ist der Wagen ja auch ersetzt worden!" Der Fahrer tippte wieder. Diesmal meldete sich bereits nach zehn Sekunden jemand am anderen Ende der Leitung. Er bat als erstes um das von Salomon vorgeschlagene Winken. In der Tat drehte sich im Wagen vor ihnen jemand um und begann zu winken. Dann fragte er nach, ob die Route sich geändert habe, oder ob eine Aufteilung der Kolonne geplant gewesen sei. Dies wurde verneint. „Das war's", dachte Salomon. „So ein Mist!" meinte Fatma. „Tja, ich glaube, wir haben ein Problem!" meinte der Fahrer. Fünf Minuten später erreichten die beiden verbliebenen Fahrzeuge den Flughafen. Salomon, Fatma, Endell und sein Privatsekretär stiegen aus. „Wir haben bereits eine Suchaktion durch die New Yorker Polizei veranlaßt. Leider bisher ohne Erfolg", bemerkte Endell etwas gestreßt. „Wie konnte so etwas überhaupt passieren?" wollte Fatma wissen. „Der Wagen war doch ständig hinter uns! Da hätten wir doch was mitkriegen müssen!" – „Nun, vielleicht in einer der engen Kurven. Keine Ahnung. Aber das hilft uns jetzt auch nicht weiter. Mr. Jona, könnten Sie zur Not den Vortrag auch alleine halten?" – „Nun, ich denke schon. Aber, ... genau das ist es, was mich etwas verwundert." – „Ich verstehe nicht." – „Wenn wir davon ausgehen, daß der Maulwurf alles weitergibt, dann muß ihm doch bewußt sein, daß bereits genug Menschen die nötigen Informationen haben. Jans Entführung ist so gesehen absolut sinnlos. Es sei denn, ... " – „Es sei denn was?" – „Ach, war nur so ein Gedanke. Fliegen wir!" – „Ja, ich finde auch, wir sollten keine Zeit verlieren!" meinte Fatma. „Natürlich. Sie haben recht. Zeit ist für uns im Moment sehr kostbar." Fatma, Salomon und Endell sowie ein gutes Dutzend Bodyguards bestiegen die Regierungsmaschine, die bereits auf sie gewartet hatte. Diese startete kurz darauf Richtung Washington.

Salomon war etwas nervös. Offenbar ging es Fatma genauso. „Ähm ... Sal?" fragte sie leise und vorsichtig. „Ja?" – „Was meinst Du, haben die hier irgendwo eine Toilette?" – „Na sicher. Auch der Präsident des mächtigsten Landes der Welt muß mal. Warum?" – „Na ja, Du weißt schon, der Streß der letzten Tage und so." – „Na gut. Aber beeil Dich. Und geh nicht aus Versehen in einen falschen Raum!" meinte er spöttisch. „Ich werde mir Mühe geben!" gab sie schnippisch zurück. Fatma ging aus dem Raum hinaus, den Gang hinunter auf der Suche nach den Örtlichkeiten. Ihr Ziel war relativ leicht zu finden. Nachdem sie fertig war, ging sie den Gang wieder zurück. Dabei hörte sie Endells Stimme aus einem der angrenzenden Seitenräume. Vorsichtig näherte sie sich der Tür. Sie sah sich um, ob sie auch niemand beobachten konnte. Dann begann sie, das Gespräch zu belauschen. Einer der beiden Männer im Raum war tatsächlich Endell. Den anderen konnte sie, zumindest an seiner Stimme, nicht erkennen. Endell war offensichtlich wegen etwas beunruhigt. Und das schien im ersten Augenblick nichts mit dem drohenden Einschlag zu tun zu haben. Fatma konnte heraushören, daß der andere Mann für Endell offenbar eine Aufgabe hätte erledigen sollen. Dabei hatte er einige Fehler begangen und wurde jetzt dafür von Endell zur Rechenschaft gezogen. „Was soll das heißen? Er muß die Diskette bei sich gehabt haben! Habt Ihr den Wagen genau überprüft?" – „Ja. Natürlich, Chef!" – „Na gut. Dann stellt ihn noch mal auf den Kopf! Und zwar gründlich!" – „Wieso glauben Sie, er habe die Diskette bei sich? Er könnte sie genauso gut auf seinem Zimmer haben oder sie diesem Israeli gegeben haben!" – „Schön, daß Sie auch mal versuche, zu denken! Aber zu Ihrer Information: Er hatte noch gar kein Zimmer! Und was diesen Israeli betrifft ...", er machte eine kurze Pause. Fatma war inzwischen damit beschäftigt, das Gespräch möglichst unbemerkt und gleichzeitig so vollständig wie möglich mitzubekommen. „Den lassen Sie mal meine Sorge sein. Mir fällt da schon noch etwas ein." – „Wir hätten ihn in Brooklyn problemlos erwischen können, wenn Sie es uns nicht untersagt hätten!" – „Sie wissen doch, daß das zu viel Aufmerksamkeit erregt hätte!" – „Und meinen Sie, das Verschwinden dieses Studenten würde nicht genauso viel Aufsehen erregen?" – „Doch, schon. Aber er ist uns zu dicht auf die Fersen gekommen. Außerdem schätzt uns der Feind schwächer ein, wenn wir ihn nicht gleich vollständig seiner Möglichkeiten berauben. So, und jetzt muß ich zum Präsidenten, den Schaden ein wenig eingrenzen. Sehen Sie zu, daß Sie die Angelegenheit unter Kontrolle bekommen." Fatma drehte sich schnell um und stieß dabei an eine Zimmerpflanze, die im Gang stand. „Was war das? Haben Sie das auch gehört?" fragte der Handlanger. „Ich habe nichts gehört. Sie werden ja schon paranoid!" – „Doch, ich bin mir ganz sicher. Klang, als ob es vom Flur gekommen wäre", sagte der andere Mann, wobei er zur Tür ging und diese öffnete. Er machte einen Schritt in den Gang, konnte aber nichts mehr sehen, da Fatma bereits verschwunden war. Allerdings bemerkte er auf den zweiten Blick, daß einige der Blätter der Flurpflanze noch stark in Bewegung waren. Er ging wieder ins Zimmer zurück und schloß die Tür. „Tja, ich konnte niemanden mehr sehen. Aber da war jemand, da bin ich mir hundertprozentig sicher!" – „Pauli! Wir sind im Weißen Haus! Wer soll das wohl gewesen sein?" – „Keine Ahnung. Aber gerade die Tatsache, daß wir im Weißen Haus sind, macht die Sache noch etwas problematischer." – „Na ja, Sie müssen es ja wissen. Wenn Sie nur sonst auch so vorsichtig arbeiten würden." – „Können Sie mir trotzdem eine Liste aller momentan im Haus befindlichen Personen besorgen?" – „Ja. Aber ich muß jetzt erst zu dieser Sitzung. Ich melde mich dann wieder. Bringen Sie jetzt erst einmal Ihre eigenen Probleme wieder unter Kontrolle! Ich will wissen, was dieser Michelsen herausgefunden hat und ob er es jemandem mitgeteilt hat. Und das ganze möglichst gestern, habe ich mich klar genug ausgedrückt?" Pauli nickte und verließ den Raum. Endell brummelte noch „So ein Mist!" vor sich hin und verließ dann ebenfalls den Raum.

Er ging ins Oval Office, wo Salomon gerade den Projektor für seinen Vortrag aufbaute. Der Präsident, der nationale Sicherheitsberater, der Verteidigungsminister, der Generalstabschef und der Chef der NASA, der in Begleitung von zwei wissenschaftlichen Assistenten war, hatten bereits am Konferenztisch

Platz genommen. „Ah, schön, daß Sie es auch richten konnten. In punkto Pünktlichkeit könnten Sie sich noch ein ganz schönes Stück von Ihrem Vorgänger – Gott hab ihn selig – abschneiden. Also, da wir ja nun komplett sind, bitte Mr. Jona" Salomon hielt denselben Vortrag, den Jan zuvor gehalten hatte. Er wich lediglich im Gebrauch der Sprache ab, da er praktisch keine Spezialbegriffe benutzte. Deshalb ließ sich der Generalstabschef am Ende des Vortrags zu dem Kommentar: „Endlich mal jemand, der eine deutliche Sprache spricht!" hinreißen und blickte dabei den NASA-Chef und seine beiden Begleiter an. Der schaute grimmig zurück. „Nun gut. Also kommen die Endzeitpropheten doch noch zu ihrem Weltuntergang", meinte der nationale Sicherheitsberater trocken. „Wie meinen Sie das?" Salomon schaute fragend in die Runde. „Was ist mit dem Vorschlag, den die Astronomen auf La Silla gemacht haben? Nuklearsprengköpfe haben Sie ja wohl genug. Und über die notwendigen Trägerraketen sollte die NASA ja wohl auch verfügen, oder irre ich mich?" – „Sie irren sich nicht. Allerdings hat die Sache einen Haken: Natürlich haben wir sofort, als wir von der Sache gehört haben, auch unsere Berechnungen angestellt. Unsere Schlußfolgerungen haben leider ein paar kleine Schönheitsfehler." – „Wie meinen Sie das?" – „Rein theoretisch ist die Idee mit den Raketen nicht schlecht. Um ehrlich zu sein, ist sie momentan sogar die einzige, die überhaupt durchführbar ist. Aber ...", er machte eine theatralische Pause. „Um den Kometen rechtzeitig zu treffen, müßten wir die Raketen bereits in elf Tagen starten, sonst hätten wir keine Chance mehr, das Objekt stark genug abzulenken. Alleine für den Umbau der Raketen bräuchten wir schon neun Tage. Dann haben wir die Dinger aber noch nicht getestet, was zur Not auch übersprungen werden könnte. Mit der Genehmigung durch den Kongreß ist das dann schon wieder eine andere Sache ... Außerdem gibt es noch ein zweites, etwas erheblicheres Problem ..." Er schaute besorgt in die Runde. „Erzählen Sie uns davon, Mike!" forderte Endell. „Tja, also, wie soll ich es am besten ausdrücken ... Um die besten Erfolgschancen zu erreichen, müßten Raketen aus mindestens drei unterschiedlichen Positionen abgefeuert werden. Da die Entfernungen innerhalb der USA zu diesem Zweck leider etwas zu klein sind – zur Not könnten wir zwei Abschüsse von hier machen, aber drei sind leider ein wenig zu riskant – tja, also wir bräuchten die Unterstützung der Chinesen und beziehungsweise oder der Russen." Die Experten schwiegen betreten. Nach einer halben Minute unterbrach Salomon die Stille: „Na und? Wo ist das Problem? Bei einer solchen Bedrohung sind die sicher sofort zu einer Kooperation bereit. Oder geht es Ihnen um technische Geheimnisse, die Sie dazu offenbaren müßten? Falls dem so ist, gebe ich Ihnen zu bedenken, daß eine Geheimhaltung in diesem Fall wohl einen weitaus höheren Schaden – in absoluten Zahlen – anrichten würde als eine Preisgabe dieser Geheimnisse!" – „Mag sein, daß Sie recht haben. Aber selbst wenn wir unsere eigenen Raketen durch den Kongreß kriegen - einer derartigen Zusammenarbeit wird gerade der Senat niemals zustimmen." Bei diesen Worten seines Stabschefs schaute der Präsident mit wissendem Blick zur Decke. Ihm war diese Situation nur zu vertraut. Es war ein leichtes, den Senat *gegen* etwas mobil zu machen. Aber *für* etwas? Da mußte schon eine Katastrophe globalen Ausmaßes auf der Tagesordnung stehen. Dem Präsidenten war klar, daß es sich hierbei um eine solche Katastrophe handelte. Aber er wußte auch, daß einige der Senatoren die Gefahr absichtlich herunterspielen würden. Außerdem war da ja noch diese Verschwörung. Was, wenn einer oder mehrere der Senatoren ihr angehörten? Die Situation war in der Tat nicht einfach. „Das meinen Sie doch nicht etwa ernst?" Fatma war empört. „Sie wollen unser Schicksal wegen so ein paar Sesselfurzern einfach so wegwerfen? Ihre Nation ist die am weitesten entwickelte und die stärkste auf diesem Planeten. Damit trägt sie auch eine gewisse Verantwortung. In guten Zeiten, wenn diese Verantwortung leicht ist, nehmen Sie sie ja auch gerne wahr. Aber in Krisensituationen wie dieser hier wäre es Ihnen lieber, jemand anders würde die Drecksarbeit für Sie erledigen. Tja, aber so jemanden gibt es nicht mehr oder noch nicht wieder, Sie können es sich aussuchen. Und deshalb haben Sie die heilige Pflicht, alles zu tun, um den ganzen Planeten so gut wie möglich zu schützen, Senat hin, Senat her. Rufen Sie meinetwegen den Notstand aus. Begründen Sie die Umrüstung den Senatoren gegenüber damit, daß die Außerirdischen gekommen sind, um ihre abgestürzten Artgenossen wieder abzuholen und daß sie jetzt wohl sauer sein werden, weil Sie diese bei Ihren

Experimenten getötet haben. Was weiß ich. Lassen Sie sich etwas einfallen! Ihre Präsidentschaft ist in acht Monaten sowieso vorbei. Alles, woran man sich dann noch erinnern wird, sind Ihre Affären und daß Sie tatenlos dabeistanden, als die Welt ins Chaos gestürzt ist. Aber wenn Sie sich jetzt richtig entscheiden, dann wird man Sie als einen Helden, als Retter der Welt in Erinnerung behalten. So, das mußte ich mal los werden!" Fatma war während ihrer Rede aufgestanden und wild gestikulierend im Raum auf und ab gegangen. Jetzt war sie etwas außer Atem und ließ sich in ihren Sessel zurückfallen. „Deutliche Worte", meinte der Präsident. „Glauben Sie mir, ich versichere Ihnen, niemand will die Menschheit ihrem Schicksal überlassen. Aber da sind einige Dinge abzuwägen. Wir müssen sehr vorsichtig vorgehen. Wenn diese Leute immer noch so gut über unser Vorgehen informiert sind, dann können sie wohl auch überall Einfluß nehmen. Aber keine Sorge, ich werde die Umrüstung ohne die Genehmigung des Senats durchführen lassen. Die würden alleine, um sich auf einen Termin für die Debatte zu einigen, schon drei Wochen brauchen. Davon mal abgesehen, es geht hier nicht um eine Kriegserklärung oder so etwas. Also brauche ich deren Genehmigung auch gar nicht. Aber wegen unserer Freunde in Rußland und China muß ich mir erst noch etwas einfallen lassen. Schließlich können wir nicht wissen, ob nicht einer von ihnen selbst Teil der Verschwörung ist. Wir müßten also einen Weg finden, möglichst alle entscheidenden Leute dort gleichzeitig zu erreichen." – „Fernsehen!" platzte der Generalstabschef heraus. „Das geht nicht. Fernsehen würde auch von der Bevölkerung empfangen werden. Das würde eine Massenpanik auslösen." – „Nun, ich bin sicher, wir werden zu einer Lösung kommen. Aber da Die Zeit, wie wir gehört haben, ein wichtiger Faktor ist, sollten wir sie nicht weiter verschwenden und handeln!" Fatma sah Endell interessiert an. Sie fragte sich, was er damit bezwecken wollte. „Sehr richtig. Also, Generals, meine Herren von der NASA, setzen Sie sich zusammen und erarbeiten Sie möglichst effiziente Pläne zur Umrüstung! Ich will, daß die Arbeiten in spätestens zwei Tagen beginnen. Und: halten Sie mich auf dem Laufenden! Und was ich auf gar keinen Fall von Ihnen hören will ist: ‚Sir, das geht nicht!' Zeigen Sie mir und der ganzen Welt, daß Amerika immer noch das

Land der unbegrenzten Möglichkeiten ist. Sie dürfen gehen." Nach diesen Worten des Präsidenten verließen die Experten, einer nach dem anderen, den Raum. Salomon packte sein Anschauungsmaterial wieder zusammen. „Und Sie sind selbstverständlich mein Gast!" meinte der Präsident und klopfte ihm dabei auf die Schulter. „Vielen Dank für das Angebot. Aber ich muß zurück nach New York. Ich habe dort eine Spur gefunden, die uns vielleicht weiterbringt." – „Ähm, Sal, kann ich erst mal kurz mit Dir reden, bevor Du hier irgendwelche Fehlentscheidungen triffst?" – „Äh, klar. Meinen Sie, hier gibt es einen Raum, wo wir uns kurz ungestört unterhalten können?" – „Sicher. Aber, das weiß doch seit zwei Jahren die ganze Welt! Gleich hier zur Tür raus um die Ecke ist die Teeküche. Da sind Sie ungestört. Jedenfalls dürften *Sie* es wohl sein." – „Vielen Dank. Komm!" Salomon schob sie zur Tür hinaus. „Was willst Du?" – „Endell, er ist einer der Verschwörer!" – „Was!? Woher willst Du das wissen?" – „Als ich von der Toilette zurückkam, ging ich an seinem Büro vorbei. Ich habe gehört, wie er einen seiner Untergebenen zur Schnecke gemacht hat. Also habe ich an der Tür gelauscht. Ja, ich weiß, das gehört sich nicht, aber in diesem Fall war es sehr sinnvoll!" Sie erzählte Salomon, was sie von dem Gespräch mitbekommen hatte. „Na ja, vielleicht hast Du ja ein paar Sachen mißverstanden. Andererseits, irgend jemand muß ja der Maulwurf sein. Sehen wir zu, daß wir die Sache klären." Er dachte einen Moment nach. „Hm. Vielleicht hat dieser Michelsen ja tatsächlich etwas in Endells Computer gefunden. Er wollte sich ja unbedingt noch mehr auf diesem Gerät ansehen. Ich würde das jetzt zu gern selbst tun. Aber so leichtsinnig wird Endell nicht sein, daß sich die Dateien immer noch dort befinden." Er griff in seine Jackentasche, um ein Taschentuch herauszuholen. Dabei bemerkte er die Diskette, die ihm Jan dort hingesteckt hatte. „Das ist ja interessant. Ich glaube, das sollten wir uns mal genauer ansehen." – „Na gut. Dann sollten wir jetzt einen Computer finden." – „Nein. Das ist Deine Aufgabe. Ich muß unseren Zeugen in New York verhören, schon vergessen?" – „Na gut. Aber paß auf Dich auf! Meinst Du, ich sollte den Präsidenten informieren, wenn ich einen Beweis für Endells Verbindungen finde?" – „Nein, besser nicht. Wir wissen nicht, wem wir trauen können. Außerdem glaube ich, daß Endell schon dafür sorgen wird, daß man Dich nicht mehr mit dem Präsidenten reden läßt." – „Wie Du meinst. Aber eine Bitte habe ich noch: Ich habe Dir doch auf dem Flug kurz von diesem alten Mann aus der Synagoge erzählt?" – „Ja?" – „Ich glaube er braucht unseren Schutz wesentlich dringender als Dein Zeuge. Vor allem, weil er diesen stark belastet hat. Kümmerst Du Dich darum?" – „Natürlich. Ich habe ohnehin das Gefühl, daß der noch viel mehr weiß. Der ist mit allen Wassern gewaschen. Deswegen werde ich ohne Dich wohl auch nicht viel mehr aus ihm herausbringen. Aber keine Sorge. Auf so einen wertvollen Zeugen möchte ich ungern verzichten." Sie umarmten sich zum Abschied. Dabei sahen sie sich tief in die Augen. Für einen Moment konnten sie dort beide ihre alten Gefühle füreinander spüren. Aber es war ein sehr kurzer Moment ...

Jan wurde langsam wach. Der Schmerz hatte nachgelassen. Nun begann er, sich zu fragen, was eigentlich genau passiert war und warum er diesen Brummschädel hatte. Und vor allem, wem gehörte diese Hand, die vorsichtig in der Nähe seiner Verletzung durch sein Haar strich? Na ja, wenigstens war er nicht alleine in diesem dunklen Kellerloch. „Hallo! Na, wieder unter den Lebenden?" fragte eine weibliche Stimme leise in leicht akzentbelastetem Englisch. Offenbar hatte sie bemerkt, daß Jan wieder zu sich gekommen war. „Wo bin ich hier?" fragte er zurück. „Warum bin ich hier? Und warum sind Sie hier? Wer sind Sie eigentlich?" – „Schön langsam. So viele Fragen auf einmal. Also, erstens: Keine Ahnung! Zweitens: Keine Ahnung! Drittens: Ich habe da so einen Verdacht. Und viertens: Dazu kenne ich Sie nicht gut genug. Vielleicht sind Sie ja hier hereingebracht worden, um mich auszuhorchen. Oder damit Sie sich mit mir anfreunden und ich Ihnen dann Informationen gebe. Andererseits, dann wären Sie wohl kaum so mit der Tür ins Haus gefallen, wie Sie das eben getan haben. Das wäre sonst nämlich wirklich plump." Sie hielt einen Moment inne. „Dennoch, mein Vertrauen müssen Sie sich erst verdienen." – „Und wie?" fragte Jan ein wenig verwirrt. „Na, Sie könnten zum Beispiel damit anfangen, mir zu sagen, wer Sie sind und warum Sie hier sind." Jan dachte nach. „Warum sollte ich Ihnen sagen, wer ich bin, wenn Sie mir nicht sagen, wer Sie sind? Ich meine, vielleicht wollen Sie ja genau das mit mir tun, was Sie mir unterstellen, wäre doch immerhin möglich, oder?" Sie dachte ebenfalls kurz nach. „Hm. Eine interessante Antwort. Anscheinend leiden wir beide ein wenig unter Verfolgungswahn." Sie wartete wieder einen Moment. Dann atmete sie tief durch und redete weiter: „Also schön. Dann mache ich den ersten Schritt: Sie können mich *Rachel* nennen. Das muß Ihnen erst mal genügen. Jetzt sind Sie dran!" – „Also schön. Ich heiße Jan." Wieder entstand ein Moment der Stille. „Und?" – „Was und?" – „Und weiter? Erzählen Sie mir etwas von sich." – „Ich dachte, jetzt sind Sie wieder dran?" – „Nein. Jetzt erzählen Sie mir wieder etwas von sich und dann erzähle ich wieder etwas von mir.

Okay?" Wieder dachte Jan nach. Irgendwie fand er diese bizarre Gesprächssituation ein wenig komisch. Aber zum Lachen war ihm trotzdem nicht zumute. Nach etwa einer halben Minute meinte er dann: „Na gut. Ich bin Astronomiestudent aus Deutschland. Und wie steht's mit Ihnen?" – „Ich bin aus einem kleinen Land, für dessen Regierung ich arbeite." – „Aha." Das konnte ja heiter werden. „Eine Geheimniskrämerin", dachte er. Aber er spürte, daß das alles nur Fassade war, und daß sie nach langer Isolierung darauf brannte, wieder mit jemandem sprechen, sich jemandem anvertrauen zu können. Also wollte er sie ein wenig herausfordern. „Mal sehen: Ein kleines Land. Offenbar aber mit einem guten Geheimdienst, für den Sie arbeiten. Sonst würden Sie nicht so um den heißen Brei herum reden. Aber Sie sind vermutlich keine Agentin. Wenn doch, dann sind Sie noch in der Ausbildung. Sonst hätten Sie mir entweder gar nichts von sich verraten oder mich nach Strich und Faden angelogen. Außerdem wären Sie wohl als ausgebildete Agentin kaum hier sondern tot oder noch in Freiheit, stimmt's?" Die Frau schluckte, und antwortete dann: „Respekt. Wenn Sie jetzt auch noch meine Heimat raten, dann sind Sie entweder wirklich einer von denen, oder Sie haben die für Ihr Studium nötige Intelligenz tatsächlich." – „Israel", antwortete Jan, ohne zu zögern. „So, jetzt sind Sie wieder dran!" – „Mag sein, daß meine Ausbildung noch nicht abgeschlossen ist. Aber blöd bin ich auch nicht. Sie sind dran. Und Sie sagen mir jetzt, wieso ein Astronomiestudent zu mir hier heruntergesteckt werden sollte. Und ich will eine gute Erklärung!" – „Kein Problem! Kennen Sie die Europäische Südsternwarte in Chile?" – „Nein ... Aber, warten Sie mal einen Moment!" Offensichtlich ging ihr gerade nicht nur ein Licht, sondern gleich eine ganze Flutlicht-Batterie auf. Schön eine nach der anderen. Böse Zungen würden behaupten, man hätte förmlich hören können, wie ein Gedanke den anderen jagte. Astronom – Chile – Südsternwarte – Südhalbkugel – Die Liste wegen der Samuel hatte sterben müssen! Es paßte alles zusammen. „Sie meinen, Sie waren auf der Südhalbkugel, als Astronom, und Sie leben noch?" – „Erraten! Aber was hat eigentlich Israel mit der ganzen Sache zu tun? Zuerst dieser Salomon und jetzt Sie, da steckt doch irgend etwas dahinter, oder?" – „Salomon? Haben Sie Salomon gesagt? Salomon Jona?" – „Ja. Er war schon bei den UN, als ich gerade nach Deutschland geflohen war und meine weiteren Schritte geplant habe, also vorgestern." – „Ich danke Gott. Er lebt noch. Nach dieser Schießerei hat mich ständig die Ungewißheit geplagt." – „Schießerei? Waren Sie auch mit am Flughafen, als er hier eintraf? Er hat Sie gar nicht erwähnt." – „Nein. Das geschah noch in Jerusalem. Während er mit Fatma Kontakt aufnahm, um unser unauffälliges Verlassen des Landes zu organisieren, wartete ich in der Nähe der Klagemauer auf die beiden. Dort wurde ich plötzlich von einigen Männern überwältigt und in ein Auto gezerrt. Ich konnte allerdings noch erkennen, daß Salomon in diesem Moment gerade zurückkam und scheinbar verhaftet wurde. Während man mit mir wegfuhr, hörte ich noch einen heftigen Schußwechsel. Meine Sorge war bis eben, daß er dabei getötet wurde. Mich brachte man dann zunächst in ein Mossad-Büro in Jerusalem. Warum sie mich später hierher gebracht haben, ist mir immer noch schleierhaft. Wenn er jetzt hier in Amerika ist, wollen sie mich vielleicht als Druckmittel gegen ihn einsetzen." – „Hm, das wäre möglich. Aber wissen Sie, daß er mir nichts von Ihnen erzählt hat, dürfte wohl daran liegen, daß wir nicht viel Zeit hatten, uns gegenseitig unser bisheriges Martyrium zu erzählen. Für uns war wichtig, den UN-Sicherheitsrat und den amerikanischen Präsidenten zu überzeugen. Aber ich glaube, er wird genauso von der Ungewißheit über Ihr Befinden geplagt." Er machte eine kurze Pause. „Allerdings glaube ich, daß ihm seine nette dunkelhaarige Assistentin durchaus den Verlust etwas mindert ..." – „Dunkelhaarige Assistentin? Hat die Dame auch einen Namen?" – „Ich glaube Fatima oder so in der Art." – „Fatma? Hm. Moment mal!" rief Rahel plötzlich empört. „Wie meinen Sie das?" – „Wie meine ich was?" – „Na, die Sache mit dem Verlust mindern!" – „Ach so. Na ja, es sah eben ein wenig so aus, als wenn da etwas mehr als nur eine berufliche Beziehung wäre." – „Was heißt hier berufliche Beziehung! Sie ist seine Ex-Geliebte! Und für unsere Behörde arbeitet sie schon dreimal nicht!" Man konnte deutlich sehen, daß Rahel innerlich kochte. „Oh. Ich verstehe. Entschuldigung. Ich hätte das wohl besser nicht erwähnt", meinte Jan vorsichtig. Aber das half nichts. Schon kam das nächste Donnerwetter: „Oh doch! Und ob Sie das hätten erwähnen sollen, ...

äh, ... wie heißen Sie eigentlich?" Jan war der Meinung, er könnte ihr jetzt vertrauen. Diese Eifersuchtsszene erschien ihm durchaus authentisch zu sein. Genau das hatte er nämlich sehen wollen, als er sie provoziert hatte. „Jan", antwortete er auf ihre Frage, „und ich finde, Du siehst irgendwie unheimlich gut aus, wenn Du sauer bist." – „Danke. Na warte. Der kann was erleben!" Rahel war immer noch zu sehr in Fahrt, um Jans Flirtversuche zu erkennen und näher darauf einzugehen. „Dein echter Name ist Rahel, nicht war?" – „Ja." Langsam schien sie sich wieder zu beruhigen. „Tja, Rahel, also ich kann ihn da nicht verstehen. Diese Fatma sieht zwar nicht schlecht aus ... aber mal davon abgesehen, daß sie mir ein klein wenig zu alt ist, wenn ich die Wahl hätte, dann wäre sie eindeutig ..." – „So so. Das ist dann wohl Pech für mich, daß nicht Du die Wahl hast, sondern er." – „Wie Du meinst." Die Tür ging auf, und ein Mann kam mit einem kleinen Tablett herein. „So. Essen fassen. Weil: Hungrige Geiseln sind keine guten Geiseln, nicht wahr?" Rahel ignorierte ihn. „Hm. Klingt vernünftig. Aber, wenn man mal kurz fragen darf, was ist das denn eigentlich? Denn falsch gefütterte Geiseln sind eventuell sogar noch schlechtere Geiseln ...", meinte Jan etwas zynisch. „Das ist von McBurger's. Wenn es Dir nicht paßt, dann kannst Du ja ein Beschwerdeformular ausfüllen!" – „Das ist mal wieder typisch! Klar, daß jemand, der für die Bösen arbeitet, keinen Gedanken daran verschwendet, daß es auf dieser Welt auch Menschen gibt, die kein Fleisch essen. Und wir werden täglich mehr!" – „Tja, dann schau ich mal nach, vielleicht hat jemand draußen noch Salat übrig. Ansonsten nehme ich Deinen Fleischanteil, und Du kannst dann den Rest essen. Du kannst sowieso froh sein, daß der Chef Euch lebend will. Sonst würdest Du jetzt nämlich nicht mit mir, sondern mit ein paar netten Fischen, die garantiert keine Vegetarier sind, Bekanntschaft machen!" Er klatschte einen Teller auf den Boden und nahm den anderen wieder mit. „Meinst Du, daß Du dadurch einen Vorteil erreichst? Du mußt Dir ja ziemlich sicher sein, daß Du unentbehrlich bist, wenn Du so eine dicke Lippe riskierst!" schnauzte Rahel Jan an. „Ja. Gut. Du hast recht. Ich hätte ‚bitte' sagen sollen. Ich werde versuchen, es mir für die Zukunft zu merken", gab er etwas beleidigt zurück. „Hey! Das ist kein Spiel, okay? Wenn Du nicht tierisch aufpaßt oder Du denen einfach nicht mehr nützlich bist, dann bist Du schneller tot, als Dir lieb ist!" Jan blieb still. Er dachte über diese Worte nach, denn sie hatten gesessen. Er sagte auch nichts mehr, als der Wärter mit einer Salatschale zurückkam, sondern fing sofort an, das Grünzeug aufzufuttern. Rahel war ihm auf irgend eine besondere Weise *sehr* sympathisch. Deshalb wollte er sich vor ihr nicht zum Idioten machen. Da er momentan keine guten Antworten hatte, entschied er sich, lieber vorerst gar nichts mehr zu sagen.

08:11 Uhr (GMT -4), Gästehaus des Weißen Hauses

Fatma hatte schlecht geschlafen. Sie war sich sicher, daß Endell einer der Verschwörer war. Ihn in ihrer unmittelbaren Nähe zu wissen, ließ sie die ganze Nacht über nicht zur Ruhe kommen. Und dann war da noch ihr Verlangen nach Rache für ihren Mann. Aber sie wußte auch, daß sie die nur erlangen konnte, wenn sie ruhig und konzentriert vorgehen würde. Und das tat sie jetzt. Sie stand auf und ging zum Frühstücksbuffet. Dabei versuchte sie, ihre Müdigkeit zu unterdrücken und ihre Aufmerksamkeit voll auf die unauffällige Beschattung Endells zu richten. Der saß bereits am Frühstückstisch. Freundlich lächelnd begrüßte er Fatma. Er verhielt sich, als ob er kein Wässerlein trüben könnte. Aber Fatma wußte es ja schließlich besser. Sie erwiderte seine Begrüßung mit einem gezwungenen zuckersüßen Lächeln. „Tja, Miss Fatma ..." – „Mrs. Abedssalam!" unterbrach sie ihn barsch. „Entschuldigung. Das wußte ich nicht. Ich dachte Sie wären ... ach, egal. Was ich fragen wollte, wie beabsichtigen Sie und Mr. Jona denn jetzt weiter vorzugehen?" – „Wie meinen Sie das?" – „Na ja. Ich meine, die Abwehrmaßnahmen sind in keinster Weise schon weit genug fortgeschritten, und Ihr wichtigster Zeuge ist verschwunden. Da frage ich mich eben, ob Sie jetzt einfach so tatenlos herumsitzen wollen und zusehen, wie andere die Arbeit tun, oder ob Sie selbst bei der Enttarnung unserer ganz speziellen Freunde mitwirken wollen." Fatma war von dieser Dreistigkeit ein wenig überrascht. Um Endell aber nicht zu zeigen, wie empört sie über seine Frage war, antwortete sie angriffslustig: „Ich frage mich auch etwas. Ich frage mich, wieso Sie mich das fragen? Die Abwehrmaßnahmen dienen der ganzen Welt. Daß sie richtig durchgeführt werden, ist nicht meine Aufgabe sondern wohl mehr zum Beispiel die Ihres Präsidenten. Und ich glaube, der hat das sehr gut im Griff, falls Ihre Frage andeuten sollte, ob ich ihm dabei gerne auf die Finger schauen würde. Und was unseren Zeugen betrifft: Klar, er ist verschwunden. Aber das ist eigentlich auch eher Ihr Zuständigkeitsbereich. Schließlich war es Ihr Land, in dem er entführt wurde." – „Ja. Sicher. Ich glaube wir können uns da auch ziemlich sicher sein, daß das FBI einen guten Job machen und schon bald die erste Spur vorweisen können wird." Fatma konnte es kaum fassen. Glaubte er wirklich, daß sie so naiv war? „Mr. Endell! Wo waren Sie eigentlich gestern bei den diversen Besprechungen? Physisch waren Sie ja anwesend, aber geistig waren Sie offensichtlich in anderen Sphären oder irre ich mich? Wie könnten Sie sonst im Ernst glauben, daß diese Verschwörer überall, bloß nicht beim FBI sind! Falls ich Sie daran erinnern darf: Die waren uns seit unserer Flucht aus Israel zwar keinen Schritt voraus, aber immer dicht hinter uns. Es tut mir leid, aber ich fürchte, die haben auch Leute beim FBI, welche die Fahndung entsprechend manipulieren werden." Sie mußte schließlich den Schein wahren, daß sie nichts von Endells kleinem Geheimnis wußte. „Mag sein, daß Sie recht haben. Aber irgendwie glaube ich, daß sie nicht über genug Leute verfügen, um diese Sache lange zu vertuschen. Vielleicht dauert es etwas länger als normal, aber man wird Ihren Freund wiederfinden." – „Schön. Aber warum fragen Sie mich dann eigentlich danach, was ich vorhabe? Anscheinend kann ich mich ja in Ruhe zurücklehnen und abwarten, wie die großen amerikanischen Institutionen ihre Arbeit erledigen." – „Sie haben genau verstanden, was ich Ihnen damit sagen wollte. Einen angenehmen Tag wünsche ich noch!" Er stand auf und wollte gehen, drehte sich aber noch einmal zu ihr um. Fatma war die Situation nicht sonderlich angenehm. „Ach ja, das hätte ich fast vergessen: Jemand hat das hier für Ihren Freund abgegeben. Ob Sie wohl so nett wären, ihm das zu geben?" Er hielt ihr einen Umschlag entgegen. „Natürlich. Kein Problem." – „Gut. Aber jetzt muß ich wirklich los, die Arbeit ruft." Als er kaum außer Sichtweite war, öffnete Fatma den Umschlag, der nur eingeschlagen war. In ihm befanden sich ein Foto und ein Zettel. Auf dem Foto war eine junge Frau zu sehen, auf die Salomons Beschreibung von Rahel passen konnte. Sie war gefesselt und geknebelt. Auf dem Zettel stand: „Wir wissen, daß Ihr etwas herausgefunden habt. Was auch immer es ist, behaltet es lieber für Euch, sonst wird sie sterben. Und sie wird nicht die einzige sein ..." Fatma war geschockt über so viel Unverfrorenheit. Jetzt war für sie jeder Zweifel, daß Endell der Maulwurf war, beseitigt. Die Wahrscheinlichkeit, daß sie die Unterhaltung am Vortag mißverstanden hatte, und daß dann obendrein ausgerechnet Endell diesen Umschlag zugespielt bekommen haben sollte, schien ihr gegen null zu gehen. Allerdings war sie sich jetzt auch ziemlich sicher, daß ihre Lauschaktion bemerkt worden war. Sie mußte also von jetzt an vorsichtiger vorgehen. Die Beschattung von Endell mußte so unauffällig wie möglich erfolgen. Also blieb sie sitzen und aß ihr Frühstück fertig. „Er kann ja nicht weit sein. Schließlich ist er der Sicherheitsberater des Präsidenten, und der will ihn sicher in einer Krisensituation wie dieser in seiner Nähe haben. Also alles noch okay", dachte sie und ihre Stimmung hob sich wieder.

09:05 Uhr (GMT -4), Büroraum im UN-Hauptgebäude

Seit zwei Stunden hatte Salomon jetzt Cohen über die Vorgänge bis einschließlich des Verschwindens von Horowitz befragt. Was ihm sein Gegenüber auftischte, waren allerdings ausgemachte Lügengeschichten. Das hätte Salomon sogar ohne die vorherige kurze Befragung des alten Mannes herausgefunden, da Cohen entweder ein schlechter Lügner war oder aber absichtlich Mist erzählte, um Salomon aufzuhalten. Jetzt war es ihm allerdings genug. Er packte Cohen am Kragen und brüllte ihn an: „Okay, Mann! Jetzt habe ich die Schnauze voll von diesem Blödsinn! Wir wissen, daß Du auch für diese, diese ... ach diese elitären Verschwörungstypen arbeitest. Also mach endlich den Mund auf und rede, sonst werde ich äußerst ungemütlich!" – „Wovon reden Sie?" Salomon zog ihm den Stuhl weg, worauf Cohen auf seinen Allerwertesten plumpste. „Mann, was soll das?" protestierte er ein wenig verärgert. „Du weißt genau, was ich meine! Also mach's Maul auf!" – „He, das können Sie mit mir nicht machen! Sie sind nicht die Polizei. Und überhaupt: Ich möchte jetzt meinen Anwalt sprechen." – „Tja, da hast Du schon recht. Ich bin nicht die Polizei. Aber, vielleicht ist es Dir noch nicht ganz klar geworden, genau deswegen *kann* ich Dich so behandeln. Nicht nur Ihr könnt Leute einfach so verschwinden lassen. Spurlos ..." Cohen wurde blaß. „Ich sage Ihnen doch, ich weiß nicht, wovon Sie da reden. Ich habe nichts mit diesen Leuten zu tun, die den Rabbi entführt haben." – „Aha. Und Du weißt natürlich auch nichts über das Verschwinden von Jan Michelsen. Richtig?" – „Jan wer? Nie gehört!" – „Klar. Na ja, vielleicht kommt Dein Gedächtnis ja mit der Zeit zurück. Ich gehe jetzt erst mal einen Kaffee trinken. Und dann, ... mal sehen, vielleicht lese ich dann die Zeitung. Lange und ausgiebig. Und dann werde ich essen gehen. Sie könnten dann natürlich auch essen. Allerdings nur, wenn Sie mir Informationen geben, mit denen ich auch etwas anfangen kann. Soweit verstanden?" – „Mr. Jona, haben Sie sich einmal überlegt, daß ich Ihnen vielleicht deswegen nichts sage, weil ich nichts weiß? Ist Ihnen schon mal in den Sinn gekommen, daß Sie hier möglicherweise einen Unschuldigen festhalten?" – „Nein. Das glaube ich auch nicht. Ich weiß aus sicherer Quelle, daß Du uns nicht die ganze Wahrheit in bezug auf den Besuch vom FBI erzählt hast." – „Ich fasse es nicht! Dieser alte Spinner! Nur weil der in seiner Senilität irgend einen Mist zusammenfaselt, behandeln Sie mich wie einen Schwerverbrecher? Noch dazu völlig ohne Rechtsgrundlage. Ich werde Sie anzeigen! Ich gehe zum State Department! Sie werden schon sehen!" Das war interessant. Salomon hatte Cohen noch gar nichts von Gabriels Anschuldigungen gegen ihn erzählt. „Na ja, ich hole mir jetzt einen Kaffee. Es wäre wirklich gut, wenn Sie dann etwas kooperativer wären. Sonst muß ich, glaube ich, doch noch jemanden herbemühen, der Ihren Gehirnwindungen ein wenig auf die Sprünge hilft. Ich kenne da jemanden, der macht das wirklich professionell." Er ging aus dem Raum und verschloß die Tür. Auf dem Weg zum Kaffeeautomaten traf er genau den Wachmann, den er jetzt brauchte: Sid.

Sid war ein 2,10 m großer Afroamerikaner und brachte sicher problemlos seine 110 kg auf die Waage. Was seine Muskeln betraf, so brauchte er sich nicht hinter Mr. T zu verstecken. Salomon war er schon, seit er bei den UN einquartiert worden war, aufgefallen. „Hi Sid. Na, wie geht's so?" – „Gut, Sir", war alles, was er antwortete. „Nicht so verkrampft, Sid. Na, Sie wollen doch bestimmt auch mal Spaß bei der Arbeit, stimmt's?" Sid sah ihn fragend an. „Wie meinen Sie das, Sir?" – „Na ja, Spaß eben. Ich habe da jemanden, der will nicht reden. Aber ich habe ihn bereits ein wenig eingeschüchtert. Wenn wir beide jetzt in dieses Zimmer gehen und eine klassische ‚guter Bulle – böser Bulle'-Nummer abziehen, dann packt er vielleicht aus. Na, wie wär's?" – „Hm." Er stand einen Moment nachdenklich da. Aber dann begann sein Gesicht, sich zu einem strahlenden Grinsen zu verziehen. „Okay, Mann. Aber wenn er trotzdem nichts sagt, dann ist das Ihr Problem! Ich will niemanden unnötig verletzen, und meinen Job hier möchte ich auch noch eine Weile behalten." – „Na wunderbar. Gehen wir! ... Ah, Moment noch. Ich habe ihm gesagt, daß ich Kaffee holen gehe. Ich will ja nicht unglaubwürdig wirken." Er ging zum Kaffeeautomaten und warf eine Münze ein, woraufhin das Gerät ihm einen Becher mit heißem Espresso füllte. Er nahm einen Schluck und meinte: „Ah, jetzt können wir!"

Sie gingen beide festen Schrittes zu dem improvisierten Verhörraum zurück. „Ich glaube, es käme ganz gut, wenn Sie jetzt die Tür aufreißen!" meinte Salomon. „Hey, Mann. Ich habe schon verstanden, was für eine Nummer Sie hier abziehen wollen. Ich weiß, was ich tue, also halten Sie gefälligst Ihren Mund!" Salomon zuckte ein wenig zusammen, fügte aber dann kleinlaut hinzu: „Klar, Mann. Sie machen das auch ohne mich perfekt. Alles klar." Sid tat, was Salomon empfohlen hatte. Er riß die Tür mit einer Wucht auf, daß sie gegen die Wand donnerte, wobei die an der Tür angebrachte Jalousie herunterriß. „Heben Sie das auf!" befahl Sid. „Wie bitte?" – „Wenn ich hier eine professionelle Befragung durchführen soll, dann muß diese Jalousie geschlossen sein, verstehen wir uns?" – „Ja, klar. Ich werde das erledigen!" Salomon bückte sich und hob die Jalousie auf, während Sid sich langsam Cohen näherte. „Hey, was soll das werden?" – „Hm?" – „Hey, das ist gegen meine verfassungsmäßig garantierten Bürgerrechte!" – „Tja, wie ich schon sagte, meinen Sie, das kümmert uns? Wir sind hier im UN-Gebäude. Hier kommt die Polizei normalerweise gar nicht rein. Da Sie darüber hinaus unser Gefangener sind, und der Präsident der USA hinter unseren Ermittlungen steht, sehe ich wenig Chancen für Sie. Selbst wenn Ihnen die Flucht gelänge, würde man Ihnen entweder keinen Glauben schenken, Sie durch das FBI wieder verhaften lassen, oder Ihre eigenen Leute würden Sie beseitigen. Aber jetzt ist erst mal Larry dran. Larry, fangen Sie an!" – „Moment!" – „Ja?" – „Ähm, Sie wissen, ich habe Familie. Und ich habe Ihnen ja schon vorher gesagt, daß ich Ihnen nur Informationen liefern werde, wenn meine Familie in Sicherheit ist." – „Okay. Sonst noch was?" – „Ja. Arrangieren Sie einen Unfall für mich. Sie wissen schon, Zeugenschutzprogramm, so wie bei Eraser." – „Warum die nur alle in dieses Zeugenschutzprogramm wollen? Ts, ts ts!" dachte Salomon. Dann sagte er: „Na gut. Wie Sie wollen. Ist Ihr Risiko. Geben Sie uns jetzt die Namen?" – „Gut. Das würde ich gerne, aber die haben sich mir nie vorgestellt." – „Sie arbeiten für jemanden, den Sie nicht kennen?" – „Na ja, die haben mir genug Geld und einen sicheren Platz für mich und meine Familie geboten, wenn das Ding einschlägt. Die haben gesagt, daß man sowieso nichts mehr gegen das Ding unternehmen kann, und daß es Gottes Wille ist. Also habe ich mir gedacht, wenn es Gottes Wille ist, und sich sowieso nichts ändern läßt, dann kann ich doch ruhig auch das Geld nehmen." – „Aha. Und Sie haben sich natürlich nicht gefragt, wieso diese Leute Ihre Hilfe überhaupt gebraucht haben, wenn sich doch sowieso nichts mehr ändern läßt?" Cohen sah ihn mit großen Augen an. „Jetzt, wo Sie es sagen ... Stimmt. Sie haben recht. Da habe ich in dem Moment gar nicht richtig dran gedacht." Salomon schlug sich die flache Hand auf die doch schon etwas hoch gewordene Stirn. „Aaaaah! So wenig Intelligenz muß doch weh tun, oder? Na ja, wie auch immer. Ich lasse sie und Ihre Familie in einem sicheren Gebäude einquartieren, das ich höchst persönlich stündlich überprüfen kann. Falls Ihnen dann noch etwas Neues einfallen sollte, lassen Sie es mich wissen! Okay, kommen Sie, Larry", dabei grinste er Sid mit von Cohen abgewandtem Gesicht an, „Sie haben bestimmt noch andere Sachen zu erledigen!" Er legte seine Hand auf Sids

Schulter, der auch ein wenig grinsen mußte, und führte ihn aus dem Raum. Beim Hinausgehen raunte er ihm zu: „Der Typ ist eine Null. Der weiß gar nichts. Und er hat sein Leben für dieses nichts riskiert. Ich kann nicht glauben, daß jemand so einfältig ist. Es tut mir wirklich leid, daß ich Ihre Zeit für so einen Schwachsinn in Anspruch genommen habe." – „Werden Sie ihm trotzdem Schutz gewähren?" Salomon sah ihn genervt an. „Ich denke schon. Sonst macht er sich wahrscheinlich vor Angst in die Hosen. Außerdem hat er immerhin einige von ihnen wenigstens gesehen."

10:14 Uhr (GMT -4), Jan und Rahels Kellergefängnis

Jan wurde die Lage langsam etwas unangenehm. Sicher, er war immerhin mit einer gut aussehenden Frau in einen kleinen Raum gesperrt. Aber die Unsicherheit, was ihre Peiniger weiter mit ihnen vorhatten, überwog die positive Seite bei weitem. Dennoch, daß er Gesellschaft hatte und noch dazu weibliche, machte die Sache wesentlich erträglicher für ihn. Wäre sie nicht da gewesen, hätte er sich wahrscheinlich längst in irgend eine Ecke verkrochen und wäre krank vor Angst. So saß er einfach auf seinem Bettgestell und sah ihr beim Schlafen zu. Offensichtlich hatte seine Ankunft sie sehr erschöpft. Sie hatte sich um ihn gekümmert, die Wunde, die er sich beim Versuch, sich der Verschleppung zu widersetzen, zugezogen hatte, versorgt und versucht, ihn wieder zu Bewußtsein zu bringen. Wie er von ihr erfahren hatte, war sie damit fast fünf Stunden beschäftigt gewesen. Darüber hinaus war er erst gegen Mitternacht zu ihr ins Zimmer geworfen worden. Jan fragte sich ohnehin, weshalb er keine eigene Zelle erhalten hatte. Offenbar hatten die Verschwörer Platzmangel. Eigentlich war es ihm dann allerdings doch egal. Er lag einfach nur auf seinem Bett und dachte nach. Würden Salomon und die anderen „Guten" es auch ohne ihn schaffen? Eigentlich sprach nichts dagegen. Er hatte ja schließlich alle Informationen weitergegeben. Es blieb ihm also nur zu hoffen, daß sie erfolgreich sein würden – und vor allem, daß

Salomon etwas mit der Diskette anfangen konnte. Und er hoffte, daß sie danach kommen und ihn und Rahel aus ihrem Gefängnis befreien würden. Vielleicht würden sie ja auch einfach freigelassen, wenn klar geworden wäre, daß der Einschlag verhindert wurde. Rahel öffnete vorsichtig ihre Augen. Sie blinzelte ein wenig, um den letzten Schlaf zu vertreiben. Dann sah sie in Jans Richtung und bemerkte, daß er sie geistesabwesend anstarrte. Allerdings bemerkte sie auch, daß er nicht ins Leere, sondern durchaus auf sie schaute. Sie lächelte ein wenig. Das riß Jan aus seinen Gedanken. „Oh, guten Morgen! Hast Du gut geschlafen?" – „Ja, danke der Nachfrage. Und Du?" – „Ja. Den Umständen entsprechend eben." – „Aha. Na dann hast Du ja Glück, daß Du wenigstens eine gute Aussicht hast, nicht?" – „Ja, stimmt." Er sah sie kurz verwirrt an. Dann bemerkte er die Falle, in die er getappt war. „Ups!" Dabei lächelte er ein wenig gequält. „Ist schon in Ordnung. Aber komm' auf keine falschen Gedanken. Ich kann sonst sehr ungemütlich werden. Das kannst Du mir glauben!" – „Schade. Aber wie Du meinst ..."

15:05 Uhr (GMT -4), das Büro des Sicherheitsberaters des Präsidenten der USA

„Ja. Genau. Das Problem ist, er verhält sich so, daß ich ihm absolut nichts nachweisen kann. Und die Liste, die sich auf Jans Diskette befunden hat, beweist leider gar nichts. Sie könnte genauso gut eine Auflistung aller Gefährdeten sein, die er von einem ihrer Geheimdienste hat anfertigen lassen. Dieser Umschlag allerdings ..." – „Ich weiß, was Du damit sagen willst. Aber es könnte immer noch sein, daß es Zufall ist. Andererseits, wieso sollten sie uns dann drohen? Wegen Cohen bestimmt nicht. Der weiß nicht einmal, wie seine Kontaktleute heißen. Eine echte Enttäuschung, der Mann", entgegnete Salomon am anderen Ende der Leitung in New York. „Ich werde jetzt noch einmal mit Gabriel reden. Vielleicht fällt ihm ja noch etwas ein. Sonst weiß ich langsam echt nicht mehr, wo ich weitermachen soll. Du siehst, mir geht es auch nicht viel besser." – „Hättest Du etwas dagegen, nach Deinem Verhör hierher zu kommen,

natürlich nur, wenn er Dich nicht auf eine neue Spur führt." –
„Warum, vermißt Du mich?" Fatma schwieg einen Moment.
„Die Antwort darauf überlasse ich Dir. Aber wünsche Deine
Anwesenheit hauptsächlich aus einem anderen Grund: Ich kann
ihm zwar momentan nichts nachweisen, aber ich habe einfach
so ein Gefühl, daß da mehr dahintersteckt. Er ist der Schlüssel.
Auf irgend eine Art müssen die ja mit ihm in Verbindung bleiben. Und wenn wir die herausfinden, sind wir schon einige
Schritte weitergekommen." – „Gut. Dann bleib mal schön an
der Sache dran. Ich melde mich dann wieder, wenn ich hier
soweit fertig bin. Und falls Du etwas herausfindest, wartest Du
auf mich, klar?" – „Natürlich. Was sind schon hundert Millionen Menschen gegen Deine neue Flamme?" antwortete sie
schnippisch. „Tu, was ich Dir sage! Wer weiß, wen sie sonst
noch in ihrer Gewalt haben, oder zu was sie sonst noch fähig
sind. Bis später." Er legte auf. „Na wunderbar", dachte Fatma
sich, „ich darf die ganze Drecksarbeit machen. Bleib mal schön
dran an der Sache. Wie stellt der sich das vor? Soll ich dem
etwa eine Wanze unterschieben? Dazu müßte ich erst einmal
eine haben. Und selbst wenn ich eine hätte, meint er etwa ernsthaft, jemand wie dieser Endell würde das nicht merken? Na ja,
typisch Mann. Die Probleme anderer sind ihnen egal." Sie ging
zum Sicherheitsberater und bedankte sich, daß sie das Büro
hatte benutzen dürfen. Dann überlegte sie, wie sie weiter vorgehen konnte. Sie entschied sich, Endell immer wieder, nach zufälligen Zeitabständen, über den Weg zu laufen. Dadurch wollte
sie ihm das Gefühl geben, nie, auch nur einen Moment vor ihr
sicher zu sein.

17:12 Uhr (GMT -4), Salomons temporäres Büro im
UN-Gebäude

Salomon wollte nicht so einfach aufgeben. „Na schön, Cohen,
Sie wissen also nicht, wie Ihre Kontaktleute heißen. Aber irgendwie müssen Sie doch mit ihnen in Verbindung getreten
sein." Cohen sah ihn belämmert an. „Na ja, die haben sich bei
mir gemeldet." Salomon war kurz davor, wieder die Beherr-

schung zu verlieren. „Na gut, aber wie wollten Sie denn mit ihnen in Verbindung treten, wenn Sie mit Ihrer Familie in Sicherheit gebracht werden sollten?" Cohen sah ihn verblüfft an. Ihm wurde klar, daß Salomon seine schwache Geschichte nicht glaubte. „Na gut. Ja, einer der beiden hat mir eine Handynummer gegeben. Da sollte ich anrufen. Auch wenn sich noch einmal etwas Neues ergeben hätte." – „Etwas wie unser Besuch zum Beispiel?" – „Genau. Aber Sie haben mich ja gleich mit hierher genommen. Ich hatte also gar keine Gelegenheit mehr." – „Wollen Sie mir etwa erzählen, Sie hätten nicht wenigstens einmal überprüft, ob die Nummer auch wirklich stimmt? Immerhin geht es doch dabei um die Sicherheit Ihrer Familie." – „Ja. Natürlich habe ich die Nummer ausprobiert. Als dieser eine FBI-Typ kam. Sie meinten dann, daß sie sich darum kümmern würden und daß ich mich auf jeden Fall heraushalten und ihm kein Wort erzählen sollte." – „Daran haben Sie sich vermutlich gehalten?" – „Natürlich. Wie Sie schon sagten: Es ging um die Sicherheit meiner Familie." Salomon dachte nach. Er ging ständig im Raum auf und ab. Der viele Kaffee und der Zeitdruck machten ihn nervös und verminderten seine Konzentration. „Okay. Passen Sie auf. Sie werden dort noch einmal anrufen. Sie werden denen sagen, daß Sie uns nichts erzählt haben. Sie werden ihnen aber auch sagen, daß Sie etwas über unsere Pläne herausgefunden haben, das Sie bereit wären ihnen für die sofortige Evakuierung Ihrer Familie zu verraten. Aber Sie werden darauf bestehen, sich persönlich mit einem von ihnen zu treffen, da Ihnen das ganze am Telefon zu gefährlich sei." – „Die werden doch nie im Leben kommen!" – „Oh doch. Entweder sie sind so blöd und fressen es, oder es kommt jemand, um Sie zu beseitigen. Natürlich wird man Sie erst einmal in den Wagen bitten, denn der Treffpunkt, den Sie vereinbaren werden, wird denen zu heiß sein, um Sie gleich dort zu erledigen." Cohen schluckte. „Hey, keine Sorge, Sie brauchen sich nicht in die Hose zu machen. Sie werden gar nicht dort erscheinen." – „Nein?" fragte er verwirrt. „Nein. Ich werde dort sein. Und mehr verrate ich Ihnen jetzt nicht. Kommen Sie. Ich bringe Sie zurück in Ihre Wohnung. Wenn Sie von dort aus anrufen klingt das gleich viel glaubwürdiger."

„Hey, aufstehen, Du Faulpelz!" Je länger er mit ihr in diesem Raum war, desto mehr ging sie ihm auf die Nerven. Andererseits erschien sie ihm mit der Zeit aber auch immer schöner und faszinierender zu werden. Jedenfalls paßte es ihm absolut nicht, daß er jetzt schon aufstehen sollte. Es war noch so früh am Morgen. Und schließlich hatten sie sich am Vortag ja noch bis weit in die Nacht hinein über Gott und die Welt unterhalten. Jan wußte jetzt, daß er ihr vertrauen konnte. Und er war jetzt der Meinung, daß ihre Ausbildung weit genug fortgeschritten war, um mit ihr ernsthafte Fluchtpläne schmieden zu können. „Ja, ja. Ist ja schon gut. Warum mußt Du so einen herrschsüchtigen Ton anschlagen?" – „Wie bitte?" schnaubte sie entrüstet. „Okay, okay. War nicht so gemeint. Tut mir leid. Hast Du gut geschlafen?" – „Klar. Und Du?" – „Ja. Auch. Aber ich habe ein wenig nachgedacht." – „Worüber?" – „Na ja, ich bräuchte mal wieder Tapetenwechsel. Also habe ich überlegt, wie ich hier wegkommen könnte." – „Na, Du kleiner Scherzkeks!" Sie sah ihn mit einem zynischen Grinsen an. „Nein, das ist mein purer Ernst!" – „Na klar. Du sagst denen einfach: ‚Hey, Ihr Penner, bei Euch ist es verdammt langweilig, und Euer Essen ist auf die Dauer ungenießbar. Also hört auf mit diesen Mist und laßt uns endlich hier raus!' Dann werden die ganz bestimmt sagen: ‚Hey, Du hast recht! Hier ist wirklich nichts los. Und unser Essen ist eigentlich Hundefutter. Aber deshalb haben die Hunde jetzt nichts mehr zu fressen. Hey, da haben wir eine prima Idee: Verarbeiten wir Euch beide doch zu Spezialhundefutter! Dann ist hier was los, die Hunde sind wieder satt und Ihr kommt hier raus, wenn auch nicht am Stück. Na, wie wäre das?'" – „Du hast einen makabren Sinn für Humor. Aber das gefällt mir. Niemals aufgeben. Das finde ich gut!" – „Wenigstens ist bei mir keine Sicherung durchgebrannt und ich versuche, hier rauszukommen, indem ich mich einfach töten lasse." – „Na gut. Vielleicht hast Du ja recht. Ich dachte halt nur, ..., ach vergessen wir es."

Auf dem Monitor war gerade der Anchorman von NBC zu sehen:

„Und nun noch zu einer Meldung der etwas kurioseren Art: Ein leitender Astronom der NASA – der leider seinen Namen nicht preisgeben wollte – behauptet, die Erde werde in nur 22 Tagen, also am 6. 6. Und zwar genau 6 Uhr Ostküstenzeit, das Ziel eines Asteroiden sein. Leider hat er dafür keinerlei handfeste Beweise. Er beruft sich auf Gespräche, die er im Flur seiner Behörde aufgeschnappt hat. Aber vielleicht hat er die Information auch von einem russischen Weltraumteleskop? Zur Krönung des Ganzen, soll das Objekt am 5. Mai entdeckt worden sein, als gerade ein anderes, ‚großes kosmisches Ereignis' beobachtet wurde, das allerdings, anders als prophezeit, wie Y2K, ebenfalls ein Flop war. Tja, ich für meinen Teil bin gespannt, wie die Auflösung dieser ‚teuflischen Angelegenheit' am 6. Juni aussehen wird. Aber wahrscheinlich handelt es sich dabei einfach nur um einen weiteren, maßlos überschätzten Tag des Millennium-Jahres."

„Was meinen Sie dazu?" fragte der Sicherheitsberater des Präsidenten den Generalstabschef „Hm. Unsere Gegner stecken voller Überraschungen, nicht wahr? Aber wo liegt unser Problem? Die Leute werden es als überflüssige Sensationsmache auffassen. Ich glaube kaum, daß eine Panik entstehen wird." – „Schön und gut. Aber was, wenn es doch einige unserer übereifrigen Mitbürger ernst nehmen. Die werden nicht ruhen, bis sie den Beweis dafür haben. Die werden der NASA so lange zusetzen, bis sie etwas zugeben. Und dann?" – „Dann wird es trotzdem sehr schwer nachzuweisen, daß es nicht doch eine Ente ist." Der Sicherheitsberater sah ihn sorgenvoll an. „Da ist noch etwas anderes: Warum geben unsere Gegner diese Information überhaupt heraus? Dadurch steigen doch die Chancen, daß das Objekt wirklich entdeckt wird. Die gesamte Bevölkerung könnte auf neue Ideen kommen, um einen Abfangversuch doch möglich zu machen. Und ihre Versuche, seine Existenz zu vertuschen, würden sicher auch früher oder später ans Licht kommen. Warum also dieses Risiko eingehen?" – „Eine gute Frage. Vielleicht sind sie sich ihrer Sache ja so sicher, daß sie denken, sie könnten damit beweisen, wie überlegen sie uns und der ganzen Welt sind. Vor allem wollen sie uns wohl sagen, daß alles ohnehin unabänderlich ist." – „Ich glaube, sie wollen einfach nur, daß jeder unglaubwürdig erscheint, der etwas in der Art behauptet. Damit wird Ihre Glaubwürdigkeit Ihren Untergebenen gegenüber natürlich stark unterhöhlt, besonders so lange das Ding von der Nordhalbkugel aus noch nicht sichtbar ist. Aber ich würde sagen, wir lassen uns davon trotzdem nicht aufhalten, oder?" warf Fatma ein. „Natürlich nicht. Diese Haltung zeugt in gewisser Weise auch von einer starken Überheblichkeit. Und wer überheblich ist, der macht auch Fehler, und die werden wir auszunutzen wissen", antwortete der Generalstabschef mit großer Entschlossenheit. „Mal eine andere Frage, gibt es schon Fortschritte bei der Suche nach Herrn Michelsen?" wandte sich Fatma wieder an den Sicherheitsberater. „Nein, tut mir leid. Wir haben leider immer noch keine Spur von ihm. Aber ich bin zuversichtlich, daß wir schon bald eine haben werden." – „Und, wenn ich fragen darf, was macht Sie da so zuversichtlich?" Er druckste ein wenig herum. „Na ja, also ... Ähm, wir haben da so eine Idee." – „Aha." – „Ja, wir haben den Wagen noch nicht gefunden. Wenn wir den finden, dann haben wir auch eine Spur. Und weit kann er nicht kommen. Wir haben die gesamte Gegend abgeriegelt." – „Und wie definieren Sie Gegend?" – „Im Umkreis von 100 Meilen." – „Aha. Diese Art von Gegend meinen Sie. Da fühle ich mich gleich viel besser." Der Sicherheitsberater sah sie böse an. „Meinen Sie vielleicht, Ihr Freund hätte mehr Erfolg?" Sie sah ihn bedeutungsvoll an. „Wer weiß?" Wie aufs Stichwort kam ein Bediensteter herein: „Ms. Abedssalam? Telefon. Ein Mr. Jona!" – „Entschuldigen Sie mich bitte einen Moment." Sie ging nach draußen und redete kurz mit Salomon, der sie bat, umgehend nach New York zurückzukehren, da er ihre Hilfe bei etwas Wichtigerem als Endell benötige. Nach anfänglichem Widerstand war sie dann doch einverstanden. Sie ging zurück in den Besprechungsraum. „Tut mir leid meine Herren. Ich werde Sie leider bis auf weiteres verlassen müssen." – „Oh, das ist aber schade!" meinte

Endell, der sich inzwischen zu den anderen gesellt hatte, mit übertriebener Enttäuschung. „Tja. Leider, leider. Aber Sie passen doch auch schon weiterhin gegenseitig aufeinander auf, ja?" antwortete Fatma mit dem Tonfall einer Kindergartenmutti und einem ebenfalls übertriebenen Lächeln für Endell. „Natürlich. Keine Sorge, darin sind wir Profis!" antwortete der Sicherheitsberater. Fatma dachte sich ihren Teil. „Also, viel Erfolg. Ich werde Sie beide dann auf dem Laufenden halten", verabschiedete er sich von ihr.

„Und Du bist Dir sicher, daß wir ihn hier treffen sollten?" fragte Fatma. „Ja, absolut. Ich habe Cohen den Treffpunkt und die Zeit aufgeschrieben. Und um sicherzugehen, daß er denen nichts Falsches erzählt, habe ich ihm eine Wanze angehängt und ihm unmißverständlich klar gemacht, daß wir seine Familie hier in New York ‚vergessen', falls er versuchen sollte, uns reinzulegen." – „Woher hattest Du die Wanze?" Salomon grinste sie an. „Ein Zauberer, der seine Tricks verrät, ist ein schlechter Zauberer." – „Oh, entschuldige, ich vergaß, ich spreche ja mit dem großen Salomon!" meinte sie etwas abfällig.

Salomon wurde allmählich etwas unruhig. „Das gefällt mir nicht. Die werden doch nicht am hellichten Tag einen Hinterhalt legen?" – „Vielleicht haben sie uns kommen sehen." Salomons Handy klingelte. „So ein Mist. Muß das jetzt auch noch sein? Wer auch immer das ist, er hat Pech!" Er wollte das Handy gerade abschalten, als Fatma ihn davon abhielt. „Nein! Geh ran. Vielleicht ist es wichtig." – „Na gut." Er nahm ab. „Ja ... hm? ... Aha. Sagen Sie ihm, daß er seine Nummer hinterlassen soll, damit wir ihn zurückrufen können. Wir melden uns dann bei ihm, wenn wir die Sache hier erledigt haben. Ach ja, und bitte keine weiteren Anrufe, außer sie sind wirklich dringend! Bis nachher!" Er legte auf. „Und, was war los?" – „Ach, es soll angeblich einen neuen Zeugen geben. Aber darum kümmern wir uns später." Fatma sah ihn fassungslos an. „Sonst ist bei Dir aber alles noch in Ordnung, ja? Vielleicht hat dieser Zeuge viel wertvollere Informationen als ..." Sie wurde von dem Geräusch eines herannahenden Fahrzeugs unterbrochen. Salomon konnte gerade noch in seinem Versteck unterkriechen. Der Wagen hielt etwa fünf Meter von ihnen entfernt. Der Mann, der am Steuer saß, paßte perfekt zu Cohens Beschreibung. Er stieg aus und ging langsam auf Fatma zu. Plötzlich blieb er stehen. „Also gut. Was soll das? Wo ist Mr. Cohen?" – „Bedaure, der ist leider verhindert. Er schickt mich, um Ihnen eine Nachricht zu überbringen ..." Salomon stürzte sich von hinten auf ihn und warf ihn zu Boden. In Sekundenschnelle hatten die beiden ihn entwaffnet und unschädlich gemacht. „Mist! Was soll das denn werden?" Fatma versetzte ihm einen Tritt. „Das wissen Sie genau!" – „Wo sind Ihre Komplizen? Sie werden doch nicht alleine hergekommen sein?" fragte Salomon. Der Fremde schwieg. Diesmal trat Salomon ihn. „Mann, die warten auf mich. Das gibt Probleme für Euch! Ganz gewaltige Probleme!" – „Du meinst wohl eher, sie warten auf Dich und Cohen, oder?" Er versuchte, wieder aufzustehen, aber Salomons grimmiger Blick veranlaßte ihn, sich statt dessen auf den Boden zu setzen. „Ja." – „Und wo?" – „Drüben bei den Docks." – „Gut. Das habe ich mir gedacht." – „Hey, Mann, was wollen Sie?" – „Wir wollen den Ort wissen, an dem Horowitz und Jan Michelsen festgehalten werden, oder wir stellen Sie vor Ihren Freunden als Verräter hin. Ich denke, Ihre Sterbewahrscheinlichkeit würde dadurch drastisch in die Höhe schnellen, meinen Sie nicht auch?" Der Mann schluckte. „Ich kenne aber deren Aufenthaltsort nicht." – „Mag sein, aber Sie können ihn herausfinden. Wir geben Ihnen 48 Stunden." – „Hey, das ist nicht einfach! Das kann einige Tage dauern, schließlich sollte ich diese Informationen ja wohl möglichst unauffällig besorgen. Außerdem wird es ziemlich schwer zu erklären sein, warum ich Cohen nicht mitgebracht habe." – „Wir geben Ihnen 48 Stunden. Mehr ist nicht drin. Sie wissen es ja sicher: Der Zeitplan für diese ganze Sache ist *sehr* eng ... Und was Cohen betrifft – Sie haben einfach gemerkt, daß es eine Falle war. Da müssen Sie noch nicht einmal lügen." Der Mann wurde nervös. „Okay. Aber ich kann für nichts garantieren. Wenn ich zu unvorsichtig vorgehe, kann es sein, daß Sie Ihre Informationen überhaupt nicht bekommen – weil man mich entdeckt und beseitigt hat. Überlegen Sie es sich." – „36 Stunden. Ihnen wird schon etwas einfallen, nicht wahr?" – „Was!? Eben waren es noch 48 Stunden!" – „Tja, wie schnell in unserer Gegenwart doch die Zeit vergeht. Jetzt sind es nur noch 24 ..." Der Mann stand auf und ging wortlos zu seinem Wagen zurück. Er stieg ein, startete den Motor und fuhr mit quietschenden Reifen aus dem Hof. „Und, meinst Du, er wird uns geben, was wir benötigen?" fragte Fatma. „Mal sehen. Das kommt darauf an, wie ernst er unsere Drohung genommen hat. Und natürlich darauf, wie gefährlich ihm diese Enthüllungen wirklich werden könnten. Hoffen wir einfach das Beste. Im Moment ist er nämlich unsere einzige Hoffnung."

Jan war zufrieden. Er machte immer mehr Fortschritte bei Rahel. Er kannte jetzt praktisch ihre gesamte Lebensgeschichte
und sie seine. Er fand, daß sie durchaus Gemeinsamkeiten hatten, die weiter zu erforschen sich lohnen würden. Zum Beispiel
aßen sie beide kein Fleisch und hatten den selben Musikge-
schmack. Außerdem hatte sie am Vortag erwähnt, froh darüber
zu sein, daß er hier war. Salomon schien unterdessen in ihrer
Beliebtheitsskala stetig zu fallen. Offenbar hatte sie zwar die
vage Hoffnung, daß er sie irgendwann aus ihrem Gefängnis
befreien würde. Aber mit jeder Stunde, in der dies nicht geschah, wurde sie mehr von ihm enttäuscht. Allerdings mußte
Jan zugeben, daß er durchaus nichts gegen eine Rettung einzuwenden hatte. Nur war die Situation eben nicht ganz so
schlimm, wie sie hätte sein können. „Ich will hier endlich raus!
Langsam kriege ich Platzangst!" rief Rahel. „Ganz ruhig bleiben. Das kommt alles wieder ins Lot. Wenn Du Dich jetzt auf-
regst, wird es nur noch schlimmer." Er machte eine kleine
Kunstpause. „Aber ..." – „Aber was?" – „Aber vielleicht wärst
Du ja jetzt dazu bereit, noch einmal über meinen Vorschlag
nachzudenken ..." – „Welchen Vorschlag?" – „Na, Du weißt
schon. Ich habe darüber nachgedacht, wie wir hier heraus kommen könnten. Also, was meinst Du?" – „Ich denke, daß Du
spinnst." – „Du müßtest mich doch eigentlich inzwischen besser
kennen, oder?" – „Tja, das dachte ich eigentlich schon. Aber
wenn Du wirklich ernsthaft an Flucht denkst, muß mir wohl
irgend ein selbstzerstörerischer, naiver Charakterzug an Dir
entgangen sein." – „Hör mir doch erst einmal zu, bevor Du so
über mich redest." Rahel sah ihn fragend an. Dann meinte sie
etwas gelangweilt: „Na gut. Wenn es Dir dann besser geht:
Erzähl mir von Deinem großartigen Plan!"

„Wie kommt Ihr voran?" wollte Adrian Michalshevsky, der Sicherheitsberater des Präsidenten vom Leiter der NASA-Task-Force, Michael Kramer, wissen. „Tja, wir haben die Flugbahnen berechnet, bei zwei Drittel der Raketen wurde der Umrüstungsprozeß eingeleitet, und momentan sind wir in der letzten Phase der Synchronisierung unserer und der russischen Computer. Wenn alles glatt läuft, geben wir in etwa einer Stunde die Standleitung frei. Danach gleichen wir uns dann mit den Chinesen ab." – „Na dann mal viel Spaß. Ich dachte ja, die Russen würden das nie schaffen." – „Oh doch. ihre Kassen sind auf einmal wundersamerweise wieder gefüllt ... das schwächste Glied in unserer Kette sind momentan eher die Inder." – „Wieso das denn?" – „Nun, wir fragen uns immer noch, ob ihre Raketen für die Aufgabe geeignet sind. Viele denken, daß die Dinger zu wenig Leistung und Zielgenauigkeit haben. Aber ich denke, das ist Unfug. Von keiner unserer Raketen liegen schließlich aussagekräftige Tests für einen derartigen Präzisionsauftrag vor. Aber wir müssen halt nehmen, was wir kriegen können." – „Sehr richtig! Wann schafft man es denn schon mal, die großen Völker dieses Planeten zur Zusammenarbeit zu bewegen?" Einer der Computertechniker kam aufgeregt zu den beiden Männern gelaufen. „Sir, wir haben ein Problem. Ein gewaltiges Problem!" – „Was meinen Sie?" wollte Kramer wissen. „Sir, es sieht so aus, als ob jemand einen Virus eingeschleust hat." Die beiden Männer sahen ihn bestürzt an. „Und was bedeutet das nun genau?" drängte Michalshevsky. „Sir, wenn wir die Sache nicht schnell unter Kontrolle bekommen, wird ein koordinierter Abschuß der Raketen praktisch unmöglich. Wir können dann sogar von Glück sagen, wenn wir die Dinger nicht alle manuell starten müssen. Und was das bedeuten würde, brauche ich wohl nicht extra zu erklären." – „Ginge das überhaupt?" fragte Michalshevsky. „Nun ja, Sir, Sie kennen doch sicher Raumschiff Enterprise und dessen Chefingenieur Scotty?" – „Klar." – „Nun, ich glaube er würde sagen ‚Unmöglich Sir, aber für Sie schaffe ich es in vier Wochen!'" Kramer senkte seinen Blick. Er dachte einen Moment nach. Dann meinte er: „Okay, versuchen wir, das

Schlimmste zu verhindern. Haben wir von allen Programmen Backups?" – „Klar, Sir. Aber es geht ja nicht nur um die Programme. Wir müssen ja auch alle Daten neu eingeben, Berechnungen anstellen und so weiter. Ich denke zwei bis drei Tage wird uns das mindestens kosten. Und selbst falls dann alles wieder normal läuft, besteht weiterhin die Gefahr, daß der Saboteur es erneut schaffen wird, hier einzudringen um möglicherweise noch größeren Schaden anzurichten." – „Ja, aber spätestens dann werden wir ihn kriegen. Ich habe allerdings schon eine Idee, wie wir ihn schon früher erwischen könnten ...", platzte Michalshevsky dazwischen. „Wie darf ich das verstehen? Sind Sie Computerexperte?" – „Nein. Ich habe nur laut gedacht. Vertrauen Sie mir. Ich weiß, was ich tue, sonst wäre ich nicht der Sicherheitsberater des Präsidenten." – „Sehr richtig, Adi!" Endell war aus dem Gang zu den drei Männern gestoßen. „Mr. Endell, was machen Sie hier? Ich dachte, der Präsident hätte das zu meinem Aufgabenbereich erklärt?" – „Natürlich. Aber diese Aufgabe ist zu wichtig, um nur von einem alleine überwacht und koordiniert zu werden. Das dürfte Ihnen doch wohl auch klar sein, oder? Ich bin hier, um festzustellen, welche Art von Hilfe Sie benötigen könnten. Darüber hinaus möchte der Präsident ja ständig auf dem Laufenden bleiben. Also spare ich Ihnen schon das lästige Berichteschreiben, nicht wahr?" Der Sicherheitsberater sah ihn ein wenig skeptisch an. „Na gut. Ich denke, wir können jede Hilfe gebrauchen, die wir kriegen können. Nur sollten wir uns vielleicht darauf einigen, wer welchen Teil des Projekts koordiniert. Hat man Sie bereits über das neue Problem in Kenntnis gesetzt?" – „Ein neues Problem?" – „Ja, Sir. Ein Computervirus. Er blockiert unser gesamtes System. Es könnte sein, daß wir die Raketen notfalls manuell starten müssen. Dadurch sinkt aber die Erfolgswahrscheinlichkeit enorm, weil die Raketen nicht mehr synchron abgefeuert werden können." – „Nun, ich schätze, dann sollten wir wohl alles daran setzen, diesen Virus wieder loszuwerden, nicht wahr?"

„Hast Du es schon gehört?" fragte Fatma aufgeregt. „Was denn?" fragte Salomon zurück. „Bei der NASA ist ein Computervirus ins Hauptsystem gelangt!" – „Was? Wie kann denn so etwas passieren? Ich denke, die sensitiven Systeme haben keine Verbindung zur Außenwelt?" – „Tja, von dort kam der Virus auch gar nicht, obwohl bereits eine Vernetzung zu Rußland und China bestand, die allerdings noch rechtzeitig gekappt werden konnte, bevor sich der Virus auch dorthin ausbreiten konnte." – „Also, wo kam er dann her?" – „Jemand hat ihn auf eines der Terminals geladen. Jemand, der Zugang zu den Projektrechnern hatte." – „Jemand? Ich denke, wir beide wissen, wer dafür verantwortlich ist, nicht wahr?" – „Ja, das habe ich auch gleich gedacht. Aber das müssen wir schon beweisen. Hast Du irgendeine Idee, wie wir das anstellen sollen?" Fatma dachte nach. „Warte mal! Vielleicht läßt sich ja der Virus auch auf der Diskette finden, die Dir Jan gegeben hat." – „Käme auf einen Versuch an. Aber wir sollten dazu jemanden zu Rate ziehen, der sowohl Ahnung von der Materie hat als auch auf gar keinen Fall mit der Gegenseite zu tun haben kann." – „Toll. Und wo finden wir den?" – „Das laß mal meine Sorge sein. Ich habe da einen Bekannten beim FBI, der kennt eine Gruppe, die uns vielleicht weiterhelfen könnte ..." – „Also zurück nach Washington?" – „Ja, da müssen wir sowieso wieder hin. Allerdings werden wir vorher noch einmal unseren ganz speziellen Freund treffen ..."

„Okay. Wir werden uns jetzt jeden verdammten Computer vornehmen, der theoretisch an diesem Netzwerk hängen könnte. Das schließt auch alle tragbaren Geräte ein. Keine Ausnahmen! Und bis wir damit fertig sind, wird das Gelände abgeriegelt. Und ich will eine Liste von allen, die seither die Basis verlassen haben. Von denen werden auch die Privatcomputer überprüft. Ganz besonders solltet Ihr Euch um die Computer derjenigen kümmern, die erst in den letzten Tagen hierher gekommen sind.

Okay. Wir bilden drei Teams. Team A fängt bei A an, Team B bei J und Team C bei S. Noch Fragen? Dann los!" bellte der Leiter des NASA-Rechenzentrums, den man in diesem Moment wohl eher für einen Drill-Seargent der U.S. Marines hätte halten können. „Gut, dann muß ich kurz in Washington anrufen, die erwarten mich nachher zurück", meinte Endell. „Ja, tun Sie das! Denn, wie ich eben schon sagte, keine Ausnahmen! Außerdem muß ich Sie bitten, sich zu den anderen in den Speisesaal zu begeben. Wir wollen doch nicht, daß irgend jemand hier in Versuchung kommt, Beweise zu fälschen oder zu vernichten, nicht wahr?" entgegnete der NASA-Mann etwas gereizt, denn er war der Meinung, Endell wolle ihn mit seinem Sonderstatus einschüchtern. Endell nahm sein Handy und entfernte sich ein wenig von den anderen. Als sein Gesprächspartner abgenommen hatte sagte er nur: „Hallo Mr. Thomson? Ja, hier Endell. Hören Sie, es wird etwas länger dauern, bis ich nach Washington zurückkehren kann. Könnten Sie etwas für mich erledigen? Sie wissen doch, wir hatten da zwei Verdächtige. Nehmen Sie sie aus dem Spiel, okay?" Offenbar löste diese Anweisung am anderen Ende der Leitung eine verunsicherte Reaktion aus. „Ja, Sie haben schon richtig verstanden. Sie müssen das erledigen. Sie wissen, was Sie zu tun haben. Endell, Ende."

19:04 Uhr (GMT -4), Ein Hinterhof in Brooklyn

„Warum müssen wir uns eigentlich immer in so dunklen Gegenden mit unseren Kontaktleuten treffen?" – „Keine Ahnung. Wahrscheinlich weil sie noch paranoider als wir sind." Diese Antwort schien in Fatmas Ohren plausibel zu klingen, denn alles, was sie darauf entgegnete, war ein zögernd zustimmendes „Hm."

Ihr unfreiwilliger Informant kam diesmal mit einem alten Chrysler der wohl noch aus den siebziger Jahren stammte. Er stellte das Fahrzeug direkt neben dem von Salomon und Fatma ab. Er kurbelte das Fenster seines Wagens herunter und klopfte gegen die Seitenscheibe, hinter der Fatma saß. Sie ließ das Fenster herunter. „Guten Abend! Ich habe, was Sie wollten. Aber wir sollten uns beeilen. Ich glaube, man ist mir gefolgt. Je schneller ich hier weg bin, desto besser für uns alle!" In seiner Stimme klang eine gewaltige Portion Panik mit. Er nahm einen Umschlag, der sich in der Aktenmappe auf dem Sitz neben ihm befand, und reichte ihn Fatma. „Immer mit der Ruhe! Wieso denken Sie, daß Ihnen jemand gefolgt sein könnte?" fragte Salomon. Unterdessen begutachtete Fatma den Inhalt des Umschlags. „Ich weiß nicht. Irgendwie ein Instinkt. Außerdem hatte ich an ein paar Ampeln das Gefühl, ein schwarzer Ford Van würde mir folgen." – „Okay. Ich denke, das könnte uns weiterhelfen", meinte Fatma, nachdem Sie den Zettel durchgelesen hatte. „Gut. Freut mich, daß ich mein Leben nicht umsonst riskiert habe. Aber jetzt werden Sie mich entschuldigen müssen." Er kurbelte sein Fenster wieder hoch, ließ den Motor an und fuhr mit quietschenden Reifen zur Hofausfahrt. Als er in diese hineinfuhr, quietschten seine Reifen erneut, doch diesmal , weil er bremste. Auf das Quietschen folgte ein Krachen. Offenbar war es zu einem Zusammenstoß gekommen. Dann wurden mehrere Fahrzeugtüren geöffnet und einige Sekunden später waren Schüsse aus automatischen Waffen zu hören. „Oh, oh!" meinte Fatma beunruhigt. „Okay. Raus hier!" sagte Salomon kurz und militärisch. Die beiden verließen ihren Wagen und rannten geduckt zu einem der Hinterhofeingänge. Sie gingen hinein und das Treppenhaus hinauf. Die Schüsse hatten längst aufgehört, und kurze Rufe hallten über den Hof. „Hast Du sie?" – „Nein, aber sie können nicht weit sein. Ihr Wagen ist noch hier!" – „Okay. Sucht sämtliche Eingänge ab. Findet sie und bringt sie her. Aber lebend!"

Im Treppenhaus war es dunkel. Salomon hätte sich gern durch Zeichen mit Fatma verständigt, aber diese Möglichkeit bestand ja nicht. Das Licht anzuschalten war ihm zu riskant. Zu leicht würde damit die Aufmerksamkeit auf ihr Treppenhaus gelenkt. „Okay. Ich glaube, in der Wohnung im ersten Stock hat vorhin, als wir hier herein gefahren sind, Licht gebrannt. Versuchen wir einfach mal dort vorerst unterzutauchen", flüsterte Salomon Fatma ins Ohr. „Okay." Sie gingen vorsichtig die Treppe hinauf. Salomon klopfte an der Wohnungstür. Von drinnen war ein Stimmengewirr zu hören. Aber auch nachdem Salomon ein zweites Mal geklopft hatte, öffnete niemand die Tür. Fatma wurde etwas ungeduldig. Sie drückte vorsichtig gegen die Tür – und diese sprang auf. „Los, gehen wir!" flüsterte sie. Salomon konnte es nicht fassen. Trotzdem folgte er ihr ins Innere der Wohnung und verschloß die Tür vorsichtig hinter sich. Sie gingen in die Richtung, aus der die Stimmen zu hören waren. „Was mag das sein?" fragte Fatma. Salomon öffnete die Tür, hinter der sich seiner Meinung nach mindestens 30 Menschen befinden mußten. Seine Vermutung war richtig. Sie waren in einen Bingo-Abend geplatzt. Die Anwesenden waren so ins Spiel vertieft, daß sie gar nicht wahrnahmen, daß Fatma und Salomon in den Raum gekommen waren. Von draußen waren jetzt Polizeisirenen zu hören, die sich offenbar dem Gebäude näherten. Aus dem Hof war, trotz des erheblichen Lärmpegels in dem etwa sechs mal drei Meter großen Raum, das Aufheulen eines Motors und das Quietschen von Reifen zu hören. „Tja, ich glaube, unsere Freunde sind wir erst mal wieder los!" meinte Salomon zu Fatma. Gerade wurde wieder eine neue Zahl gezogen. Unter einem halben Dutzend „Bingo!"-Rufe verließen Salomon und Fatma den Raum wieder – ohne daß jemand ihre Anwesenheit bemerkt hatte. Sie gingen die Treppe wieder hinunter, warteten, bis die Polizei die Verfolgung der Killer aufgenommen hatte, und gingen zu ihrem Wagen. Salomon überprüfte, ob niemand die Bremsleitung durchgeschnitten, oder eine Bombe am Wagen plaziert hatte. Dem war nicht so, also stiegen sie ein und starteten den Motor.

Der Wagen des unfreiwilligen Überläufers war entfernt worden, aber ein Polizist stand in der Ausfahrt und hielt Salomons UN-Limousine an. „Guten abend. Mam, Sir, dürfte ich bitte Ihre Papiere sehen?" – „Kein Problem, Officer. Was war denn hier los?" fragte Salomon auf „Mein Name ist Hase"-Manier. „Ach, mal wieder ein Raubmord. Nur die Täter sind diesmal nicht die üblichen." Er sah sich Salomons und Fatmas UN-Zugangskarten an und runzelte die Stirn. „Ich will ja nicht neugierig sein, aber könnten Sie mir vielleicht verraten, was Sie beide hier wollten? Ich meine, hier ist doch sicher nichts, was die UN interessieren könnte, oder war hier etwa doch etwas?" – „Officer, sagen wir einfach mal, daß wir beide nicht die sind, die Sie suchen, daß diese Leute uns aber gerne in denselben Zustand wie den Herrn, den Sie wohl vorhin in seinem Auto gefunden haben, versetzt hätten, wenn die dazu nicht zu dämlich wären, und Sie ihnen obendrein nicht in die Quere gekommen wären. Alles klar?" – „Aha." Er blickte kurz in die Luft, als ob ihm von dort jemand seinen nächsten Satz soufflieren würde. „Na, Sie beide scheinen ja doch einiges über die Sache zu wissen. Ich muß Sie bitten mit auf die Wache zu kommen." – „Aber, Officer, wir müssen wirklich dringend zum UN-Gebäude zurück! Es geht um Leben und Tod!" entgegnete Salomon etwas hektisch. „Das glaube ich Ihnen sofort. Aber sehen Sie, das ist nicht der einzige ungewöhnliche Todesfall in dieser Woche. Und wie es der Zufall so will, wurden beim letzten Zwischenfall ein Mann und eine Frau, die angeblich für das FBI arbeiten sollten, kurz nach dem Ableben des Opfers von einigen Dutzend Zeugen in unmittelbarer Nähe des Tatorts gesehen. Und jetzt raten Sie mal, auf wen die Beschreibung der beiden passen könnte ..." Salomon wurde ein wenig ungeduldig. Wieso wußte dieser Streifenpolizist so gut Bescheid? War das etwa eine Falle gewesen? War dies ein Versuch, ihnen etwas anzuhängen und sie auf diese Weise aus dem Spiel zu nehmen? Er entschied sich dennoch, vorerst mitzuspielen, da der Polizist durchaus echt zu sein schien. Und was sie jetzt am wenigsten brauchen konnten, war eine Verfolgungsjagd mit der New Yorker Polizei. Denn es war ihm auch kurz in den Sinn gekommen, den Cop einfach über den Haufen zu schießen. Allerdings kamen sein Gewissen und sein Gerechtigkeitssinn diesem Plan ziemlich schnell in die Quere. „Na schön. Aber ich muß darauf bestehen, daß ich vorher noch mit den UN telefonieren darf, damit die ganze Sache aufgeklärt werden kann." – „Gut. Aber langsam. Ich will Sie nicht erschießen müssen, weil Sie zu schnell zu Ihrem Handy gegriffen haben!" Salomon rief bei den UN an und gab dem für ihn zuständigen Beamten die Anweisung, sich um ihr kleines Problem mit der Polizei zu kümmern. Inzwischen war auch Verstärkung eingetroffen, mit der Salomon und Fatma zum Polizeirevier gebracht wurden.

Als sie am Revier Brooklyn Mitte angekommen waren, wurden sie beide von jeweils zwei Beamten die Treppe hinauf eskortiert. Plötzlich fielen Schüsse. Mit dem Gedanken: „Nicht schon wieder!" im Kopf warfen sich Fatma und Salomon sofort zu Boden. Alle vier Polizisten waren getroffen worden und entweder tot oder schwer verletzt. „Das gefällt mir nicht!" raunte Fatma, immer noch am Boden liegend, Salomon zu. „Ja, warum haben sie uns nicht auch einfach erledigt? Ich denke, das ist eine Falle. Aber uns bleibt keine Wahl. Verschwinden wir!" – „Was? Die werden denken, wir hätten das getan oder seien zumindest dafür verantwortlich." – „Mag sein. Aber das werden sie auch denken, wenn wir hier bleiben. Und leider haben wir weder Zeit, bis sie ihren Fehler bemerken, noch für diese Diskussion!" Er stand geduckt auf, nahm sich die Waffe von einem der Polizisten und rannte zur nächsten Häuserwand, wo er auf Fatma wartete. Nach einem kurzen Moment des Zögerns tat sie es ihm nach. Dann rannten sie einfach immer weiter die Straße hinunter. Als sie ein Stück weit entfernt waren, hörten sie wieder Schüsse. „Wir sollten schnellstens hier weg! Man wird sicher bald eine Fahndung nach uns einleiten", meinte Fatma. „Okay, was hältst Du von der Karre da vorne?" Das Auto, auf das er zeigte, machte einen ziemlich aufgemotzten Eindruck, schien aber abgestellt zu sein. „Besser als nichts!" Salomon öffnete vorsichtig die Tür des '73er Chevy. „Typisch Amerika. Wahrscheinlich sind unter dem Blendschutz auch die Autoschlüssel versteckt." Er bewegte seine Hand an die entsprechende Stelle, um seine Theorie zu beweisen. „Kein Kommentar." Er hielt einen ganzen Schlüsselbund in der Hand. „Na dann, mal los!" – „Und wohin? Die werden wohl landesweit nach uns suchen." – „Also ich würde sagen, wir fahren zu diesem Ort, den uns unser Freund auf dem Zettel besorgt hat. Er soll schließlich nicht umsonst gestorben sein." – „Na schön. Dann bleibt uns jetzt also nur zu hoffen, daß die Daten, die er uns gegeben hat, keine Fälschungen, keine Falle und keine veralteten Informationen sind." – „Ja, das wollen wir hoffen!"

22:32 Uhr (GMT -5), NASA-Kontrollzentrum

„Und, haben wir schon einen konkreten Verdacht, eine Spur, irgend etwas?" fragte Michalshevsky den NASA-Sicherheitschef, Steven Rollins, der die Untersuchungsaktion persönlich leitete. „Nein. Sieht bisher ziemlich mager aus.

Möglicherweise suchen wir auch nach den völlig falschen Hinweisen." – „Na, dann lassen Sie sich besser schnell etwas einfallen. Ich möchte ungern sehen, daß unser Täter hier ungeschoren herausspazieren kann, nur weil wir nicht nach dem richtigen Hinweis gesucht haben." Der NASA-Mann konnte seine „Begeisterung" über diese „wichtigen Tips" kaum verbergen, vor allem über die Betonung des Worts „wir". „Natürlich. Ich bin so kreativ wie Leonardo da Vinci. Also machen Sie sich keine Sorgen." Dabei dachte er, daß seine Kreativität eigentlich wohl eher der von Leonardo di Caprio entspräche. Aber sie erschien ihm immer noch wesentlich besser als die des Sicherheitsberaters, für den ihm leider kein Vergleich einfiel. Er hatte durchaus ein paar alternative Untersuchungsmöglichkeiten im Kopf. Allerdings schien er sie nicht mehr zu brauchen, denn einer der Computerspezialisten kam zu ihm und wollte ihn unter vier Augen sprechen. „Was gibt es denn so Geheimnisvolles?" – „Sir, ich wollte das nicht vor Mr. Michalshevsky erwähnen, aber unser anderer Regierungsgast, Mr. Endell, weigert sich beharrlich, den Paßwortschutz für drei seiner Dateien aufzuheben. Ich habe mir gedacht, ich ziehe Sie hinzu. Ich möchte es zwar nicht beschwören, aber ich glaube, wir haben unseren Kunden gefunden." Der Sicherheitschef strich sich nachdenklich über seinen Bart. Diese Entwicklung war ihm gar nicht recht, denn sie bedeutete in jedem Fall Ärger. „Na schön, ich komme mit. Vielleicht kann ich ihm ins Gewissen reden. Wir wollen ja keinen unnötigen Zwischenfall provozieren." – „Was für ein Zwischenfall?" wollte der Sicherheitsberater wissen, der offenbar zumindest die letzten Teile des Gesprächs belauscht hatte. „Tut mir leid, aber darüber kann ich im Moment noch nicht reden!" blockte der NASA-Mann ab. „Wenn Sie wichtige Informationen in diesem Fall haben, dann will ich, daß Sie sie mir sofort mitteilen, verstanden? Vor mir vertuschen Sie nichts, egal, wie wichtig und wie integer Ihr entsprechender Kollege auch sein mag." Rollins sah ihn mit gesenktem Blick an. „Tut mir leid, Sie da enttäuschen zu müssen. Es handelt sich nicht um einen meiner Mitarbeiter, sondern vielmehr um einen Ihrer Kollegen ..." – „Wie darf ich das verstehen?" – „Kommen Sie einfach mit und halten Sie Ihren Mund, ist das klar?" Es war ihm in diesem Moment offensichtlich absolut egal, welche

Position der Mann vor ihm innehatte. „Es ist bisher nur ein Verdacht. Also lassen Sie uns einfach unsere Arbeit tun, und beobachten Sie nur. Verstanden?" – „Natürlich. Kein Problem!" Sie gingen in das Zimmer, in dem Endell gerade befragt wurde. Einer der Mitarbeiter des NASA-Sicherheitsdienstes versuchte gerade vergeblich, Endell doch umzustimmen. „Sir, es ist wirklich sehr wichtig, daß Sie uns Zugriff auf diese Dateien gewähren. Wenn Sie uns dies weiterhin verweigern, müssen wir davon ausgehen, daß Sie der Täter sind. Und das hätte sicher enorme Konsequenzen für Sie." – „Wenn ich diese Dateien freigebe, hat dies noch viel schwerwiegendere Konsequenzen für mich." – „Wieso das denn?" schaltete sich Rollins in das Gespräch ein. „Diese Dateien betreffen die nationale Sicherheit. Wenn ich ihren Paßwortschutz aufhebe und damit ihren Inhalt preisgebe, verliere ich nicht nur meinen Job, ich kompromittiere auch die Sicherheit unseres Landes." – „Mr. Endell, ich sage Ihnen ganz klar, wie ich das sehe: Im Moment sieht es fast so aus, als wollten Sie uns so lange hinhalten, bis der wahre Täter einen Weg gefunden hat, seine Spuren zu verwischen. Was soll das?" fragte Michalshevsky, der von vornherein nicht die Absicht gehabt hatte, seinen Mund wirklich zu halten. Dafür erntete er jetzt auch böse Blicke von den NASA-Leuten. „Tut mir leid. Da ist nichts zu machen." – „Max, Sie kennen doch die Haltung des Präsidenten zu dieser Sache. Ich bin sicher, wenn wir ihn fragen würden, würde er Sie ohne jeden Einwand autorisieren, diese Dateien freizugeben. Ich denke, wir könnten ihn anrufen, wenn Ihnen dann besser wäre." Endell sah ihn fast ein wenig verblüfft an. Dann meinte er etwas kleinlaut: „Ja, wahrscheinlich haben Sie recht. Aber wohl ist mir dabei nicht." Er überlegte noch einmal einen Moment, dann meinte er mit entschlossener Stimme: "Okay. Ich tu's!" Dann tippte er eine zusätzliche Zeichenfolge in sein Notebooksystem ein. „So, das sollte es gewesen sein." Einer der Computertechniker wollte nachsehen, sah Endell dann aber gereizt an: „Ja, das war es in der Tat! Sie haben die Festplatte neu formatiert! Mr. Endell, ich glaube, das war volle Absicht." Endell sah ihn übertrieben bestürzt an. „Wie können Sie es wagen, mir so etwas zu unterstellen? Vielleicht war ja einfach nur die Festplatte fehlerhaft. Wenn Sie solche Behauptungen aufstellen, müssen Sie auch Beweise dafür liefern!" Die NASA-Leute sahen sich belämmert an. „Na gut, ich gebe es zu. Ich habe die Daten vernichtet. Es war meine heilige Pflicht, um Schaden von diesem Land abzuwenden. Ich mußte verhindern, daß Sie als nicht befugte Personen Kenntnis von diesen Geheimdaten erhalten konnten." – „Na schön, Mr. Endell. Ich halte Ihr Verhalten dennoch für sehr fragwürdig. Aber seien Sie versichert, Sie sind noch nicht aus der Sache raus. Diese Leute werden den Schuldigen weitersuchen. Wenn sie ihn finden, ist die Angelegenheit geklärt, und ich muß mich zutiefst bei Ihnen entschuldigen. Sollten sie ihn nicht finden, können Sie sicher sein, daß Sie keinen Finger mehr an ein Gerät mit Netzanschluß legen werden. Darüber hinaus werden Sie mit Sicherheit keinen Schritt mehr tun, ohne daß Ihnen dabei mindestens ein FBI-Agent an den Fersen hängt." – „Bitte, wenn Sie unbedingt Steuergelder verschwenden wollen ..." – „Wir werden sehen!" entgegnete Michalshevsky. In diesem Moment kam ein Bote zur Tür herein. Er ließ sich seine Lieferung von Rollins quittieren. „Mal sehen, was wir da haben. Laut diesem Zusatz der Leute in New York ist es ein wichtiger Hinweis." Er öffnete den Umschlag und fand eine Diskette darin, auf der mit Bleistift unter anderem geschrieben stand: „Endell Dateien (seltsame Auffälligkeiten)". „Nun, ich glaube, das könnte einiges erklären. Ich bin gleich zurück." Er verließ den Raum und gab einem der Computertechniker ein Zeichen, mitzukommen. Endell fing an, nervös zu werden. Nach etwa einer Viertelstunde kamen die beiden zurück. „Mr. Endell, ich glaube, Sie sollten uns einiges erklären ..." – „Tja, Sieht so aus, als sei Ihre kleine Verschwörung aufgeflogen, Mr. Endell. Quetschen Sie ihn aus. Ich kümmere mich inzwischen darum, daß die Koordination wieder besser läuft."

Michalshevsky verließ den Raum und ging zum Kontrollzentrum zurück, von wo aus das ganze Projekt momentan noch koordiniert wurde. Zielstrebig schritt er auf den leitenden Wissenschaftler zu. „Na, wie kommen wir denn, von dieser kleinen Computerpanne einmal abgesehen, so voran?" – „Sehr gut, Sir. Die russischen Raketen können wahrscheinlich in sechs Tagen einsatzbereit sein. Unsere Vögel werden etwas länger brauchen. Wir rechnen momentan damit, daß wir in acht Tagen so weit sein werden. Außerdem arbeiten wir noch an einem genauen

Konzept, eine Trägerrakete mit einem ziemlich starken Mehrfachsprengkopf auszurüsten." – „Was heißt, Sie arbeiten an einem Konzept? Ich denke Sie sind bereits bei der Umsetzung? Viel Zeit haben Sie nicht mehr!" Der Sicherheitsberater ging dem leitenden Wissenschaftler gehörig auf die Nerven. „Ja, Sir. Die Rakete selbst wird bereits vorbereitet. Wir müssen lediglich einige Grundkonfigurationen einer möglichst sicheren Transportvorrichtung für die Sprengsätze testen." – „Testen?!" – „Ja, das Ganze war bisher nur ein theoretisches Konzept. Es gibt zwar einen Prototyp, aber wie gesagt, wir müssen erst noch ein, zwei Tests machen, bevor ich dem Ding eine halbe Tonne radioaktives Material anvertraue. Ich meine, wenn es schiefläuft, dann könnten wir zusätzlich zu dem Asteroiden-Megahammer auch noch eine tödliche Ladung Plutonium abkriegen. Nur wenn maximal eines dieser Ereignisse einträte, hätte die Menschheit noch eine gewisse Überlebenschance. Beide auf einmal wären das sichere Ende. Also, haben Sie immer noch ein Problem mit den Tests?" – „Na ja, so gesehen ... Machen Sie weiter. Aber beeilen Sie sich! Ich, nein, die ganze Menschheit zählt auf Sie! Vergessen Sie das nicht! Ist das klar?" – „Glasklar, Sir!" Der leitende Wissenschaftler beschloß, sich von dieser gewaltigen Verantwortung nicht unter Druck setzen zu lassen. Er wußte, daß das wichtigste jetzt war, einen kühlen Kopf zu behalten. Und genau das hatte er vor. Michalshevsky zu beruhigen, war der erste Schritt. Als nächstes wollte er die letzten Tests reibungslos über die Bühne bringen, um die Umrüstungsvorgänge rechtzeitig abschließen zu können. Aber vorher mußte er diese Nervensäge loswerden. „Ähm, Mr. Michalshevsky? Meinen Sie, Sie könnten sich mal um eine bessere Standleitung nach China und nach Indien kümmern? Die Jungs im Pentagon haben doch sicher noch ein bis zwei Satelliten, die sie uns dafür anvertrauen könnten, oder?" – „Klar. Ich werde sehen, was ich tun kann. Bis später!" Wobei der Wissenschaftler sich dachte: „Hoffentlich viel später!"

Salomon war wie gerädert. Er hatte genau fünf Stunden Schlaf
gehabt, und die hatte er auf dem Beifahrersitz bei unruhiger
Fahrt verbracht. Jetzt saß er wieder am Steuer, und Fatma
schlief. Gerne wäre er nach Washington zurückgeflogen oder
hätte zumindest einen Wagen mit Fahrer genommen. Aber statt
dessen mußte er mit dem Oldsmobile von einem guten Freund
von Gabriel vorliebnehmen, den sie auf ihrer Flucht noch einmal kurz besucht hatten, um ihm die Diskette zu übergeben.
Denn Salomon war das Risiko einfach zu groß, die Polizei
könnte den Zwischenfall in Brooklyn mißverstanden haben.
Und für die daraus resultierenden Maßnahmen der Polizei hatte
er einfach keine Zeit. Er mußte das Versteck der Verschwörer
finden, in dem er Jan, Rahel und einige unschätzbare Beweise
für Endells Beteiligung vermutete. Denn zum einen hatte er die
Befürchtung, die Diskette sei nicht an ihrem Bestimmungsort
eingetroffen oder sei vorher von Endell manipuliert worden.
Zum anderen wollte er auch einfach Jan und Rahel retten, da die
beiden in diesem Spiel immer entbehrlicher wurden, und er sich
für beider Sicherheit verantwortlich fühlte. Rahel war wegen
seiner Leichtsinnigkeit entführt worden. Und Jan war er es
einfach dafür schuldig, daß dieser sein Leben riskiert hatte, um
die Wahrheit ans Licht zu bringen. Sie da herauszuholen würde
nicht einfach werden, darüber war sich Salomon im klaren.
Aber jetzt galt es erst einmal, das Versteck überhaupt ausfindig
zu machen. Auf der Karte war zwar eine Stelle markiert, aber
die befand sich mitten in einem Neubaugebiet. Salomon war
sich sicher, daß er eine lange Suche vor sich hatte, bis er das
richtige Gebäude gefunden hatte.
Er verließ den Highway wenige Kilometer vor einer Ortschaft
namens Winchester und bog auf eine Landstraße ein. Sie befanden sich jetzt mitten in den Appalachen, nur etwas mehr als
hundert Kilometer von Washington entfernt. Wenn die Angaben
richtig waren, dann sollte etwa zwei Kilometer weiter eine Abzweigung sein, auf der er zu der Großbaustelle gelangen würde.
Als Salomon bereits fünf Kilometer gefahren war, kam ihm die
Sache etwas seltsam vor. Er wendete den Wagen und fuhr zu-

rück. Kurz bevor er den markierten Punkt erreicht hatte, verlangsamte er das Fahrzeug und sah sich genau den Straßengraben an.

Fatma war inzwischen durch das Wendemanöver wach geworden und rieb sich den Schlaf aus den Augen. „Sind wir schon da?" – „Keine Ahnung. Laut der Karte soll hier eine Abzweigung sein. Aber ich konnte sie bisher nicht entdecken." – „Hm. Vielleicht da vorne ...", sie gähnte ausgiebig und fuhr dann fort: „... dort wo der Kipplader steht?" Salomon hatte keine Ahnung, wo das Fahrzeug plötzlich hergekommen war beziehungsweise, warum er es beim ersten Vorbeifahren nicht bemerkt hatte. „Tja, wahrscheinlich. Ich versuch mal mein Glück."

Der Kipplader war inzwischen auf die Landstraße eingebogen und fuhr an Salomon und Fatmas Auto vorbei. Salomon bog an der Stelle, an der der Lastwagen herausgekommen war, in den Straßenrand ein. In der Tat befand sich dort eine Art Behelfsfeldweg. Auch das große Werbeplakat: „New Jerusalem – a peaceful habitat for a peaceful future" war ihm vorher nicht aufgefallen. „Ich brauche unbedingt etwas Schlaf!" dachte er, sagte Fatma aber nichts davon, da er sie nicht verunsichern wollte. Salomon verlangsamte den Wagen und bog in den Weg ein. Er fuhr mit etwa 30 km/h, da er zu viel Staub und zu viel daraus resultierende Aufmerksamkeit vermeiden wollte. „Mann, wieso schleichst Du so? So schlecht ist der Weg doch gar nicht!" beschwerte sich Fatma. „Klar! Du würdest natürlich so schnell wie Mika Häkkinen fahren und dabei so viel Staub wie ein mittlerer Tornado aufwirbeln!" – „Welchen Staub? Falls es Dir noch nicht aufgefallen ist: Es muß hier erst vor kurzem geregnet haben. Alles hier ist naß. Wo, bitte schön, soll also Dein Staub herkommen?" Salomon sah sie überrascht an. In der Tat: bei genauerer Betrachtung konnte er sogar Tropfen von den Bäumen fallen sehen. „Okay. Du hast recht. Fahr Du weiter, ich glaube, in meinem Zustand könnte ich uns sonst noch in einen Unfall verwickeln." Salomon entschied sich, jetzt doch eine kleine Ruhepause einzulegen, da er befürchtete, er könnte sonst wirklich noch einen schweren Fehler begehen. Er war zugleich darüber schockiert, wie sehr dieser Job an seinen Kräften zehrte. Er faßte den Entschluß, wenn die Angelegenheit erfolgreich über die Bühne gegangen war, als erstes einige Wochen Urlaub zu machen. Dabei mußte er zum ersten mal seit fünf Tagen auch wieder daran denken, daß Rahel ja eigentlich seine Freundin war. Er fragte sich, was sie wohl hatte erleiden müssen, seitdem sie in Jerusalem getrennt worden waren. Allerdings stellte er auch fest, daß seine Sorge nicht mehr dieselbe war, wie noch vor einer Woche. Damals hatte sie noch die Welt für ihn bedeutet. Jetzt sorgte er sich „nur" noch um sie wie ein Bruder sich um das Wohl seiner Schwester sorgt. Ohne daß er es bemerkt hatte, war es Fatma gelungen, wieder ihren alten Platz in seinem Herzen in Anspruch zu nehmen. Salomon war sich etwas unsicher, ob ihm diese neue Situation gefallen sollte, oder ob er versuchen sollte, den alten Zustand wieder zu erreichen. Aber ihm blieb keine Zeit mehr, darüber weiter nachzudenken, denn der Wagen näherte sich dem Neubaugebiet, das auf der Karte als das Versteck angegeben war.

Die Morgendämmerung begann einzusetzen, also entschloß sich Fatma, den Wagen hinter einigen Büschen zu parken, um nicht sofort aufzufallen. „Okay. Ich denke wir sollten uns zu allererst das ganze Gelände von weitem ansehen und dabei sämtliche Bewegung innerhalb, zur Baustelle hin und von ihr weg beobachten. Dabei fällt uns sicher irgend etwas Besonderes auf. Und immer daran denken: Wir haben nicht mehr viel Zeit. Also möglichst schnell und fehlerfrei arbeiten." – „Klar. Aber ich glaube, im Moment solltest Du am meisten daran denken. Du bist müde, und erfahrungsgemäß macht man da die meisten Fehler." Salomon nickte. Dann ging er vorsichtig nach links. Er wollte einmal um das gesamte Gelände herumlaufen und sich dann auf der anderen Seite mit Fatma treffen, die nach rechts gegangen war.

06:45 Uhr (GMT -5), NASA-Kontrollzentrum, Houston

„Mann, jetzt reden Sie schon! Wir haben den Aufenthaltsort von Jan Michelsen gefunden. Er wird uns die noch fehlenden Beweise liefern, und dann sind Sie geliefert!" drohte Michalshevsky. Endell sah ihn verdutzt an. Dann fing er an zu lachen.

Zuerst leise und glucksend, aber dann wurde er immer lauter, bis er in schallendes Gelächter ausbrach. „Könnten Sie mir vielleicht verraten, was Sie daran so komisch finden?" fragte Rollins ein wenig irritiert. Endell beruhigte sich wieder. Er sah den NASA-Sicherheitschef an wie ein Erwachsener ein dummes Kind. „Selbst wenn Ihre Behauptungen der Wahrheit entsprächen, glauben Sie wirklich, daß Sie ihn dann da lebend herausholen könnten?" – „Was soll das heißen? Reden Sie!" brüllte Michalshevsky. „Was meinen Sie wohl, weshalb der Bengel überhaupt noch am Leben ist? Tot ist er für uns schließlich viel wertvoller ..." – „Ich höre!" drängte Rollins. „Na gut. Wenn Sie ihn lebend zurückhaben wollen, dann müssen Sie mich gegen ihn austauschen. Ich weiß, Sie denken jetzt: Ist ein einzelnes Menschenleben es wert, enorm wichtige Informationen zu opfern, die ich vielleicht über die Abwendung dieser Katastrophe haben könnte. Nun ja, aber ich denke, Ihnen dürfte auch klar sein, daß Sie ohne meine Freilassung erst recht keine Chance haben, Ihre jämmerlichen Leben zu retten." – „Ach ja? Was macht Sie da so sicher? Sagen Sie mir, was mich daran hindern sollte, Sie einfach ‚auf der Flucht' zu erschießen?" – „Das muß ich Ihnen wirklich noch erklären?" – „Ich bitte darum!" gab Michalshevsky zynisch zurück. „Na ja, nur ich weiß, wie man den Virus wieder aus Ihrem Computersystem entfernen kann." – „Das war's? Das ist alles? Sie sind wirklich sehr viel dämlicher, als ich dachte. Glauben Sie etwa, wir hätten dieses Problem nicht bereits längst unter Kontrolle? Sie hatten nie wirklich eine Chance, uns mit Ihren Aktionen empfindlich zu schaden. Also ..." – „Das glauben Sie ...", unterbrach Endell ihn. „Hm? Versuchen Sie hier nicht, Zeit zu schinden! Wir haben die Situation absolut im Griff!" – „Sicher? An Ihrer Stelle würde ich mir mal die elektronische Überwachung der Treibstoffversorgung Eurer Vögel ansehen." Rollins stutzte. Dann meinte er gelassen: „Ich bin sicher, die arbeiten absolut fehlerfrei, denn wenn sie das nicht täten, würden Sie mir das sicher nicht auf die Nase binden. Schließlich könnten wir ja so sonst das Problem beheben." Wieder grinste Endell. „Sie meinen also, daß es ausreicht, zu wissen, daß ein Problem da ist, um es beheben zu können? Na dann mal viel Spaß!" Rollins verlor seine Ruhe. „Okay reden Sie, Sie Bastard!" brüllte er. „Und schon sind wir wieder bei meinem Austausch!" Michalshevsky sah ihn mitleidig an. „Meinen Sie, wir sind blöde? Was hätten Sie denn davon, wenn wir unsere Raketen doch korrekt ins Ziel bringen könnten? Schließlich ist es doch bisher Ihr Ziel gewesen, uns daran mit aller Macht zu hindern. Oder habe ich da etwas verpaßt?" Endell grinste ihn an. „Tja, es sieht so aus, als hätten Sie absolut keine Ahnung, was hier abläuft. Dann können Sie natürlich auch nicht wissen, daß gewisse Dinge einfach geschehen müssen. Aber, davon ganz abgesehen, wir mögen extreme Zielsetzungen und extreme Methoden haben, aber deswegen sind wir trotzdem noch lange nicht unehrenhaft. Wenn ich sage, im Austausch für meine Freilassung erhalten Sie die Informationen, die Sie brauchen, dann werden Sie die auch erhalten. Wie auch immer, ich würde meine Behauptung wegen der Treibstoffversorgung wenigstens einmal kontrollieren lassen, oder wollen Sie etwa den Planeten wegen Ihrer arroganten Voreingenommenheit opfern?" Michalshevsky und Rollins sahen ihn beide böse an. „Wer ist denn hier arrogant und voreingenommen?" fragte der NASA-Sicherheitschef. „Ja, genau, wer denkt denn, er habe den göttlichen Auftrag, diesen Planeten ins Unheil zu stürzen?" ergänzte Michalshevsky mit erhobenem Zeigefinger. Endell sah sie beide mit einem überlegenen Lächeln an. „Das ist Ansichtssache. Wir wollen dadurch diese Welt befreien, sie auf die nächste Ebene führen. Würden Sie beide die Bibel kennen, wüßten Sie auch, daß dieser Endkampf, diese ganzen Katastrophen, die Vorbedingung für das tausendjährige Paradies auf Erden unter der Herrschaft Gottes sind." Michalshevsky sah ihn verächtlich an. „Na klar. Aber soweit ich die Bibel kenne, steht dort nirgendwo etwas über eine Verschwörung, die garantiert, daß sich alles auch genau so ereignet, wie es geschrieben steht. Oder habe ich da vielleicht etwas überlesen?" Endell schüttelte den Kopf voller Unverständnis. „Sie verstehen es einfach nicht!" brummelte er vor sich hin. „Wache!" brüllte Rollins aus der Zelle hinaus. „Ja, Sir?" – „Sehen Sie zu, daß Sie jemanden finden, der Ihnen einen aktuellen Bericht über die Funktionsfähigkeit der Treibstoffzufuhr unserer Raketen geben kann, und bringen Sie ihn her!" – „Sir?" – „Den Bericht, aber pronto!" – „Natürlich, Sir, sofort, Sir!" Der Soldat entfernte sich mit schnellen, schweren Schritten.

Endell saß regungslos und still auf der Pritsche in seiner Ecke. Aber seine Ruhe strahlte eher das Gefühl von souveräner Überlegenheit als das von Resignation aus. Vielleicht waren die beiden anderen Männer ja auch gerade deswegen so nervös. Rollins ging unentwegt in der Zelle auf und ab, während Michalshevsky mit seinen Füßen wippte und auf der gegenüberliegenden Pritsche mit den Fingern trommelte. Keiner der Männer brach das Schweigen, bis der Soldat zurückkam. „Sir, der Bericht, Sir!" Der NASA-Sicherheitschef öffnete die Tür und riß ihm die Blätter aus der Hand. Er überflog kurz das erste Blatt, dann schnauzte er den Soldaten an: „Danke. Sie können gehen. Aber hurtig!" Dann sah er kopfschüttelnd auf Endell. „Keine Ahnung, wie Sie das geschafft haben, oder warum Sie so enorm motiviert sind, Ihre eigene Spezies um Jahrzehnte, ja wenn nicht sogar Jahrhunderte in der Entwicklung zurückzuwerfen. Wie auch immer. Ich habe diese Spielchen langsam satt. Entfernen Sie sofort alle Ihre Viren, und unterlassen Sie jeden weiteren Störversuch, sonst werden Sie mal ganz andere Seiten an mir kennenlernen!" – „Meinen Sie, Ihre Drohungen könnten mich einschüchtern? Sie haben doch nur noch den Mut der Verzweiflung. Damit kommen Sie aber hier nicht weiter." – „Ach ja? Das wollen wir doch mal sehen!" Er packte Endell am Kragen und schlug seinen Kopf gegen die Wand. Endell machte ein schmerzverzerrtes Gesicht, blieb aber ansonsten unbeeindruckt. Daraufhin schlug Rollins ihm in den Magen. „Was meinen Sie, was Ihnen das bringt?" keuchte Endell. „Ich werde diese Schmerzen ertragen. Für meinen Auftrag." – „Dann sind Sie ein noch größerer Idiot als ich zuerst gedacht habe!" giftete Michalshevsky zurück. „Nicht nur, daß Sie Ihre Artgenossen ins Unglück stürzen, nein, Sie müssen diese mögliche Zukunft auch noch mit allen Mitteln verteidigen. Warum sind Sie sich Ihrer Sache eigentlich so sicher? Welchen Beweis hat Ihnen Gott, oder was auch immer Sie für ihn halten mögen, eigentlich dafür geliefert, daß all dies sein Wille ist?" Endell sah ihn mitleidig an. „Ich glaube nicht, daß Sie dazu in der Lage wären, das auch nur im Ansatz zu verstehen." – „Versuchen Sie's!" gab Michalshevsky verärgert zurück. „Na gut ..." – „Sir! Wir haben ein Problem!" Der Wachposten war völlig außer Atem zurückgekommen. „Was gibt es denn?" fragte Michalshevsky. Der Soldat winkte ihn nach draußen. „Sir, die UN-Leute haben sich gemeldet. Sie haben doch sicher mitbekommen, daß Mr. Jona die Diskette mit den Beweisen gegen Mr. Endell beschafft hat ...“ – „Ja?“ – „... und daß er den Aufenthaltsort mehrerer Geiseln, darunter den von Herrn Michelsen herausgefunden hat?“ – „Das hat er auch? Na gut. Wo liegt dann das Problem?“ – „Nun, er wird von der New Yorker Polizei und dem FBI im Zusammenhang mit dem Mord an einem der mutmaßlichen Verschwörer sowie einer anschließenden Schießerei vor einem Polizeirevier in Brooklyn gesucht, bei der es zu zwei weiteren Toten und mehreren Schwerverletzten gekommen ist. Da er die Diskette nicht persönlich sondern durch einen Belastungszeugen gegen die Verschwörer an die UN weitergegeben hat, gehen wir davon aus, daß er sich auf der Flucht befindet und sich direkt zum Unterschlupf der Verschwörer begibt.“ – „Hoppla! Er wird doch keine Dummheit begehen? Wahrscheinlich denkt er, wir werden ihm umgehend Unterstützung schicken.“ – „Sir, ich glaube nicht, daß er das denkt. Sonst hätte er uns sicher den Aufenthaltsort der Geiseln mitgeteilt.“ Michalshevsky wiegte seinen Kopf bedächtig hin und her. „Hm, hm, hm. Ich denke, wir müssen unsere Verhandlungen mit Mr. Endell etwas beschleunigen. Vielen Dank für diese überaus wichtige Information.“ Der Soldat verabschiedete sich militärisch knapp und wollte gerade gehen, als Michalshevsky ihn noch einmal zurückhielt: „Hören Sie: Ich brauche ein gutes Dutzend Secret Service Agenten – in spätestens einer Stunde! Sie sollen sich auf einen Geiselaustausch vorbereiten.“ Michalshevsky ging wieder in den Verhörraum zurück. „Na gut, Mr. Endell! Wir sind bereit, über eine Austausch zu verhandeln. Aber zuerst müssen Sie uns Ihren guten Willen beweisen: Lassen Sie die Geiseln auf La Silla umgehend frei! Dafür lassen wir Ihre Leute unbehelligt abziehen ... na ja, zumindest kriegen sie ein paar Stunden Vorsprung.“ Endell sah ihn fragend an. „Was läßt Sie glauben, ich hätte etwas mit dieser Geiselnahme zu tun?“ – „Mr. Endell, ich bitte Sie! Das ist nicht gerade ein kooperatives Verhalten, das Sie da an den Tag legen!“ Endell grinste wieder. „Na gut. Aber dann einigen wir uns jetzt erst auf die weiteren Bedingungen.“ – „Schön. Wir wollen Herrn Michelsen, Miss Melchior und Mr. Horowitz. Dafür dürfen Sie und Ihre Leute unbehelligt – also mit, sagen wir, zwei Stunden Vorsprung abziehen." – „Was für ein großzügiges Angebot! Gleich drei Leute auf einmal – das geht nun wirklich nicht! Nur einer darf gehen, und ich möchte dann doch gerne eine faire Chance: unter zehn Stunden Vorsprung läuft nichts!" Die beiden andern Männer sahen ihn erbost an. Aber Michalshevsky bedeutete dem NASA-Mann durch Gesten, daß ihnen wenig Spielraum blieb. „Gut. Um Ihnen zu zeigen, daß wir in der Tat großzügig sein können – ich reduziere meine Forderung auf zwei der Genannten und mein Angebot auf fünf Stunden. Akzeptiert?" Endell schien überrascht darüber zu sein, wie schnell seine Gegner ihre Ansprüche reduzierten. Er merkte, daß er eine durchaus gute Verhandlungsposition zu haben schien. „Na, Sie sind ja direkt kooperativ. Wie finde ich denn das ... Gut. Wenn Sie aus den fünf Stunden acht machen, haben wir einen Deal!" Michalshevsky blieb nichts anderes übrig als zu akzeptieren, da er befürchtete, Salomon würde einen Alleingang wagen und dabei ein Chaos anrichten. Er hätte ja lieber eine Sondereinheit losgeschickt, aber da Salomon den mutmaßlichen Aufenthaltsort der Geiseln für sich behalten hatte, stimmte er zähneknirschend zu. „Na gut. Einverstanden. Aber wie bereits gesagt: Zuerst die Geiseln auf La Silla. Und – der Austausch findet hier in Washington statt." – „Schon wieder falsch. Der Austausch findet vor Ort statt. Keine Sorge, ich werde Sie schon hinführen!" Michalshevsky überreichte ihm wortlos ein Telefon. „Ja, Endell hier. Ja, die Situation hat sich nicht so ganz zu unseren Gunsten entwickelt. Aber na gut. Hören Sie, man wird mich gegen zwei unserer Gäste austauschen. Ja, das ist schon okay. Aber, hören Sie: Vorher müssen Sie unser Überwachungsteam aus La Silla abziehen. Und sorgen Sie dafür, daß Enrico dabei keine Fehler macht. Ich will nachher keine Klagen hören, verstanden?" Seine Betonung erschien Michalshevsky zwar ein wenig merkwürdig, aber er hielt das ganze für übertriebene Höflichkeit. „Ja. Also, wir kommen dann, wenn unsere Leute abgezogen sind."

„Tja, meine Damen und Herren, war eine nette Zeit bei Ihnen auf diesem kargen Felsen. Aber jetzt müssen wir Sie leider verlassen. Einen angenehmen Tag wünsche ich noch." Mit diesen Worten verließ der Anführer den Speisesaal, gefolgt von den meisten seiner Leute. Zwei von ihnen gingen jedoch auf die Andretti-Gruppe zu. „Von Ihnen möchte sich der Chef persönlich verabschieden. Sie dürfen sich geehrt fühlen!" – „Nun, ich denke, wir verzichten. Wir brauchen keine Sonderbehandlung", entgegnete de Gruyter „Ach, Sie sind dem Chef so ans Herz gewachsen, er muß einfach noch ein paar persönliche Worte an Sie alle richten. Und ganz besonders natürlich an Sie, das müssen Sie doch verstehen, Señor de Gruyter!" Die beiden Terroristen schubsten die Andretti-Leute mit ihren Sturmgewehren nach draußen. „Ah, meine Lieblingsgeiseln! Tja, meine Herren, es ist Ihnen doch klar, daß wir Ihre Taten nicht ungestraft lassen können!" rief der Anführer als er sie erblickt hatte, während seine Leute bereits ihre Sachen in die Hubschrauber zu werfen begannen. „Sie meinen wohl eher, Sie können es sich nicht leisten, so viele Mitwisser am Leben zu lassen", meinte Andretti zynisch. „Tja, sehen Sie, das ist Ihr Problem. Sie kennen doch sicher den Witz mit den drei Cowboys am Lagerfeuer. Einer fragt den anderen: Was ist zwei und zwei? Der andere antwortet: Vier! Der erste zieht seinen Colt und erschießt ihn. Der dritte fragt nun, warum er das getan habe, worauf der erste zur Antwort gibt: Er wußte zuviel. Und bei Ihnen gilt das ganze in verschärfter Form. Tut mir leid. Aber keine Sorge, Mr. Gutierez und Mr. Ericson sind Profis. Sie werden es gar nicht merken. Also, leben Sie wohl, meine Herren. Mr. Ericson, Sie kommen dann, wenn diese Sache erledigt ist, umgehend nach." Der Angesprochene, bei dem es sich um den blonden Bodybuilder handelte, gab seinem Kollegen die Anweisung: „Warte hier auf mich. Das ist eine persönliche Sache zwischen mir und diesem de Gruyter." Er befahl de Gruyter, die Hände über den Kopf zu nehmen, und schob ihn dann vor sich her. Die beiden verschwanden hinter einem der Teleskope. Es folgten einige Minuten Stille. Man konnte deutlich spüren, daß dem verbliebenen

Terroristen die Lage allmählich unangenehm wurde, da mittlerweile alle Hubschrauber, bis auf seinen, abgehoben hatten. Da kam plötzlich de Gruyter wieder hinter dem Teleskop hervor. Er war blutverschmiert und hatte Ericsons Waffe in der Hand. Als er mit ihr auf Gutierez zielte, feuerte der einige Schüsse in de Gruyters Richtung und lief dann, was das Zeug hielt, zu seinem Hubschrauber. Dieser hob sofort ab, als Gutierez an Bord war. De Gruyter feuerte auf den Hubschrauber, schien ihn aber zu verfehlen. Nachdem er einige hundert Meter entfernt war, begann jedoch der Motor auszusetzen, und die Maschine geriet ins Trudeln. Wenige Sekunden später zerschellte der Hubschrauber an einer nahegelegenen Bergkuppe, worauf sich das Kerosin in seinen Tanks entzündete und ihn in hell lodernde Flammen einhüllte. „Herr de Gruyter ... was um alles in der Welt ist dort hinten passiert?" wollte ein fassungsloser Helmle wissen. „Wenn es Sie so brennend interessiert, dann sehen Sie doch nach", gab de Gruyter lapidar zurück. „Ich brauche jetzt jedenfalls dringend eine Dusche." Und er begab sich schnurstracks in Richtung seiner Unterkunft.

08:15 Uhr (GMT -4), eine Neubausiedlung zwischen Winchester und Front Royal, Virgina

Die Regenwolken begannen, sich aufzuklären, und die noch tief stehende Sonne kam hin und wieder dazwischen zum Vorschein. Fatma und Salomon hatten das Gelände einmal umschritten und besprachen jetzt an dem von ihnen vereinbarten Treffpunkt ihr weiteres Vorgehen. „Also, wieviele Gebäude hast Du gesehen, die laut der Beschreibung auf der Karte in Frage kommen?" fragte Salomon. „Na ja, das müssen so etwa vier, fünf, vielleicht auch sechs gewesen sein." – „Wie bitte? So etwa? Soll das ein Scherz sein? Du hast doch die Kriterien gekannt. Wie kannst Du Dir da gleich bei zwei Häusern nicht ganz sicher sein?" – „Na ja, es gab eine Ansammlung von Arbeitern, die relativ wenig gearbeitet haben an einer Stelle, die man drei Häusern zuordnen könnte. Da konnte ich zum Beispiel nicht sagen, welches denn nun das entscheidende sei." – „Hm.

Könnten die vielleicht einfach nur ihre Frühstückspause gemacht haben?" Salomon dachte einen Moment nach. Dann meinte er ein wenig genervt: „Ja, also wenn ich mir das jetzt ein wenig genauer überlege, dann ... dann könnten die vielleicht wirklich nur Frühstückspause gemacht haben. Wie auch immer, was hast Du denn herausgefunden?" – „Also, bei mir kommen eigentlich höchstens drei Häuser in Frage. Alle anderen sind entweder noch nicht weit genug fertiggestellt oder werden von zu viel verschiedenen Firmen bearbeitet." – „Na klasse. Dann müssen wir also nur sieben Häuser bewachen – und das auch noch möglichst gleichzeitig. Hast Du irgend eine Idee?" – „Natürlich. Wir sehen uns jedes der Häuser noch einmal einzeln an. Jedes für etwa eine halbe Stunde. Das dürfte ausreichend sein, um unseren Kandidaten herauszufinden. Ich werde aber vorher noch einmal mit New York und Washington Rücksprache halten. Natürlich nur mit den Leuten, die ich für einigermaßen vertrauenswürdig halte. Und natürlich werde ich mit mehreren reden, damit wir unsere Überlebenschancen für den Fall, daß einer von denen doch ein Verräter ist, ein wenig erhöhen. Okay?" Fatma sah nicht gerade sehr begeistert aus. „Was ist? Hast Du eine bessere Idee?" – „Nein. Ich frage mich eben nur, ob die dann nicht Dein Handy orten können." – „Schon möglich. Aber das Risiko müssen wir eingehen. Deswegen rufe ich ja auch mehrere an. Davon ganz abgesehen, die Zeit läuft uns davon. Wir können es uns nicht leisten, lange nachzudenken und tatenlos herumzustehen. Wir müssen aktiv werden!"

08:45 Uhr (GMT -5), NASA-Kontrollzentrum

„Hallo, Mr. Jona! Das sind ja ganz schöne Geschichten, die man da so von Ihnen hört! Wo sind Sie jetzt?" Michalshevsky war bereits auf dem Weg zu der Wagenkolonne, die ihn, Endell und die Secret Service Agenten zum Ort des Austauschs bringen sollte. „Wo? Ich kann Sie kaum noch verstehen!" Er war in der Tiefgarage angelangt – auch für sein Powerhandy einfach zu weit unter der Erde. „Hören Sie: Wir kommen jetzt zu dem Ort, an dem die Geiseln festgehalten werden, und führen einen

Austausch durch. Sie müssen sich unbedingt aus der Sache heraushalten, um die Aktion nicht zu behindern oder das Leben der Geiseln zu gefährden, haben Sie verstanden?" Die Verbindung war endgültig zusammengebrochen. „Wir müssen sofort los! Ich befürchte, dieser Salomon hat nichts von dem, was ich ihm eben gesagt habe, mitbekommen. Außerdem schätze ich, daß er, falls er es doch gehört hat, keine große Lust haben dürfte, lange auf uns zu warten! Seine ersten Worte waren zwar die Bitte um Verstärkung, aber ich denke, er ist draufgängerisch genug, es auch alleine zu riskieren." – „Warum nehmen wir dann nicht einfach den Hubschrauber?" wollte Rollins wissen. „Wir werden ja schon bis in die nächstgelegene Stadt fliegen. Aber wenn wir von dort an nicht fahren, wird Endell mißtrauisch werden. Er wird wissen wollen, warum wir vom vereinbarten Plan abweichen. Und was schlagen Sie vor, was ich ihm dann sagen soll?" Rollins zuckte mit den Schultern. Dann stiegen die Agenten, Endell und Michalshevsky in die drei Limousinen und fuhren mit Höchstgeschwindigkeit zum nahegelegenen Militärflughafen, wo die Wagen in ein Transportflugzeug verladen wurden.

12:30 Uhr (GMT -4), Neubausiedlung bei Front Royal, Virginia

„Ich frage mich, wo unsere Unterstützung bleibt! Die Mittagspause wäre doch der ideale Zugriffszeitpunkt. Also, da werde doch einer aus diesen Amerikanern schlau!" schimpfte Fatma. „Hmm. Eigentlich schon", entgegnete Salomon, worauf er tief und herzhaft gähnte. „Weichei!" zischte Fatma. „Jedenfalls bin ich mir sicher, daß die mich verstanden haben. Der hat doch über unser kleines Problem in Brooklyn zu reden angefangen. Aber sei nicht so hart mit ihnen. Es kann nicht jeder für besten aller Geheimdienste arbeiten. Das wäre zwar cool, würde aber sicher unseren finanziellen Rahmen sprengen. Und mit der Geheimhaltung wäre es dann sicher auch nicht allzuweit her." Fatma sah ihn verständnislos an. Offenbar hatte er sie entweder gar nicht oder nur halb verstanden. Auf die Idee, daß sie vielleicht gerade wegen des Zwischenfalls in Brooklyn keine Unterstützung mehr erhielten, ja jetzt wohl eher wieder Gejagte waren, schien er gar nicht zu kommen. Auf jeden Fall war sie der Meinung, daß er in seinem gegenwärtigen Zustand eher eine Gefahr als eine Hilfe für jeden in seiner Nähe war. Aber wie sollte sie ihn loswerden? Und diese Baustelle alleine zu durchsuchen war schließlich auch keine leichte Aufgabe. Sie entschloß sich, noch zehn Minuten zu warten und dann selbst nach der Verstärkung zu fragen. Dann würde sie schon herausfinden, ob ihre Befürchtungen der Realität entsprachen. In diesem Fall, so nahm sie sich vor, würde sie dann eben doch alleine weitermachen.

12:38 Uhr (GMT -4), in einem Keller etwa 100m weiter ...

„Was ist jetzt, kommst Du? Die Gelegenheit ist gerade günstig! So eine Chance kriegen wir so leicht nicht wieder. Offenbar streiten sie sich über irgend etwas. Das sollten wir ausnutzen!" sagte Jan aufgeregt. „Na gut. Du hast mich überzeugt. Aber nur, weil sie offensichtlich im Moment etwas unterbesetzt sind! Sonst würde ich an so einen Wahnsinn nicht mal denken", entgegnete Rahel. „Genug der Worte. Fang an!" – „Womit?" Jan sah sie genervt an. „Na, Du spielst die Kranke! Du mußt schreien und so." Rahel sah ihn herausfordernd an. „Wie bitte? Wer von uns hat denn jetzt die Agentenausbildung, Du oder ich? Meinst Du nicht, daß Du besser den Kranken spielen solltest, und ich sie dann unschädlich mache?" – „Bitte, wie Du meinst. Ich dachte, weil Du bisher nicht sonderlich begeistert von der Sache warst, daß Du vielleicht eher eine etwas passivere Rolle dabei übernehmen wolltest." – „Nein. Aber wir müssen jetzt handeln, sonst könnten wir das Überraschungsmoment wieder verlieren! Also, Du spielst den Kranken." Jan war etwas verwirrt. Er hatte fest damit gerechnet, daß Rahel diese Rolle übernehmen würde. Was sollte er jetzt tun? „Ja, was ist denn jetzt? Soll ich nachhelfen?" Sie wartete erst gar nicht auf die Antwort, sondern trat ihm auf den Fuß und boxte ihm in den Magen. Jetzt ging es Jan richtig schlecht. Seine Schmerzen mußte er nun nicht mehr spielen. Er ließ einfach alles heraus. „Waaaah! Mist! Aaah!" – „Wache, Wache!" rief Rahel mit einem leichten Grinsen. Einer ihrer Wärter kam herbeigelaufen. „Was ist denn los?" – „Ich glaube, meinem Mitgefangenen geht es nicht sonderlich gut." – „So? Ihr meint doch nicht etwa, mich reinlegen zu können?" Er versuchte, durch das kleine in der Tür eingelassene Gitter zu erkennen, was mit Jan nicht in Ordnung war. Da der Raum jedoch zu dunkel war und Jan sich in eine der Ecken verkrochen hatte, konnte er nichts erkennen. „Was hat er denn?" – „Ich glaube, er hat irgend etwas am Magen oder so ..." Der Aufseher strich sich übers Kinn. „Hm. Moment." Er öffnete die Tür und betrat den Raum. Jan lag verkrümmt am Boden und schnappte nach Luft. „Hm. Sieht nicht gut aus. Ich bringe ihn zu unserem Arzt." Er bückte sich, um Jan aufzuhelfen. „Schließlich wollen wir ja nicht, daß es nachher heißt, wir hätten Euch hier schlecht behandelt. Und Sie sollten sich schon mal rei... aaah!" Als er sich, über Jan gebeugt, gerade zu Rahel umdrehen wollte, hatte diese ihm einen Handkantenschlag ins Genick versetzt. Da er noch nicht ganz bewußtlos war, bohrte sie ihm zusätzlich ihre beiden Daumen seitlich hinter seine Ohren, was ja einen ähnlichen Effekt wie der berühmte Spock-Griff hat. Er kippte nach vornüber und blieb bewußtlos liegen. „Okay, Du kannst jetzt aufhören. Gut gemacht!" Jan hustete immer noch vor sich hin. „He, jetzt übertreib nicht! Wir müssen hier raus! Also steh auf, bevor die anderen merken, was los ist!" Von draußen war jetzt ein Stimmengewirr zu hören. Offenbar war etwas außerplanmäßiges vorgefallen. „Los, bringt sie rein. Jede neue Geisel kann nur von Vorteil für uns sein!" In diesem Moment waren aus der Nähe einige Schüsse zu hören. „Okay, wir wollen verhandeln!" schrie jemand, der verdächtig nach Salomon klang. „Wieviele seid Ihr?" fragte einer der Aufpasser Fatma barsch, die gerade ins Haus gebracht worden war. „Keine Ahnung. Ich leite diesen Einsatz nicht", entgegnete sie ruhig. „Wie Du meinst!" kläffte er zurück und schlug ihr seinen Gewehrkolben in den Rücken. Fatma ging zu Boden, versuchte aber sofort, wieder auf die Beine zu kommen. „Wir machen Ihnen einen Vorschlag: Sie lassen die Geiseln gehen, und wir geben Ihnen dafür freien Abzug. Na, wie klingt das?" Das war eindeutig Salomon. Da waren sich Fatma und Rahel einig, denn sie atmeten beide gleichzeitig enttäuscht durch. „Mann, der Kerl nervt. Daniel, hast Du Polizei, FBI oder irgend sowas anrücken sehen?" wollte der offensichtliche Chef der Bewacher wissen. „Nein, Mann!" antwortete ein hagerer großer Blondschopf. „Bist Du Dir auch absolut sicher?" – „Klar, Mann!" – „Na ja, ich meine, diese Spionin hier", er stieß Fatma leicht mit seinem Gewehrlauf, „hast Du ja auch erst bemerkt, als sie Thomson schon k. o. geschlagen hatte und Harry gerade eine tödliche Bleidosis verpassen wollte. Und mindestens einen da draußen habt Ihr offenbar gar nicht bemerkt!" – „Hey, Mann, haben wir irgend ein gravierendes Problem? Nein, alles noch okay, oder?" gab der beleidigt zurück. „Nein, nichts ist okay! Offensichtlich haben unsere Freunde den eigentlichen Plan ein wenig abgeändert. Na schön, wenn die zwei alles sind, was sie uns schicken, dann sind sie noch verblödeter als ich immer dachte. Und wenn dem so ist, zeigt das doch wohl, daß jeder Idiot unser Versteck finden kann. Also wage es nicht noch einmal zu sagen, daß alles in bester Ordnung ist!" – „Okay, Mann, kein Streß! Ich kümmere mich darum." – „Ja, tu das! Inzwischen werde ich mir etwas einfallen lassen müssen. Der Austausch soll eigentlich in zw..., hey, was ..." Rahel hatte sich an ihn herangeschlichen und warf ihm nun einen Feuerlöscher entgegen. Da er völlig überrascht war und sein Gewehr in diesem Moment mit beiden Händen hielt, traf ihn das Wurfgeschoß am Kopf worauf er zu Boden taumelte. „Dreck!" war das letzte, was er noch hauchen konnte. Jan war ebenfalls nachgekommen und warf nun seinerseits einen Sack Zement in Richtung des blonden Riesen, den er auch traf. Allerdings mit wesentlich weniger Erfolg. Der Hüne verlor seine Waffe und der Sack platzte. Außer ein paar Schritten, die er zurückgeworfen wurde und einem Hustenanfall wegen des Zementstaubs hatte Jans Aktion jedoch eher weniger Erfolg. Denn Daniel stand noch, und gereizt war er jetzt obendrein. Aber zu Jans Glück konnte er kaum durch den Staub hindurchsehen, was ihn zu einem enormen Schrei veranlaßte, mit dem er seiner Frustration Luft zu machen versuchte: „Waaaaaaah!!! Ich kriege Euch alle! Ich habe bisher jeden gekriegt! Und keiner, der sich mit mir angelegt hat, ist unter drei Monaten Krankenhaus davon gekommen! Also gebt lieber gleich auf, vielleicht lasse ich dann Gnade walten!" Salomon war jetzt ebenfalls ins Haus gekommen. „Keine Lust!" rief er und rannte auf Daniel zu, offenbar mit der Absicht, ihn umzuwerfen. Er prallte frontal auf ihn, allerdings ohne dabei die gewünschte Wirkung zu erzielen. Der Hüne packte ihn und warf ihn gegen die nächste Wand. Dann mußte er wieder Husten. Inzwischen waren auch die noch verbliebenen Bewacher wieder in den Neubau zurückgekommen. Sie wagten sich aber nicht weiter vor, denn Fatma hatte ihrer Waffe wieder bemächtigen können und hielt sie dem Anführer an den Kopf. „Ein schönes Spiel, aber man kann es auch zu zweit spielen!" meinte einer der Bewacher, dem es gelungen war, Rahel in seine Gewalt zu bringen, die er ebenfalls mit einer Waffe bedrohte. „Na schön. Und was schlagen Sie vor, um diese verzwickte Situation beizulegen?" – „Der sieht ganz einfach aus, Mr. Jona. Sie lassen Ihre Geisel gehen, dafür lassen meine Freunde Ihre Geiseln frei. Wenn das alles erfolgreich und unblutig abgewickelt ist, werde ich dann ebenfalls freigelassen!" Salomon traute seinen Ohren nicht. War das nicht Endell? Die Beweise auf der Diskette hätten doch ausreichen müssen! Oder war sie etwa abgefangen worden? Aber warum kümmerte er sich dann überhaupt noch um die Geiseln? „Mr. Jona, tun Sie was er sagt. Es ist momentan das Vernünftigste." Diese Stimme war ihm auch vertraut. „Mr. Michalshevsky?" – „Ja. Es tut mir leid, daß Sie das erst jetzt erfahren, offensichtlich war Ihr Handy abgeschaltet, nachdem unser letztes Gespräch unterbrochen wurde. Wir haben einen Austausch vereinbart: Endell gegen Herrn Michelsen und Ihre Mitarbeiterin." – „Aha. Und denken Sie nicht, daß wir jetzt vielleicht die Chance hätten, einen etwas besseren Handel abzuschließen?" – „Ich verstehe nicht ganz ..." – „Das ist doch einleuchtend. Sie verhaften einfach alle. Niemand von denen kommt frei, alles ist wieder in bester Ordnung!" – „Denken Sie nicht mal dran!" unterbrach Endell ihn. „Keine der Geiseln und vermutlich Sie ebenfalls würde diesen Ort lebend verlassen, und das ist es doch, was Sie eigentlich mit dieser stümperhaften Aktion erreichen wollten oder etwa nicht?" – „Tja, also, ähm ...", druckste Michalshevsky verlegen herum. „Was soll das? Sehen Sie nicht, daß er nur versucht, seine Haut zu retten? Er weiß doch genau, daß seine Leute uns zahlenmäßig unterlegen sind, und daß Sie vermutlich das ganze Gebiet abgeriegelt haben, oder etwa nicht?" erwiderte Salomon. „Nun, also, wie soll ich es Ihnen sagen, es gab gewisse Bedingungen, an die wir uns leider halten mußten, die Ihrer Idee leider im Weg stehen." – „Welche Art von Bedingungen?" – „Na ja, sehen Sie, wir haben von denen so eine Art Good-will Aktion verlangt. Sie haben die Geiseln auf La Silla freigelassen, um ihre ernstgemeinten Absichten unter Beweis zu stellen. Im Gegenzug haben wir ihnen dort – und hier leider auch – freien Abzug gewähren müssen." – „Meinen Sie nicht, daß dieser Verräter hier ab und zu auch mal sein Wort bricht?" Salomon zeigte auf Endell. „Schon. Aber, um sicher zu gehen, durfte ich leider nur eine begrenzte Anzahl von Secret Service Leuten mitbringen. Ich würde sagen, selbst im günstigsten Fall dürften wir wohl bestenfalls ein Kräftegleichgewicht haben."

Rahel dauerte das Ganze zu lange. Sie nutzte eine Unachtsamkeit ihres Bewachers und versetzte ihm einen Schlag in den Magen. Sofort begann ein wildes Gerenne und Geschreie. Waffen wurden gezogen. Schüsse fielen. Es dauerte zwei Minuten, bis wieder einigermaßen Ruhe eingekehrt war. Drei der Secret Service Leute, der Hüne und zwei weitere von Endells Leuten lagen tödlich getroffen am Boden. Michalshevsky war an der linken Schulter und im rechten Bein getroffen worden und blutete stark. Jan und Rahel saßen auf dem Boden und kümmerten sich um zwei weitere verletzte Secret Service Leute. Fatma und Salomon waren Endell nach draußen gefolgt. Dieser wollte sich gerade an einem Flüssiggastank vorbeischleichen, als ihm der Weg von zwei weiteren Agenten abgeschnitten wurde. Einen von ihnen erschoß er sofort, mit dem anderen geriet er in ein Handgemenge. Dabei kamen die beiden außerhalb von Fatmas und Salomons Blickfeld. Plötzlich löste sich ein Schuß und Sekundenbruchteile später explodierte der Tank. „So viel zu diesem Verräter!" meinte einer der letzten beiden unversehrten Secret Service Agenten. Inzwischen hatte Michalshevsky sich nach draußen geschleppt. „Mr. Michalshevsky! Ich werde sofort einen Rettungshubschrauber anfordern!" – „Keine Zeit!" keuchte Michalshevsky. „Na schön. Dann fahren wir los und vereinbaren einen Treffpunkt für unterwegs. Sie brauchen dringend medizinische Versorgung und einige Ihrer Leute auch!"

entschied Fatma. „Aber Endell ...", meinte Salomon zögernd. „Der hat am eigenen Leib erfahren, was ein Einschlag bedeuten würde. Wahrscheinlich erklärt ihm sein Schöpfer gerade, wie falsch seine Motive waren. Also komm endlich." Man verlud die Verletzten in die beiden Limousinen und fuhr mit der schnellstmöglichen Geschwindigkeit in Richtung Hauptstraße zurück.

Fatma, Rahel, Jan und Salomon hatten sich ein paar Tage Urlaub am Strand von Florida gegönnt. Dabei war es gleich zu Anfang zu einem handfesten Streit zwischen Rahel und Fatma wegen Salomon gekommen. Allerdings einigten sich die beiden sehr schnell und unterhielten sich dann fast zwei Stunden unter vier Augen – sehr zu Salomons Mißfallen, denn offensichtlich war er das Gesprächsthema! Daß er dabei nicht gut wegkommen würde, war ihm klar. Er hatte im Gegenzug aber scheinbar kein Problem damit, daß Jan und Rahel sich während ihrer Gefangenschaft sehr viel näher gekommen waren. So verliefen die nächsten Tage doch recht angenehm für die vier, wohl vor allem auch deshalb, weil sie alle dringend ein wenig Ruhe nötig hatten. Am 30. Mai sollten sie dann direkt vor Ort dabei sein, wenn die amerikanischen Raketen auf ihren Weg zum Abfangpunkt geschickt werden sollten.

Während Rahel und Jan schwimmen gegangen waren, lagen Fatma und Salomon in ihren Liegestühlen und sonnten sich. „Bist Du mir noch böse?" fragte Salomon vorsichtig. „Böse? Wieso denn?" – „Na, weil ich dort oben kurz eingenickt bin, und Du alleine losschlagen mußtest." Fatma sah ihn verständnislos an. „Hey, das ist jetzt eine Woche her. Aber wenn es Dir dann besser geht: Ich mache Dir keinen Vorwurf. Schließlich warst Du vollkommen übermüdet. Irgendwann muß jeder mal schlafen." Er nickte sichtlich erleichtert. „Was meinst Du, ob die nach Endells Tod aufgegeben haben?" fragte sie nach einer kleinen Pause. „Ich glaube eher nicht. Auch wenn Michalshevsky und die anderen von der Kommandozentrale davon überzeugt sind. Ich denke, das ist nur die Ruhe vor dem Sturm." – „Aber Endell war doch offensichtlich ihr Anführer." Fatma sog an dem Strohhalm ihrer eisgekühlten Limonade. „Ich weiß nicht. Irgendwie habe ich das Gefühl, da steckt noch mehr dahinter. Ich kann einfach nicht glauben, daß eine Endzeitsekte so viele Machtpositionen unbemerkt besetzen konnte. Und selbst wenn es so wäre: Ich bin von Endells Tod nicht absolut überzeugt." – „Hm?" Fatma hatte sich fast verschluckt. „Wie sollte er wohl eine solche Explosion überlebt haben?" – „Keine Ahnung. Jedenfalls wurde seine Leiche bisher nicht gefunden. Natürlich ist es schwer, zu sagen, zu wem welche Teile gehören. Aber nach einer ersten Einschätzung haben sie nur genug Material für einen Körper gefunden. Und noch etwas ist seltsam. Der Wagen, den wir uns ausgeliehen hatten, steht wieder in Brooklyn. Aber ich habe bisher nicht herausfinden können, wer ihn zurückgebracht hat." – „Na ja, die haben jetzt bestimmt auch anderes zu tun. Ich könnte mir vorstellen, daß die sicher noch damit beschäftigt sind, alle aufzuspüren, die noch zu Endells Leuten gehört haben." – „Hm. Möglich. Vielleicht bin ich auch durch die letzten Wochen einfach etwas zu paranoid geworden." – „Na, immer noch am Nachgrübeln? Genieß doch endlich mal das schöne Wetter! Du hast frei!" Rahel war zurückgekommen und hatte sich in den freien Liegestuhl neben ihm fallen lassen. Auch Jan kam zurück und schüttelte über ihr seine nassen Haare aus. Sofort sprang sie wieder auf, und die beiden jagten sich den Strand entlang. Für einen Moment bereute Salomon seine Entscheidung. Aber dann fiel sein Blick auf Fatma, und er lächelte wieder. Wie das plötzliche Geräusch einer Kettensäge in einem Wald mit zwitschernden Vögeln meldete sich dann jedoch lautstark sein Handy. Es war nur eine Kurznachricht, aber die ruinierte ihm den ganzen Tag. Der Text lautete: „It ain't over till it's over ..."

„Sir, es ist der französische Generalstabschef! Sie haben den Kontakt zu einem ihrer U-Boote der Force-de-frappe verloren." – „Was? Seit wann?" Der Adjutant stellte das Gespräch auf den Lautsprecher. „Hallo Mr. Michalshevsky! Tja, das ist uns schon irgendwie peinlich. Normalerweise würden wir über so etwas eigentlich mit niemandem reden. Aber unter den gegebenen Umständen, und wenn man bedenkt, daß eine Zerstörung eher unwahrscheinlich ist ... ." – „Wie meinen Sie das?" – „Na ja, in dem Gebiet, in dem wir den letzten Kontakt zu ihnen hatten, herrschen beste Wetterbedingungen. Nach unseren Informationen befinden sich auch keine Schiffe anderer Staaten in der näheren Umgebung." – „Wo ist denn diese ‚nähere Umgebung'?" – „In den internationalen Gewässern nordwestlich von Neukaledonien." – „Aha. Und wie war der letzte bekannte Kurs?" – „Nordwest! Ich denke, er wird versuchen, entweder die chinesischen oder die japanischen Abschußanlagen auszuschalten. Er könnte natürlich auch versuchen, die Russen zu erwischen, damit die vielleicht einen Krieg mit uns anfangen. Wir können ja froh sein, daß sie überhaupt dabei sind." – „Tja, das klingt nicht gut. Aber ich bin zuversichtlich, daß wir ihn rechtzeitig aufhalten werden. Ich gebe diese Information sofort an alle Staaten in der Umgebung weiter, die über die nötige Technologie verfügen, um Ihr Boot aufzuspüren. Außerdem werde ich einen unserer Spionagesatelliten auf diese Region ansetzen. Keine Sorge, wir schaffen das!" – „Ich hätte nie gedacht, daß ich das mal sagen würde: Aber ich hoffe, Sie haben recht!"

„Tavareschtsch Kapitan, ein Funkspruch vom Hauptquartier!" Der Matrose übergab die Nachricht an den Kapitän. Dieser nickte und grummelte: „In Ordnung." Dann las er die Nachricht durch, wobei sich sein Blick zusehends verfinsterte. Schließlich meinte er: „Verdammt. Verdammte NATO! Müssen immer irgend einen unnötigen Ärger machen! Hätte so eine ruhige Patrouille werden können. Na gut. Kapitänleutnant, neue Befehle!" Sein erster Offizier wandte seinen Blick in Richtung Kommandostand. „Ich höre?" – „In meinem Raum." Er stand auf und ging zu seiner Kajüte, während seine Nummer eins ihm folgte.

„Nehmen Sie Platz und vor allem, schließen Sie die Tür!" Der bärtige erste Offizier sah ihn überrascht an. „Probleme?" – „Große Probleme!" Schweigen. „Darf ich sie auch erfahren?" – „Oh, ja, natürlich. Tja, die Franzosen haben die Kontrolle über eines ihrer Force-de-frappe-Boote verloren. Es sieht so aus, als habe der Kommandant vor, ein Ziel innerhalb unseres Operationsgebiets, wahrscheinlich in Japan oder auf dem chinesischen Festland, möglicherweise aber auch auf dem Gebiet der Russischen Föderation nuklear zu bombardieren, um entweder einen Abschuß von Weltraumträgerraketen zu verhindern oder um unser Land zu einem Gegenschlag zu provozieren. Wir haben den Auftrag erhalten, ihn zu stoppen. Nach Möglichkeit, ohne ihn dabei zu vernichten. Wenn das kein Problem ist, dann weiß ich nicht, was eins sein soll." – „Tja, Kommandant, keine einfache Aufgabe. Wie verstehen Sie dieses ‚nach Möglichkeit'?" Er sah seinen Kommandanten verschmitzt an. Der ahnte, was er damit andeuten wollte. „Eine interessante Idee, aber wir sollten uns trotzdem Mühe geben." – „Verstehe. Kennen wir die letzte Position des Bootes?" – „Ja, die Amerikaner haben sie uns übermittelt. Ein ‚Umweltbeobachtungssatellit' konnte es kurz orten, bevor es unter einem Sturmtief verschwunden ist. Wenn der letzte Kurs und die Geschwindigkeit beibehalten wurden, dann sollten sie in etwa zwanzig Minuten in Sonarreichweite sein." – „Haben wir die Möglichkeit Luftunterstützung durch U-

Boot-Jäger zu erhalten?" – „Ja, aber dazu müssen wir ihn erst noch einige Dutzend Seemeilen näher an unsere Küste heran lassen. Und das ist in diesem Fall äußerst riskant." – „Was heißt ‚in diesem Fall'? Ist das nicht immer riskant?" Der Kommandant sah ihn sorgenvoll an. „Schon. Aber ich weiß aus gut informierter Quelle, daß in diesem Fall das Schicksal von mehr als nur ein paar Millionen Japanern oder einigen hunderttausend Sibirern abhängt." – „Wie meinen Sie das?" – „Haben Sie von diesem Asteroiden gehört, der sich der Erde nähern soll?" – „Ja, und? Das ist doch wieder mal nur Panikmache gewesen, oder?" – „Leider nein. Diese Raketen, deren Abschuß unser französischer Freund verhindern möchte, sind für eben diesen Asteroiden bestimmt. Die haben errechnet, daß er die Erde mit einer ziemlich hohen Wahrscheinlichkeit treffen wird." – „Und wo?" – „An der Ostküste der USA." Der erste Offizier sah ihn musternd an. „Hm. Also, wissen Sie, das wäre ja die Gelegenheit ..." – „Glauben Sie mir, daran haben sicher auch einige in unserer Regierung gedacht. Aber abgesehen davon, daß wir damit Millionen Unschuldiger für die Fehler ihrer Führungsschicht leiden lassen würden, hätte wohl niemand wirklich etwas davon, wenn wir den Einschlag zuließen. Wären die USA ausgeschaltet, würde die Stabilität auf diesem Planeten in Null Komma nichts den Bach runtergehen. Glauben Sie mir, das wäre kein Honigschlecken! Ganz besonders für uns, da wir leider auf die Hilfe des Westens angewiesen sind. Die könnten wir dann getrost abschreiben. Davon abgesehen besteht laut meiner Quelle aber auch die Möglichkeit, daß das Ding ganz woanders einschlägt. Und das könnte dann ja doch uns treffen. Verstehen Sie jetzt, warum wir dieses Boot unbedingt aufhalten müssen?" – „Ja. Aber Sie müssen zugeben, der Gedanke wäre verlockend gewesen ...", seufzte er. „Gut. Dann lassen Sie uns der Mannschaft unsere neuen Befehle mitteilen."

Sie gingen wieder zurück auf den Kommandostand. Der Kommandant griff sich das Mikrofon und stellte die Bordsprechanlage an. „Meine Herren, wie Sie sicher mitbekommen haben, sind neue Befehle aus dem Hauptquartier eingetroffen. Ich setze Sie daher von unserem neuen Auftrag in Kenntnis. Unsere Aufgabe ist das Abfangen und Aufbringen eines französischen Atom-U-Bootes mit ballistischen Nuklearwaffen. Auch wenn wir dabei nach Möglichkeit keine Gewalt anwenden sollen, ist dies trotzdem keine Übung. Sollte der abtrünnige Kapitän, oder wer auch immer das Kommando dort hat, auf unsere friedlichen Aufforderungen nicht reagieren, sind wir autorisiert, das Boot auch mit Gewalt, bis hin zur Vernichtung des Zieles, zu stoppen." Er hielt einen Moment inne und blickte in die Runde. „Haben Sie alle die Missionsparameter verstanden?" Schweigen. „Ich frage Sie, Haben Sie die Missionsparameter verstanden?" – „Jawohl, Herr Kommandant!" schallte es im Chor zurück. „Gut. Sehr gut. Unser Ziel dürfte in wenigen Minuten in Sonarreichweite kommen. Sonar, auf passive Überwachung schalten. Machen Sie mir umgehend Meldung, wenn Sie ihn orten. Torpedoraum, Rohr 1 und 2 laden! An alle, sobald wir das Ding auf dem Schirm haben, will ich von Ihnen keinen Mucks mehr hören, ist das klar?" – „Klar, jawohl, Herr Kommandant!" Jetzt hieß es abwarten, ob die Angaben der Amerikaner gestimmt hatten.

Etwa fünf Minuten später meldete sich der Sonaroffizier. „Kommandant, wir haben Kontakt mit einem französischen U-Boot der Redoutable-Klasse. Kurs 263°, Geschwindigkeit 20 Knoten. Er wird uns in etwa fünf Minuten auf dem Sonar haben." – „Vielen Dank, aber solange habe ich nicht vor zu warten. Neuer Kurs: 72°. Geschwindigkeit 12 Knoten, 3° ablastig. Torpedoraum, auf mein Zeichen Rohre 1 und zwei fluten. Okay. Jetzt müssen wir uns nur noch eine Warnung einfallen lassen, die er auch versteht." – „Bei allem nötigen Respekt, wenn wirklich so viel davon abhängt, dann finde ich, sollten wir ihm auf gar keinen Fall auch noch eine Warnung zukommen lassen. Das verschafft ihm nur einen unnötigen Vorteil." Der Kommandant strich sich über seinen Kinnbart. „Möglich. Na gut. Keine Warnung. In der Logbucheintragung werde ich schreiben, daß dafür leider keine Zeit blieb. Gut. Holen wir uns die Bastarde!"

Der Sonarraum meldete sich wieder. „Kommandant, ich glaube, er hat uns entdeckt. Er hat seinen Kurs geändert auf 290°, und seine Geschwindigkeit liegt jetzt bei 30 Knoten. Außerdem steigt er mit 20 m pro Minute." – „Na schön. Auf Diskretion legt er also keinen Wert. Aber warum will er sich nicht verteidigen?" Der erste Offizier sah ihn entgeistert an. „Kommandant, ich fürchte, das liegt auf der Hand. Diese Leute benehmen sich wie Kamikaze. Sie wollen die Waffen um jeden Preis abfeuern, bevor wir sie zerstören. Was danach mit ihnen passiert, ist für sie irrelevant. So sind Fanatiker eben." – „Grundgütiger ... Maschinenraum, Geschwindigkeit auf Maximum erhöhen. Kurs ändern auf 30°, 2° auflastig. Sonarraum, umgehende Meldung, wenn wir in Waffenreichweite sind." Er strich sich wieder über seinen Kinnbart. Man konnte ihm jetzt deutlich seine Nervosität anmerken. In seiner gesamten Laufbahn hatte er gelernt, wie man einen Feind abfängt, ihn daran hindert, sein Ziel zu erreichen. Allerdings hatte man ihm nur theoretische Gegner vorgesetzt. Gegner, die logisch dachten und handelten. Gegner, die ein militärisches Ziel verfolgten, so wie er selbst. Gegner, in die er sich hineindenken konnte. Und vor allem Gegner, deren Ziel es immer auch war, nicht nur ihre Mission zu erfüllen sondern nach Möglichkeit auch zu überleben. Das war bei diesem Gegenspieler anders. Es fiel ihm schwer, sein Gegenüber richtig einzuschätzen. Aber die Theorie seines ersten Offiziers klang plausibel.

„Sonarraum, wie verhält sich das Ziel?" – „Er versucht weiterhin, so viel wie möglich Distanz zu uns zu gewinnen und dabei gleichzeitig Abschußtiefe zu erreichen." – „Ist er in Reichweite für eines seiner vermutlichen Ziele?" – „Ja. Seit etwa dreißig Sekunden ist er in Reichweite des Tanegashima Space Centers." – „Wie lange noch, bis er Abschußtiefe erreicht hat?" – „Ich schätze noch etwa drei, vielleicht vier Minuten." – „Und wann werden wir in Waffenreichweite sein?" Der Sonaroffizier schwieg verdächtig lange. „Leutnant! Wann werden wir ihn aus dem Wasser pusten können?" – „Herr Kommandant, in etwa 90 Sekunden." Das war verdammt knapp, zu knapp für seinen Geschmack. Irgendwie mußte er Zeit schinden. „Pingen Sie ihn an. Aktiven Sonar sofort aktivieren, haben Sie verstanden?" – „Zu Befehl, Herr Kommandant!" Ein laut und deutliches Pingen ging durch das Wasser. Das andere Boot schien daran aber kein Interesse zu haben. Es hielt weiterhin Kurs und Geschwindigkeit. „Mist! Er weiß genau, daß wir ihn wahrscheinlich nicht mehr rechtzeitig erwischen werden. Verdammt!" – „Herr Kommandant, nicht identifizierter Unterwasserkontakt 12.000 m voraus bei Heading 72°." – „Identifizieren! Torpedoraum, bereit für Abschuß?" – „Bereit!" – „Herr Kommandant! Der nichtidentifizierte Kontakt hat einen Torpedo auf die Franzosen abgefeuert. Geschätzter Aufprall in ... 30 Sekunden." Der Kapitän war erleichtert. Jetzt wollte er gar nicht mehr wissen, worum es sich bei dem nicht identifizierten Kontakt handelte. Wer auch immer es war, sie waren auf ihrer Seite. Das war genau das Ablenkungsmanöver, auf das er gewartet hatte. Die Franzosen mußten jetzt ihren Kurs ändern und Gegenmaßnahmen durchführen, um nicht von den Unbekannten versenkt zu werden. Jetzt saßen sie in der Zwickmühle. „Ziel in Waffenreichweite, Herr Kommandant!" – „Rohr 1 und 2, Feuer!" befahl er, ohne zu zögern. Zwischen den beiden Jägern eingeklemmt blieb den abtrünnigen Franzosen kein Ausweg mehr. Sie wurden von allen drei Torpedos getroffen.

13:59 Uhr (GMT -4), temporäres Krisenzentrum der U.S. Regierung, Washington D.C.

„Wie ist die Lage?" wollte Michalshevsky, der gerade mit seinem Rollstuhl zur Tür hereinkam von einem der hektisch umherlaufenden Krisenmanager wissen. „Sir, das französische U-Boot-Problem ist gelöst. Russen und Chinesen haben es kurz vor Erreichen des Abschußpunktes versenkt. Allerdings haben wir neue Probleme ..." – „Neue Probleme? Was denn nun schon wieder?" – „Sir, in den vergangenen drei Stunden ist es zu schweren Gefechten in der Nähe der indischen Abschußrampen in Sriharikota gekommen. Offiziell handelt es sich um ein paar tamilische Rebellen, aber ich denke, wir können wohl von angeheuerten Söldnern ausgehen, deren Ziel die Abschußbasis ist." Michalshevsky fuhr sich durchs Haar. „Tja, denen gehen wirklich die Ideen nicht aus. Es wäre ja sonst auch zu einfach, nicht wahr?" seufzte er. Er ging zu einem der Telefone. „Ja, Michalshevsky hier. Geben Sie mir das Pentagon." Jetzt blieb nur zu hoffen, daß eine der supergeheimen Spezialeinheiten in Reichweite der Basis und obendrein nicht unterwandert war. Da fiel ihm ein, daß Jan ja Zugang zu Endells Computer gehabt hatte. „Hallo? Ja, warten Sie einen Moment, bitte!" Er winkte einen der Helfer heran. Hören Sie, suchen Sie mir diesen Jan Michelsen. Er ist gerade irgendwo auf oder in der Nähe von Cape Canaveral. Er soll umgehend ... ach, lassen Sie ihn erst mal ausfindig machen." – „Natürlich, Sir." – „Hallo? Ja, geben Sie mir bitte den Stabsgeneral der Marines auf einer sicheren Leitung." Er wurde mit einer Warteschleife mit dem Frank Sinatra Song „Come fly with me" verbunden.

„Hi George. Hör mal, wir haben da ein Problem. Habt Ihr ein Team, das innerhalb der nächsten zwei Stunden nach Indien gebracht werden kann? Wir brauchen dringend jemanden, um die Abschußbasis in Sriharikota zu sichern." – „Hallo, Adi, ja, mir geht es gut. Und Dir?" – „Entschuldige. Aber die Sache ist wirklich dringend." –„Natürlich. Ich habe mir schon gedacht, daß Du Dich demnächst melden würdest. Ja, wir haben zwei Teams in Reichweite auf einem Flugzeugträger im Persischen Golf. Theoretisch ..." – „Was heißt hier theoretisch?" – „Na ja, was soll ich sagen, die Silent Hawks sind gestern morgen auf Landurlaub gegangen und haben sich seither nicht mehr gemeldet. Ich habe den Verdacht, daß sie Teil der Verschwörung sind." – „Verstehe. Bedauerlich. Aber damit dürfen wir uns nicht aufhalten. Jeder, der das Projekt gefährdet, gefährdet die nationale Sicherheit und ist damit ein Staatsfeind. Aber was ist mit dem zweiten Team?" – „Die Knight Shadows sind bereits unterwegs. Der Kommandant der Einheit, Col. Edwards hat mir persönlich am Telefon versichert, daß er sich um die Angelegenheit ‚in angemessener Weise' kümmern wird. Ich habe mir sagen lassen, daß er noch eine alte Rechnung mit dem Kommandanten der Silent Hawks offen hat, und daß, wenn dieser wirklich ein Verräter sein sollte, er nichts lieber täte, als ihn im Kampf zu töten." – „Wunderbar. Eine gute Motivation kann nur zu unserem Vorteil sein, nicht wahr? Gut. Ich möchte, daß Du mich auf dem Laufenden hältst." – „Kein Problem. Jede der Abschußbasen wird von Überwachungssatelliten genauestens observiert. Außerdem haben wir eine Direktverbindung zur Kittyhawk und den Knight Shadows. Ich lasse sie ins Krisenzentrum überstellen." – „Danke. Wenn diese Krise gut überstanden ist, müssen wir mal wieder eine Partie Golf spielen." – „Klar, aber erst wenn Du Dich auch wieder auskuriert hast." Michalshevsky war wesentlich erleichterter. Dennoch wurde die

Zeit knapp. Sollte Sriharikota ausfallen, würde die Flugbahn nicht korrekt geändert werden können. Und er wollte gar nicht erst daran denken, was das bedeuten könnte.

19:45 Uhr (GMT +4,5), im Dschungel ca. 2 km vom indischen Weltraumzentrum Sriharikota entfernt

„Alle gut runtergekommen?" wollte Edwards wissen. „Sir, ja, Sir! Alle Mann komplett. Gerätschaften ebenfalls sicher." – „Gut. Ich will eine Einschätzung des umliegenden Geländes. Bedenken Sie dabei, wir müssen nur für etwa zwei Stunden sicherstellen, daß niemand den Start der Raketen verhindert. Danach ist die Basis irrelevant für uns. Miller, Estevez: Sie spähen die Gegend aus. Der Rest folgt mir. Wir gehen zu dem Hügel dort vor dem Versorgungszugang." Die beiden Genannten verschwanden im Dschungel, während die restlichen Männer ihr Gepäck schulterten und dem Colonel folgten.

14:23 Uhr (GMT -4), temporäres Krisenzentrum

„Und, wie sieht's aus?" fragte Michalshevsky Jan. Man hatte ihn gefunden und ihm einen Computer zur Verfügung gestellt, auf den die Festplatte des Computers aus Endells Büro gespiegelt worden war. „Eine gute und eine schlechte Nachricht. Welche wollen Sie zuerst hören?" – „Die gute, zur Abwechslung." – „Also, die gute Nachricht ist, Endell war sich zu sicher, nicht erwischt zu werden. Es wurde nichts von seinem Computer gelöscht. Jetzt die schlechte: Die Daten von diesem Gerät sind wesentlich besser gesichert als die von seinem Notebook. Ich bin nur ein Amateur. Ich denke, bis ich dieses Ding geknackt habe, ist der Asteroid bereits in der Atmosphäre unseres schönen Planeten." – „Na gut. Ich werde einen Experten holen. Ich dachte mir eben, wenn Sie den Paßwortschutz bei seinem Notebook überlisten konnten, dann kommen Sie hier auch ohne größere Probleme rein. Außerdem, Sie sind einer der wenigen hier, dem ich hundertprozentig vertrauen kann." – „Danke, Sir.

179

Vielleicht kann ich ja einem Experten ‚helfend zur Hand gehen'?" Michalshevsky grinste in die Videokamera des Konferenzgeräts. „Das klingt gut. Ich hätte nicht gedacht, daß Ihr Astrophysiker *soo* praktische Menschen seid ..."

20:04 Uhr (GMT +4,5), vor dem Zaun der Abschußbasis Sriharikota

„Sir, die Rebellen liefern sich schwere Gefechte mit den Sicherheitskräften der Basis etwa einen Kilometer nördlich des Haupttors." – „Und wie sieht es bei Ihnen aus, Estevez?" – „Alles ruhig, Sir. Allerdings ist es an einigen Stellen etwas zu ruhig gewesen. Ich glaube, sie sind hier." – „Das habe ich mir gedacht. Na schön. Bereiten wir ihnen einen gebührenden Empfang ... Cleaver ..." Er schaute sich suchend um. „Wo ist Cleaver?" – „Sir, Funkspruch aus Washington!" – „Jetzt nicht, Chang." – „Aber Sir, es ist dringend. Der Sicherheitsberater des Präsidenten, Sir." – „Na schön. Estevez, Becker: Sie Suchen Cleaver. Geben Sie her, Chang."

14:47 Uhr (GMT -4), temporäres Krisenzentrum

„Hallo, Col. Edwards?" – „Ja, Sir, was liegt an?" – „Hören Sie, der Angriff auf die Basis ist nur ein Ablenkungsmanöver. Die Silent Hawks wurden gefunden. Sie sind im Gewahrsam der omanischen Polizei. Man hat sie in eine Kneipenschlägerei verwickelt, damit auf jeden Fall Ihr Team mit diesem Auftrag betraut werden würde. Hören Sie?" – „Ja, und? Ich meine, wovon soll dieser Angriff denn ablenken?" – „Einer Ihrer Männer, ein gewisser Sgt. Cleaver, der ist Sprengstoffexperte, richtig?" – „Ja, und er ist verschwunden – mit fünf Pfund Plastiksprengstoff ..." – „Es tut mir leid, Ihnen das sagen zu müssen, aber wir haben bei einem der Verräter ausführliche Computerdateien gefunden. Sgt. Cleaver ist Ihr Ziel."

„Mist. Okay, wer von Euch hat ihn als Letzter gesehen?" – „Sir, ich denke, das war ich, Sir!" antwortete Jackson. „Nun?" – „Sir, er ging in Richtung der Lichtung dort drüben." Er zeigte in Richtung des Umspannwerkes. „Und wann?" – „Na ja, so vor Ungefähr zehn Minuten. Er sagte, er wolle ein paar Überraschungen für die Silent Hawks legen, Sir." – „Mist. Wir sind benutzt worden. Von Anfang an. Die Rebellen wollen die Basis gar nicht nehmen. Vermutlich werden sie auch nur benutzt. Wahrscheinlich hat man ihnen erzählt, daß von hier aus Überwachungssatelliten ins All geschossen werden sollen, die man dann gegen sie einsetzt. Okay. Aber so leicht lasse ich diesen verräterischen Hund nicht davonkommen. Holt ihn Euch! Aber seid vorsichtig. Vielleicht hat er wirklich ein paar Überraschungen gelegt – für uns!" – „Keine Sorge, Sir. Wir kriegen den Mistkerl", raunte Estevez. Dann rückten sie in Richtung des Umspannwerkes ab.

Cleaver war gerade dabei, eine Sprengladung an einem der Masten zu befestigen, als er hinter sich ein Rascheln bemerkte. „Gib Dir keine Mühe, Fielding. Ich habe dich gesehen!" rief er auf eine kindisch überhebliche Weise. „Wenn Du mich triffst, fliegt das ganze Ding hier in die Luft!" Er hielt eine Fernbedienung in die Höhe. „Ka-booom!" Er machte die passende Handbewegung und lachte dabei hämisch. „Genau wie die dekadenten Ostküstentypen." – „Und was ist, wenn ich Dir nicht glaube? Du bist doch sicher noch gar nicht fertig. Du bluffst nur!" – „Du hast recht. Als Drohung ist das ziemlich wirkungslos." Er drückte auf den Knopf, worauf zwei der Strommasten durch Explosionen umgeknickt wurden. Die Leitungen rissen und fielen ebenfalls zu Boden, wobei sie noch einige Bäume in Brand setzten. Fielding zögerte keine Sekunde. Als er Cleavers Daumen zum Schalter gehen sah, feuerte er zwei Schüsse auf ihn ab und traf ihn einmal in der Hand, die die Fernbedienung hielt und einmal in den Kopf. Einige Sekunden darauf ging das Licht auf der gesamten Anlage aus ...

„Wie groß ist der Schaden?" fragte der Präsident aufgeregt. „Sir, es gab einen kurzen Stromausfall. Aber die Notfall-Generatoren sind sofort angesprungen und versorgen die kritischen Systeme wieder mit Strom. Sie melden, daß sie den Countdown zu den vereinbarten zehn Minuten einhalten können." – „Sehr gut." – „Sir, unsere Raketen und die der Europäer starten jetzt." Auf den Monitoren mit der Aufschrift „Cape Canaveral" und „Courou" waren mehrere abhebende Raketen zu sehen. „Alle Systeme stabil. Verlassen der Atmosphäre in 5 Minuten. Zeit bis zum Ziel 50 Stunden." Auch Baikonur, Xizhang, Sriharikota und Tanegashima starteten ihre Raketen planmäßig. Nachdem alle Raketen ohne Probleme bis zur letzten Stufe durchgezündet hatten, ließ man die Korken knallen. Jetzt mußten sie nur noch sicher ins Ziel kommen.

Beinahe hätte man wegen der allgemeinen Feierstimmung einen gravierenden Fehler übersehen: Die indischen Raketen waren mit etwa zehn Sekunden Verspätung gestartet, weil der Strom aus den Notgeneratoren die Uhren geringfügig langsamer hatte laufen lassen. Sofort begann man hektisch, die Flugbahnen der anderen Raketen neu zu berechnen und legte einen um wenige Sekunden späteren Abfangpunkt fest. Erleichterung war bei allen zu spüren, als auch diese letzte Arbeit getan war, und die abrupt unterbrochene Feier wurde fortgesetzt.

Die Raketen erreichten ihr neues Ziel plangemäß. Sie explodierten plangemäß. Aber das Ergebnis war nicht ganz plangemäß: Statt unter dem Explosionsdruck zu zerbröseln oder zumindest die Flugbahn entscheidend zu ändern, zerplatzte der Asteroid in fünf große und viele hundert kleine Teile. 95% der Gesamtmasse des alten Objekts waren bereits zu stark im Gravitationsfeld der Erde, so daß sie weiter auf den blauen Planeten zusteuerten – und zwar mit absoluter Treffsicherheit!

Mein Dank gilt vor allem den Menschen, ohne die ich es nicht geschafft hätte:

Markward Britsch, für seine Unterstützung bei astronomischen Fragen; Andrea Buchmann, für das tolle Titelbild; Thomas Butter, für seine unersetzliche Hilfe beim Erstellen der Vorlagedateien; Joachim „Joe" Mezger, für seine Unterstützung bei Fragen über Israel, Geheimdienste und Militärisches; Bernhard „Böni" Miller, für seine fachmännische Unterstützung beim Layout; Martin Schmid, für kompetente rechtliche Beratung; Brigitte Schmid-Hartmann, für die erste Korrektur; Christina Schramm, für die zweite Korrektur sowie Jochen Bitzer, Dr. Gunter Mayer, Michael Michalski, Alexander Schnell, Richard Schwinn, Andrea Weber und allen anderen, die mich seit März 1998 bei der Verwirklichung dieses Projekts auf unterschiedlichste Art und Weise unterstützt haben.

Mannheim, im März 2000   Matthias Pitz